Siegfried muss sterben

Attila Geole

Siegfried muss sterben

Bibliografische Information der Deutschen Nationalbibliothek:
Die Deutsche Nationalbibliothek verzeichnet diese Publikation
in der Deutschen Nationalbibliografie; detaillierte bibliografische
Daten sind im Internet über http://dnb.dnb.de abrufbar.

Cover unter Verwendung von: Siegfrieds Tod
aus ›Illustrierte Literaturgeschichte‹.Autor: Otto von Leixner,
Leipzig 1880 (commons.wikimedia.org)

Herstellung und Verlag: BoD – Books on Demand, Norderstedt

ISBN: ISBN: 978-3-7347-9148-2

Prolog

Hagen von Tronje blickte grimmig auf Siegfried, der auf einer Waldlichtung im Kreis einiger Gefolgsleute stand. Siegfried erzählte von seinen Abenteuern, die er bei der gerade zu Ende gegangenen Jagd erlebt hatte. Sehnsüchtig blickte Hagen auf Siegfrieds um die Hüften gegürtetes Schwert Balmung, das von den Strahlen der schräg stehenden Abendsonne in ein goldenes Licht getaucht wurde. Obwohl Siegfried die Burgunder um mehr als Haupteslänge überragte, hatte er sich auf einen großen Felsbrocken gestellt, damit ihn wirklich jeder sehen konnte.

Er unterstrich seine Schilderung mit weit ausholenden Bewegungen seiner muskelbepackten Arme. Über seinen breiten Schultern schwenkte er den Kopf mit dem blonden Haar von einem Zuhörer zum nächsten, immer mit einem überheblich wirkenden Lächeln im Gesicht.

»Dir wird das Lachen bald vergehen«, murmelte Hagen vor sich hin. Er drängte sich in den Kreis der Zuhörer.

»Ich möchte dich zu einem kleinen Wettlauf herausfordern«, sagte er zu Siegfried. Er wusste, dass der jede Herausforderung annehmen würde, um seine Überlegenheit zu demonstrieren. »Am Ende dieses Pfades hier befindet sich eine Quelle mit köstlich frischem Wasser. Wir wollen sehen, wer als Erster dort ist, du, König Gunther oder ich.«

»Wenn ihr den Tag mit einer Niederlage abschließen wollt, von mir aus gern«, sagte Siegfried. Dann befestigte er den Schild am linken Arm, nahm mit der rechten Hand den Speer und sagte: »Ich bin bereit.«

Gunther, der neben Hagen stand, blickte erschrocken auf Siegfried. »Willst du mit allen Waffen laufen?«

»Natürlich, sonst wäre es doch ungerecht. Ich laufe mit meinen Waffen, ihr dagegen könnt es euch nur im Wams leichter machen. Ich werde zwar trotzdem gewinnen, aber so ist es wenigstens eine kleine Herausforderung für mich«, antwortete Siegfried.

»Dieser überhebliche Widerling«, dachte Hagen. »Damit hätte ich rechnen müssen.«

Siegfried, Gunther und Hagen nahmen nebeneinander Aufstellung, und auf das Startzeichen eines Knechts begannen sie mit dem Wettlauf.

»Siegfried muss sterben«. Der Gedanke, der Hagen schon seit einiger Zeit beherrschte, pulsierte erneut durch sein Gehirn. Und wieder war ihm, als würde eine Stimme in seinem Kopf diesen Satz eindringlich, fast beschwörend wiederholen.

Hagen atmete heftig. Er hatte diesen Wettlauf zur Quelle geplant, er sollte mit Siegfrieds Tod enden. »Das wird schwieriger als erwartet, da er alle seine Waffen bei sich hat«, dachte Hagen.

Er musste sich mehr anstrengen, als er vermutet hatte, um nicht zu weit hinter Siegfried zu bleiben. Leicht versetzt hinter sich hörte er Gunther, der schon am Ende seiner Kräfte schien. Siegfried hatte einen beträchtlichen Vorsprung, obwohl er in voller Montur lief.

Dann sah Hagen weit vor sich, wie Siegfried einige Meter vor der Quelle stehen blieb, den Speer mit der Spitze in den Boden rammte und Schwert und Schild fallen ließ.

»Beeilt euch, sonst trinke ich die Quelle leer, bevor ihr da seid«, hörte er ihn spöttisch rufen. Dann schritt Siegfried gemächlich zum Wasser, kniete sich nieder und begann in langen, durstigen Zügen zu trinken.

Als Hagen Siegfrieds Waffen erreicht hatte, hielt er einen Augenblick an, bis Gunther bei ihm war. »Du nimmst sein Schwert sowie den Schild und verschwindest sofort«, flüsterte Hagen mit vom Laufen gepresster Stimme zu dem heftig keuchenden Gunther. »Ich nehme den Speer und erledige den Rest.«

Er zog den im Boden steckenden Speer heraus, lief die wenigen Schritte zur Quelle und stieß die Waffe in einer fließenden Bewegung mit voller Wucht in den Rücken des vor ihm knienden Siegfried. Es war ein Präzisionsstoß, genau in die Stelle, wo ein Fleck zwischen den Schulterblättern neben der Wirbelsäule hellblau schimmerte. Siegfried hatte keine Chance. Blut spritzte aus der Wunde. Er fuhr auf, drehte sich um, sein Gesicht drückte Erstaunen und Entsetzen aus. Sein Blick irrte umher, als suche er nach Balmung, seinem Schwert.

»Was ist …«, stammelte er nur noch, bevor das Blut in hellem Strom aus seinem Mund schoss. Die Spitze des Speers ragte aus seiner Brust. Sein Blick fiel auf den in einiger Entfernung stehenden Gunther, der ihn mit Balmung in der Hand anstarrte. Dann stürzte er zu Boden. Siegfried war tot.

*

In einem anderen Universum dieser Welt, zur exakt gleichen Zeit, doch nach menschlicher Zeitrechnung mehr als 1650 Jahre entfernt, starb Adrian. Er lag in einem Gerät, einem Computertomografen ähnlich. An seinem Rücken, zwischen den Schulterblättern neben der Wirbelsäule war eine handtellergroße kreisrunde Metallplatte befestigt, von der ein hellblau schimmerndes Strahlen ausging. Genau gegenüber auf der Brust saß eine zweite, ebenfalls strahlende Platte. Von beiden führten dicke Kabel zu einem großen Schaltschrank. Ein rotes Signallicht am Schrank blinkte, im gleichen Rhythmus war ein Signalton zu hören, der nun in einen anhaltenden Dauerton überging. Das hellblaue Leuchten erlosch. Adrian war tot.

1 - Die Connectoren: Vorlesung

»Über Spiegelneurone wurde zum ersten Mal vor genau sechzig Jahren berichtet. Seither hat unser Wissen über dieses Phänomen enorm zugenommen. Heute bezeichnen wir die dabei im Gehirn ablaufenden Vorgänge als psychoneuronale Verbindungen«. Die Professorin Anne Villon befand sich in ihrem Element. Die Vorlesung ›Psychoneuronale Verbindungen‹ war ein Hit im Fachgebiet Biopsychologie an der zentraleuropäischen Universität Straßburg.

Der Hörsaal war bis auf den letzten Platz gefüllt. Noch während ihrer einleitenden Worte legte Anne Villon ihr gut und gerne vierzig Jahre altes Netbook auf das Rednerpult. Da hörte sie, wie ein Student irgendwo im Hörsaal laut und deutlich rief »das Ding ist sicher älter als Sie selbst, Frau Professor«.

»Stimmt«, sagte sie freundlich lächelnd. »Ich mag diese antiquierte Technik einfach. Wahrscheinlich halten Sie mich jetzt für hoffnungslos altmodisch.« Sie war sich der Koketterie ihrer Äußerung bewusst, denn sie war nach dem letzten Stand der Mode gekleidet. Für den hautengen, figurbetonten schwarzen Anzug mit matt glänzenden, alufarbenen Applikationen hatte sie erst vor ein paar Tagen sündhaft viel Geld ausgegeben. Sie spürte die bewundernden Blicke vor allem der männlichen Studenten auf ihrer schlanken, sportlichen Figur.

»Aber zurück zum Thema. Damals, im Jahr 1992, entdeckte man bei Primaten, dass die Beobachtung bestimmter Handlungen anderer Primaten in ihrem Gehirn die gleichen Aktivitätsmuster auslösten wie bei denjenigen, welche die Handlungen ausführten. Es dauerte noch bis 2010, ehe Spiegelneuronen auch bei Menschen zweifelsfrei nachgewiesen werden konnten. Man ging davon aus, dass Spiegelneuronen zur Fähigkeit der Empathie, des Mitgefühls, beitragen und dass sie das Lernen durch Imitation ermöglichen. Wir wissen heute sicher, dass das so ist, aber – wie schon gesagt – wir wissen noch viel mehr. Sie haben vom aktuellen Stand der Forschung gehört und gelesen, das Neueste werde ich Ihnen heute anhand eines kleinen Experimentes vorführen.«

Plötzlich spürte sie ein kurzes Aufblitzen in ihrem Kopf, das sie zusammenzucken ließ. Aber gleich interpretierte sie das als Folge der kleinen Party von gestern Abend. Sie hatte wohl ein Glas zu viel getrunken. Auch weil sie abwarten wollte, bis das bei ihren Worten entstandene erwartungsvolle Gemurmel abgeklungen war, machte sie eine kurze Pause. Was war das gewesen? Anne Villon war nur einen Moment verunsichert, dann aber sofort wieder voll konzentriert. Offensichtlich hatte niemand ihre kleine Irritation bemerkt.

In der Zwischenzeit hatte sich die Tür hinter ihrem Rücken geöffnet und zwei junge Männer waren neben sie ans Rednerpult getreten. Die Professorin strich sich mit der Hand über die Stirn und wischte ihren nach vorn gefallenen blonden Zopf zur Seite. Sie wandte sich wieder an ihr Publikum.

»Sie kennen ja unseren Assistenten am Institut, Herrn Ilgen. Und das hier ist Kevin Muth. Kevin ist einer der wenigen Menschen, die wir mit dem Begriff Connectoren bezeichnen. Sie alle wissen aus Berichten in den Medien und den Vorlesungen zu Beginn des Semesters, was ein Connector ist.« Nun herrschte im Hörsaal eine gespannte, lautlose Aufmerksamkeit.

Auf der Bühne des Hörsaals hatte Anne Villon ein Sensotron installieren lassen. Die Apparatur bestand aus einer Liege, die sich automatisch einem darauf liegenden Körper anpassen konnte und einem in Kopfhöhe angebrachten armdicken silbernen Ring von ungefähr einem Meter Durchmesser. Mehrere von diesem Ring ausgehende Leitungen mit unterschiedlich großen Elektroden lagen auf der Liege. Dicke Kabel verbanden den Ring mit einem Hochleistungscomputer und einer Hochvoltsteckdose. Mit diesem Instrument wurden psychoneuronale Verbindungen verstärkt und stabilisiert. Die Professorin hatte keinen Aufwand gescheut, um ihren Studenten das bahnbrechende Experiment vorzuführen.

Wieder irritierte Anne Villon etwas. Sie war sich sicher: Diesmal musste es allen im Hörsaal auffallen. Sie griff sich mit beiden Händen an die Schläfen und schüttelte den Kopf. Was hatte sie?

Doch sie hatte sich schnell wieder gefangen. »Ich werde Ihnen gleich den Ablauf des Experimentes schildern«, begann sie. »Aber zunächst suche ich jemanden, der bereit ist, eine psychoneuronale Verbindung mit Kevin einzugehen. Um Ihnen gleich jede Befürchtung zu nehmen, dass Kevin zu viele persönliche oder gar intime Kenntnisse über diese Person erlangt, werden wir Kevins Connectorneuronen nur im Bereich der visuellen Wahrnehmung und nur für die Dauer des Experiments aktivieren. Gibt es dazu Fragen?«

Schon wieder hatte es im Kopf von Anne Villon geblitzt, und es war ein Bild entstanden, das nach dem Bruchteil einer Sekunde wieder verschwunden war. Für diesen winzig kurzen Moment hatte sie sich selbst am Rednerpult stehen sehen, und zwar aus der Perspektive des Hörsaals heraus. Es war so gewesen, als hätte sie eine ganz und gar unbeabsichtigte, von ihr selbst nicht initiierte psychoneuronale Verbindung mit einer Person hier im Hörsaal. Sie schüttelte den Kopf. »Das ist ein Ding der Unmöglichkeit, das kann gar nicht sein. Ich habe gestern wohl wirklich etwas zu viel getrunken«, dachte sie.

Sie zwang sich zur Konzentration auf die Vorlesung und forderte die Studenten noch einmal auf, Fragen zu stellen.

Im Hörsaal herrschte zunächst gespanntes Schweigen. Dann kam doch eine Frage aus dem Publikum. »Können wir anschließend mit dem oder der Freiwilligen über ihre Erfahrungen und Empfindungen sprechen?«

»Selbstverständlich«. Die Antwort von Anne Villon kam mit merklicher Verzögerung. Sie registrierte, dass ihre Stimme ungewöhnlich leise und wahrscheinlich kaum zu verstehen war.

»Wie ist Kevins Befähigung für psychoneuronale Verbindungen entdeckt worden?«, kam eine zweite Frage hinterher. Die Fragestellerin war eine überdurchschnittlich große, sehr sportlich wirkende Studentin.

Die Professorin drehte sich zu Kevin. »Kannst du selbst etwas dazu erzählen?«

»Klar, mach ich gerne. Wie alle wahrscheinlich wissen, wurde kurz nach der Entdeckung des Phänomens der psychoneuronalen Verbindung ein großes Testprogramm aufgelegt, bei dem sich jeder daraufhin untersuchen lassen konnte, ob er die notwendigen Voraussetzungen dafür hat. Das begann vor ungefähr achtzehn Monaten. Ich habe mich gleich zu Beginn gemeldet. Seitdem bin ich im Trainingsprogramm.«

»Ja, ich war selbst beim Test, aber leider bin ich nicht geeignet«, entgegnete die Studentin. Der Ärger darüber war an ihren grimmig zusammengezogenen Augenbrauen zu erkennen. »Wie viele der Getesteten haben denn die Fähigkeit?«

Auf diese Frage antwortete die Professorin, die sich inzwischen wieder gesammelt hatte. »Wir haben hier bei uns etwas mehr als achthundert Personen getestet, an drei anderen europäischen Universitäten weitere zweitausend. Davon haben rund zehn Prozent die Veranlagung, aber nur bei knapp einem Drittel dieser Personen ist es gelungen, daraus eine tatsächlich anwendbare Fähigkeit zu entwickeln. Kevin ist einer der erfolgreichen Connectoren.«

»Ich weiß, dass Sie auch eine Connectorin sind«, klang eine Stimme in Annes Kopf. Sie war entsetzt. Wie konnte das sein? Hatte da jemand wirklich eine psychoneuronale Verbindung mit ihr aufgenommen? Ihr Verstand arbeitete auf Hochtouren. Es musste wohl so sein, es gab keine andere Erklärung. Was da geschah, ging weit über die bisher in der Wissenschaft bekannten Möglichkeiten hinaus. Sie musste den unbekannten Connector entdecken und herausfinden, wie er die Verbindung hergestellt hatte.

Inzwischen war an einer anderen Stelle im Hörsaal ein allmählich lauter werdendes Gemurmel entstanden. Als die Professorin irritiert hinüberschaute, meldete sich ein Student zu Wort. »Diese Statistiken sind doch allen hier bekannt, und falls nicht, kann man das nachlesen. Wenn wir die Stunde weiter verquatschen, kommen wir nicht mehr zur Demonstration von Kevins Fähigkeiten, also lasst uns endlich anfangen.«

»Da haben Sie recht«, stimmte Anne Villon zu, erleichtert, dass die Aufmerksamkeit der Studentinnen und Studenten sich nun auf das Experiment und die damit befassten Personen richten würde. »Weitere Fragen können wir dann ja noch hinterher beantworten. Wer meldet sich für das Experiment?«

Mehrere Finger gingen spontan in die Höhe.

Die Studentin, die Kevin befragt hatte, ergriff sofort die Initiative und rief: »Bitte lasst mich das machen.« Andere Stimmen wurden laut, für einen Moment wurde es sehr unruhig im Hörsaal.

»Ruhe bitte«, ließen sich Anne Villon und Kevin fast gleichzeitig hören. Nach wenigen Augenblicken legte sich der Lärm. Die Professorin sah zu der Studentin, die sich gleich zu Beginn gemeldet hatte, und fragte sie, ob sie das wirklich machen wolle.

»Ich kann ja laut Testergebnis nie die Rolle eines Connectors übernehmen. Aber die andere Seite, die der Partnerin in einer Verbindung, das möchte ich wahnsinnig gern einmal erleben«, antwortete die Studentin.

Die Professorin lächelte sie freundlich an. »Da wir jetzt nur eine der vielen Meldungen berücksichtigen können, bin ich einverstanden, dass Sie das heute machen. Im weiteren Verlauf des Semesters werden sich zusätzliche Möglichkeiten für andere ergeben.« Dann wandte sie sich zu Kevin. »Das letzte Wort hast aber du, Kevin. Einverstanden?«

»Von mir aus, gerne.« Kevin lächelte die Studentin an. »Wie heißt du?«

»Ich bin Julia, im dritten Semester Biopsychologie. Was muss ich tun? Wie merke ich, dass die Verbindung aufgebaut ist?«

Anne Villon antwortete: »Kevin wird sich gleich auf die Liege hier in unserem Sensotron legen. Herr Ilgen wird Elektroden an seinem Kopf anbringen, im Bereich des primären visuellen Cortex, und dort einen Magnetfeldresonator anschalten.«

»Eigentlich ist das nicht mehr nötig«, sagte die Stimme in Annes Kopf.

»Natürlich ist das nötig«, entgegnete die Professorin spontan und so laut, dass es jeder hören konnte. Kevin schaute sie irritiert an. Am liebsten hätte sich Anne Villon die Zunge abgebissen.

Sie konzentrierte sich und schickte einen Gedanken in den Raum: »Wer Sie auch immer sind, stören Sie bitte die Vorlesung nicht weiter, wir sollten hinterher reden.« Ihr Blick wanderte wie von selbst zu einem Mann in der Mitte der zweiten Reihe. Der nickte ihr lächelnd zu.

Kevin hatte sich inzwischen zu Julia gewandt. »Du musst dich hier vor der Bühne hinstellen, damit ich dich im Fokus habe, und in einem Radius von zwei Metern um dich herum niemand zu sehen ist. Ich will mich nicht aus Versehen mit einer anderen Person verbinden.«

»Okay.« Julia erhob sich und begann, sich durch die Sitzreihen zur Bühne zu drängen.

»Stopp, stopp, nicht so schnell, du brauchst noch etwas«, rief Kevin.

»Was denn?«

»Ein Textdokument, aus dem ich vorlesen werde. Es darf nichts Elektronisches sein, damit sichergestellt ist, dass ich das nicht per Funk anzapfe. Irgendjemand hat doch sicher ein auf Papier gedrucktes Buch dabei.«

Ein Student hinter Julia rief »Ich habe ein Buch, es ist eine antiquarische Ausgabe vom –«, wurde aber sofort von Kevin unterbrochen.

»Den Titel nicht verraten, ich soll das nicht wissen. Gib es einfach Julia, die kann es mitbringen, aber so, dass ich nichts davon sehe.«

Der Student reichte Julia ein in braunes Leder gebundenes Buch. »Geh bitte sorgsam damit um«, sagte er mit einem Grinsen im Gesicht. »Das ist sehr alt und kostbar.«

Julia nahm das Buch, klemmte es unter den Arm und stellte sich an die von Kevin bezeichnete Stelle vor der Bühne. Kevin selbst ging zum Sensotron, legte sich auf die Liege, und der

Assistent der Professorin befestigte Elektroden an seinem Kopf im Bereich des primären visuellen Cortex.

»Hoffentlich gibt es keine Schwierigkeiten«, dachte Anne Villon. »Es wäre schlimm, wenn sich der unbekannte Connector in das Experiment einmischen würde.«

»Keine Sorge, ich werde nichts tun«, beschwichtigte sie sofort die Stimme im Kopf. Anne Villons Erregung stieg weiter an. Hoffentlich konnte sie diesem Menschen bald auf den Zahn fühlen.

In der Zwischenzeit hatte Kevin begonnen, das weitere Vorgehen zu erklären.

»Julia, ich werde dich gleich ansehen und die Impulse der in deinem Wahrnehmungssystem feuernden Neuronen über den Verstärker empfangen. Dabei wirst du in deinem Kopf einen kurzzeitigen leichten Druck verspüren und ein kleines, ebenfalls kurzes Blitzen. Wenn die Verbindung steht, wirst du rund vierzig Millisekunden lang die Welt mit meinen Augen sehen. Das hört dann sofort wieder auf. Wir wissen noch nicht, warum das so geschieht.«

»Ich gehe davon aus, dass das nicht schmerzhaft ist, und dass ich keine Schäden davontrage.« Julia wirkte gelassen und cool, als würde sie jeden Tag eine derartige Prozedur mitmachen.

»Das ist selbstverständlich«, schaltete sich Anne Villon wieder in das Geschehen ein.

Kevin fuhr fort: »Wenn die Verbindung steht, gebe ich dir ein Zeichen. Du schlägst dann das Buch an einer beliebigen Stelle auf und schaust hinein, sagst aber bitte kein Wort. Ich werde den Text durch deine Augen sehen und daraus vorlesen. Alles in Ordnung so weit?«

»Ja, wir können anfangen«.

Kevin richtete den Blick auf Julia. Man sah eine ganz kurze, leichte Bewegung ihres Kopfes. Sie wartete ab. Einen Moment später sagte Kevin, sie solle nun das Buch aufschlagen und hineinsehen.

Julia öffnete das Buch irgendwo in der Mitte und sah auf den Text. Sie stutzte einen Moment, wirkte dann aber ganz beherrscht. Auch Kevin schien kurz überrascht zu sein, bevor er mit dem Vorlesen begann: »Bei dem Koitus bewundere sie seine Arten des Verfahrens, lerne die vierundsechzig Künste und ahme die von ihm gelehrten Künste alsbald nach.«

Brüllendes Gelächter brandete auf, Kevin brach ab.

»Entschuldigung, Julia, wir haben nicht damit gerechnet, dass sich hier auch pubertierende Knaben unter die Studenten gemischt haben.« Anne Villon sah verärgert den Studenten an, der Julia das Buch gegeben hatte. »Das war Ihrer Kommilitonin gegenüber wirklich unfair. Ich hätte gute Lust, Sie aus dem Hörsaal zu werfen.«

Doch Julia, die inzwischen den Titel des Buches gelesen hatte, entgegnete in lässigem Ton: »Ach, der Knabe tut mir eher leid, wenn er das Kamasutra braucht, um auch mal etwas Erotisches zu erleben. Ich halte es für unnötig, eine große Szene daraus zu machen.«

Als Julia das sagte, nickte die Professorin. »Gut, wenn Sie das so sehen, dann lassen wir es auf sich beruhen.« Sie war erleichtert, dass die Angelegenheit ohne weitere Folgen abgeschlossen war, aber sie war andererseits immer noch nervös und angespannt, weil sie endlich wissen wollte, was es mit dem geheimnisvollen Connector im Hörsaal auf sich hatte. Sie beschloss, den Vorfall mit dem Kamasutra als Vorwand für den Abbruch der Vorlesung zu verwenden.

»Ich werde für heute die Vorlesung beenden. Ich glaube nicht, dass jetzt noch die nötige Aufmerksamkeit für die zweite Phase des Experiments vorhanden ist. Das werden wir nächste Woche weiterführen und dann werden Sie alle erleben, wie weit wir inzwischen bei der Erforschung des Phänomens der psychoneuronalen Verbindungen gekommen sind. Vorausgesetzt natürlich, die Kindsköpfe unter Ihnen können dann dem Versuch mit der nötigen Ernsthaftigkeit und Aufmerksamkeit folgen.«

Mit diesen Worten packte die Professorin ihr Netbook in ihre Tasche und sah zu dem Mann in der Mitte der zweiten Reihe, der ihr während der Vorlesung eine psychoneuronale Verbindung aufgezwungen hatte. Er saß ruhig auf seinem Stuhl und wartete, bis alle anderen den Hörsaal verlassen hatten. Dann kam er nach vorne.

*

Er war deutlich älter als die übrigen Studenten, sicher schon über vierzig Jahre, schlank, in lässigen, sportlich wirkenden Freizeitlook in schwarz-grau gekleidet. Sein Gesicht unter dem dichten, kurz gehaltenen schwarzen Haar war lang gezogen, das Kinn energisch und eckig. Zwischen seinen schwarzen Augenbrauen zeigte sich eine senkrechte Falte. Er lächelte freundlich zu der Professorin.

»Wie konnten Sie es wagen?«, fuhr sie ihn empört an. »Was Sie getan haben, widerspricht den ethisch-moralischen Verpflichtungen für Connectoren. Sie dürfen ohne Einwilligung der Betroffenen mit niemandem eine Verbindung aufnehmen.«

»Entschuldigen Sie, ich wollte Ihnen nicht zu nahe treten. Wenn ich Sie erschreckt habe, tut mir das leid.« Trotz der verbindlich klingenden Worte machte der Fremde keineswegs einen zerknirschten Eindruck, im Gegenteil, das Lächeln stand noch immer in seinem Gesicht.

Anne Villon war nicht so leicht zu besänftigen. »Ich finde das unmöglich«, sagte sie. »Nennen Sie mir Ihren Namen, ich werde mich bei der Ethik-Kommission der Connectoren über Sie beschweren.«

»Ich heiße Tom Eynor, aber die Mühe mit der Beschwerde können Sie sich sparen.«

»Wieso, haben Sie etwa besondere Beziehungen zur Kommission? Egal, das wird Ihnen nichts nützen.« sagte die Professorin mit kalter Stimme.

Tom Eynor wirkte ganz gelassen. »Für die Kommission existieren nur Connectoren, die am offiziellen Test teilgenommen und eine Ausbildung an einem der Universitätsinstitute absolviert haben. Das trifft beides nicht auf mich zu. Deswegen kennt die Kommission mich nicht und kann mir auch keine Sanktionen auferlegen.«

Anne Villon starrte ihn mit weit aufgerissenen Augen an. »Kein Test? Keine Ausbildung? Das glaube ich Ihnen nicht.« Als er sie nur weiter freundlich lächelnd ansah, fuhr sie fort. »Das müssen Sie mir erklären, und auch, wie Sie das gemacht haben. Sie haben ja kein Sensotron benutzt.« Die professionelle Neugier der Professorin gewann die Oberhand. Sie verdrängte ihren Ärger.

»Alles jetzt im Detail zu erklären, würde zu lange dauern. Ich kann Ihnen nur sagen, dass es eine intensive Forschung zu psychoneuronalen Vorgängen gibt, die außerhalb ihrer universitären Welt stattfindet.«

»Psychoneuronale Forschung außerhalb der Universitäten?«, fragte die Professorin zweifelnd. »Davon habe ich noch nie gehört, das kann ich mir auch nicht wirklich vorstellen.«

»Und doch existiere ich als Connector, der nie eine Forschungseinrichtung oder ein Trainingszentrum an einer der Universitäten von innen gesehen hat. Das können Sie ja leicht überprüfen.« Tom Eynor war anzumerken, dass er das Erstaunen der Professorin genoss.

Die zog nun ihr altes Netbook wieder hervor und loggte sich in die vertrauliche Datenbank ein, in der alle Connectoren verzeichnet waren.

»Sie haben recht«, musste sie zugeben, »zumindest wenn Sie mir Ihren echten Namen genannt haben. Mit ›Tom Eynor‹ ist tatsächlich niemand eingetragen. Ich werde Sie trotzdem melden. Die Ethik-Kommission wird sich brennend dafür interessieren, wer da im Verborgenen forscht und sich dabei weder um den Schutz der Privatsphäre noch um andere Persönlichkeitsrechte kümmert. Ich bin überzeugt, die werden ihnen genau auf die Finger schauen.«

»Das könnte ich wahrscheinlich nicht verhindern. Aber vielleicht kann ich Sie ja noch überzeugen, keine Meldung zu machen.«

»Da bin ich mal gespannt, wie Sie das anstellen wollen.«

»Ich habe diese psychoneuronale Verbindung nur aufgebaut, um Ihre Aufmerksamkeit zu bekommen.«

»Aufmerksamkeit wofür? Sie sollten mir auch genau erklären, wie Sie das angestellt haben.

»Nun sind wir beim Thema.« Tom Eynor nickte zufrieden.». Ich bin Geschäftsführer eines Unternehmens, das sich unter anderem mit anwendungsorientierter psychoneuronaler

Forschung befasst. Wir haben gewaltige Fortschritte erzielt, von denen Sie nur träumen können. Ein Beispiel haben Sie ja gerade erlebt.«

»Und was genau wollen Sie von mir?«

»Sie sind die führende Kapazität für psychoneuronale Forschung in der Wissenschaft. Wir wollen Ihnen eine Zusammenarbeit anbieten.«

Anne Villon war weiter misstrauisch. »Wenn Sie so viel weiter sind als wir an der Universität, was versprechen Sie sich von meiner Mitarbeit?«

»Um ehrlich zu sein, mit unserer Forschung hatten wir bisher nur ein paar – wenn auch grandiose – Zufallstreffer. Wir möchten das Chaos ordnen und planmäßig, wissenschaftlich fundiert arbeiten. Im Vergleich zu den Universitäten haben wir reichlich Kapital, aber wenig wirklich gute Wissenschaftler.« Tom Eynor ließ seine Worte wirken. »Wollen Sie sich das nicht einfach mal ansehen?«

Anne Villon war sich bewusst, dass er sie zu ködern versuchte, ging aber auf sein Angebot ein. »Wenn mich das zu nichts verpflichtet, könnte ich es mir überlegen.«

Tom Eynor wollte die Professorin nicht mehr von der Angel lassen. »Passt es morgen? Im Vorlesungsverzeichnis steht, dass Sie morgen freihaben.«

»Sie wissen ja bestens über mich Bescheid, ich will aber auch Informationen von Ihnen: Wie heißt denn Ihr Unternehmen?«

»Ist es Ihnen recht, wenn wir Sie um neun Uhr bei Ihnen zu Hause abholen? Wir melden uns kurz vorher per Videofon«. Die Frage der Professorin nach dem Unternehmen blieb unbeantwortet, doch sie hakte nach. »Ich will wissen, mit wem ich es zu tun habe. Ihr Unternehmen?«

»Die Future Communication Company«, antwortete Tom Eynor. Er gab ihr seine Identity-Card. »Bitte, Sie können das überprüfen.«

Die Professorin studierte die Karte ausführlich. »Das scheint zu stimmen, ich werde das aber noch genauer nachprüfen. Wenn alles in Ordnung ist, können Sie mich dann um neun Uhr abholen. So gut, wie Sie informiert sind, kann ich wohl annehmen, dass Sie auch meine Anschrift kennen«, stimmte Anne Villon zu.

2 - Die Connectoren: Future Communication

Am nächsten Morgen, kurz vor neun Uhr, signalisierte das Videofon an der Wand von Anne Villons Apartment einen Anruf von Tom Eynor. Sie sagte »annehmen«. Sein Bild erschien auf dem Display.

»Guten Morgen, Frau Professor, wie verabredet, unser Shuttle steht für Sie bereit.«

»Oh, sehr gut. Ich brauche nur noch eine Minute.«

Kurz darauf verließ sie den Lift, der sie vom zwölften Stock in das Erdgeschoss katapultiert hatte. In der Empfangshalle des Apartmenthauses wurde sie von Tom Eynor erwartet. Er kam ihr entgegen, schüttelte ihr die Hand und sagte: »Wie schön, dass Sie unsere Einladung annehmen. Unser Team freut sich schon auf Ihren Besuch.«

Auf der Straße vor dem Eingang parkte ein langes schwarzes, eiförmiges Shuttle, dessen transparentes, tief heruntergezogenes Dach den Blick auf eine gemütliche Ledersitzgruppe freigab. Geräuschlos glitt die Eingangstür zur Seite. Sie stiegen ein.

»Bevor wir losfahren, muss ich Sie noch auf eine Bedingung aufmerksam machen, die wir an Ihren Besuch knüpfen«, sagte Tom Eynor. »Wir möchten Sie zu strikter Vertraulichkeit und absoluter Geheimhaltung verpflichten.«

Anne Villon wiegte bedenklich den Kopf. »Das kann ich zwar verstehen, aber ich glaube nicht, dass ich wissenschaftliche Erkenntnisse, die mir der Besuch bei Ihnen eventuell bringt, aus meinem Denken eliminieren kann. Sollte ich also besser wieder aussteigen?«

»Nein, nein«, entgegnete Tom Eynor. »So war das nicht gemeint. Wir sind sicher, dass Sie neue Erkenntnisse mitnehmen werden, und natürlich werden Sie die auch für ihre Forschung nutzen. Im Grund freut uns das sogar und macht uns stolz.«

»Was soll ich denn dann geheim halten?« Anne Villon war etwas ratlos.

»Wir möchten nicht, dass Sie von unserem Unternehmen, von unserer Forschergruppe und unseren Zielen erzählen. Wir werden deswegen die Sichtkuppel unseres Shuttles intransparent machen, sodass Sie nicht sehen, wohin wir fahren. Außerdem wird das ganze System gegen Strahlungen und Magnetfelder abgeschottet. Sie können deswegen während der Fahrt mit niemandem kommunizieren, weder konventionell mit Videofon, noch über psychoneuronale Verbindungen.«

»Das klingt ja sehr geheimnisvoll, fast wie eine Entführung«, entgegnete die Professorin spöttisch. »Muss ich da etwa Angst haben?«

Tom Eynor lachte. »Nein, keineswegs. Sie wissen ja, mit welchem Unternehmen Sie es zu tun haben. Außerdem haben Sie auch mein Bild und meine Stimme gespeichert, sowohl in ihrem Gehirn als auch in ihrem Videofon. Die Sicherheitsbehörden hätten mich gleich am Wickel.«

Auch Anne Villon musste nun lachen. »Ich habe meine Zweifel, ob die Sicherheit Sie schnell genug am Wickel hätte, um mein kostbares Leben zu retten. Aber ich stimme zu, ich werde schweigen wie ein Grab.«

»Sehr schön. Wie schon gesagt, Sie dürfen unter keinen Umständen erwähnen, mit welcher Zielsetzung wir Forschung auf dem Gebiet der psychoneuronalen Verbindungen betreiben, nicht einmal, dass wir das überhaupt tun. Die Details sind hier in diesem Dokument niedergelegt. Bitte lesen Sie das, und wenn Sie unterschrieben haben, können wir losfahren.«

Tom Eynor reichte ihr ein Blatt. Die Professorin überflog schnell den Inhalt.

»Ich hätte nicht gedacht, dass so ein großes renommiertes Unternehmen wie die Future Communication Company geheime Forschung betreibt.«

»Sie werden bald unsere Gründe verstehen«, antwortete Tom Eynor.

»Wow, Sie verlangen eine Million Euro Vertragsstrafe, wenn ich gegen diese Verpflichtung verstoße. Das ist enorm viel Geld.«

»Das müssten Sie ja nur dann bezahlen, wenn wir uns nicht auf eine Zusammenarbeit einigen und Sie an anderer Stelle dann über uns, unsere Ziele und unsere Forschung berichten. Wo liegt da für Sie das Problem?«, versuchte Tom Eynor, die Bedenken der Professorin zu zerstreuen.

»Sie haben recht, diese Verpflichtung kann ich leicht einhalten, da habe ich keine Sorgen.« Sie unterschrieb und gab Tom Eynor das Dokument zurück. Der hielt es vor eine Videokamera und sagte, dass er eine Kopie auf ihr Videofon zu Hause übertrage.

Anne Villon nickte zustimmend, dann sprach Tom Eynor das Kommando »Abschirmung aktivieren«. Die bisher durchsichtige Kuppel verwandelte sich in einen hohen und weiten blauen Himmel, über den kleine, weiße Wolkenhäufchen zogen. Ein weiches, nicht zu intensives Sonnenlicht erfüllte den Raum. Das nächste Kommando ertönte. »Abfahrt, Ziel Zentrale«. Anne Villon spürte, dass das Shuttle abhob und sanft beschleunigte.

»Wir könnten die Zeit bis zur Ankunft an unserem Ziel dazu nutzen, dass ich Ihnen etwas über unser Unternehmen erzähle«, begann Tom Eynor.

»Ja, darauf bin ich sehr gespannt«, antwortete Anne Villon.

»Sie wissen ja schon, dass es um die Future Communication Company geht. Was wissen Sie denn über unser Unternehmen?«

»Sie bieten Videofon- und Medien-Systeme an. Mein Videofon läuft auch über eines ihrer Netze. Wenn ich richtig informiert bin, betreiben sie auch interaktive Erlebniswelten, aber das ist nicht so mein Thema.« Anne Villon sah ihren Gesprächspartner nachdenklich an. »Wollen Sie etwa psychoneuronale Verbindungen als allgemein verfügbares Kommunikationssystem weiterentwickeln?«

»Das ist Zukunftsmusik, da werden wir sicher auch dabei sein, wenn das irgendwann einmal Realität wird«, sagte Tom Eynor, »aber zurzeit haben wir ein anderes Ziel. Es geht um unsere interaktiven Erlebniswelten, mit denen wir den Menschen schon heute spannende Erfahrungen ermöglichen. Aber die Herausforderungen des wahren Lebens kann bisher noch niemand wirklich vermitteln. Das hat schon früher kein Buch, kein Museum, kein Kino und kein Theater vermocht. Auch die von uns angebotenen interaktiven Erlebniswelten erreichen das noch nicht wirklich, obwohl sie dreidimensional und holografisch aufgebaut sind und weit über das hinausgehen, was noch bis vor Kurzem möglich war. Was uns vorschwebt, das kann man nur mit psychoneuronalen Verbindungen schaffen. Das Projekt läuft bei uns unter dem internen Namen *Psy-Sensation*, und wir sind kurz vor dem Durchbruch.« Tom Eynor lehnte sich selbstzufrieden lächelnd zurück.

»Das kann ich mir nicht wirklich vorstellen, wie soll das funktionieren?«

»Ich will versuchen, es mit einfachen Worten zu erklären. Wir bieten denjenigen, die Interesse haben, in den Nervenkitzel des wirklichen, echten Lebens zu tauchen, die Ausbildung zu Connectoren an. Wir haben eine Methode entwickelt, mit der sehr viele Menschen diese Fähigkeit erwerben können. Mehrere unserer Mitarbeiter, die vorher durch den offiziellen Eignungstest durchgefallen waren, sind von uns schon erfolgreich trainiert worden.« Tom Eynor wartete einen Moment, bis die Professorin sich von ihrer Überraschung erholt hatte.

»Die von uns Ausgebildeten werden dann die Möglichkeit haben, realistische Erfahrungen in Situationen zu sammeln, in die sie sich nie im Leben hineinwagen würden.«

»Haben Sie mal ein konkretes Beispiel, wie das aussehen könnte?«, wollte Anne Villon wissen.

»Stellen Sie sich etwas vor, was Sie schon immer mal erleben wollten, was Sie sich aber nie getraut und deswegen auch nie versucht haben.« Nach einer kurzen Pause legte Tom Eynor nach. »Ich bin sicher, auch Sie haben hin und wieder solche Fantasien, so wie jeder Mensch.«

»Okay, ich denke mir mal was aus.« Anne Villon dachte einen kurzen Moment nach, dann sagte sie: »Wie wär's damit: Ich würde gern mal auf einem Drahtseil über den Grand Canyon laufen, ohne Netz und ohne sonstige Absicherung.«

»Nichts einfacher als das.« Tom Eynor war ganz selbstsicher. »Stellen Sie sich vor, Sie liegen ganz bequem auf einer Liege in unserem Sensotron und haben eine psychoneuronale Verbindung zu einem von uns vermittelten Hochseilartisten, der gerade den Grand Canyon auf einem Seil überquert. Sie sehen mit seinen Augen in den tiefen Abgrund unter Ihren Füßen,

Sie fühlen mit seinen Sinnen, wie das Seil unter Ihnen schwankt, Sie merken, wie der Wind an Ihnen zerrt, Sie spüren seine Zuversicht und seine Ängste, als ob es Ihre eigenen wären, und Sie empfinden die Glücksgefühle, wenn Sie dann drüben angekommen sind. Und alles das haben Sie nicht mit einer gewissen Distanz in einer gut gemachten dreidimensionalen Computeranimation gesehen, sondern Sie haben es selbst erlebt, Sie waren wirklich auf diesem Seil, mit all Ihren Sinnen, und trotzdem völlig gefahrlos und ohne Risiko für Ihr Leben.«

Anne Villon war beeindruckt. »Das klingt hochinteressant und faszinierend. Ich kann mir vorstellen dass das für die Future Communication Company ein gigantisches Geschäft wird, wenn es einmal in voller Breite einsatzbereit sein sollte. Erst verdienen Sie an der Ausbildung der Leute, und dann an den vermittelten Erlebnissen. Trotzdem, mir sind bei ihrer Schilderung gleich einige Fragen durch den Kopf gegangen. Ich sehe unter anderem auch ein gravierendes moralisch-ethisches Problem.«

»Zu Ihren fachlichen Fragen wird nachher unser Team versuchen Antworten zu geben, soweit das derzeit überhaupt möglich ist. Wir wissen wirklich noch nicht allzu viel, das ist ja auch der Grund, weshalb wir Sie zur Mitarbeit bewegen wollen. Doch welches moralisch-ethische Problem sehen Sie dabei?« Tom Eynor sah die Professorin auffordernd an.

»Wie wollen Sie verhindern, dass die von Ihnen ausgebildeten Connectoren ihre Fähigkeiten nutzen, um sich in die Wahrnehmungs- und Gefühlswelt X-beliebiger Menschen einzuschalten?«

Tom Eynor nickte zustimmend. »Da sprechen Sie tatsächlich eine Frage an, zu der wir noch keine Antwort haben. Wir haben dazu eine Idee, wissen aber noch nicht, wie wir das realisieren können. Wir stellen uns vor, dass die Connectoren sich nur mit solchen Menschen verbinden können, die ein bestimmtes Codewort in ihrem Gedächtnis gespeichert haben. Außerdem müssten diese in der Lage sein, eine Verbindung wirksam ablehnen zu können. Die Entwicklung in dieser Richtung weiter zu treiben ist eines der Themen, für das wir Sie gerne gewinnen würden.«

*

Mittlerweile hatte das Shuttle angehalten. »Wir sind da«, sagte Tom Eynor. Wie von Geisterhand bewegt, öffnete sich die lautlose Schiebetür und gab den Blick in eine mit Stahl, Glas und Beton futuristisch gestylte Tiefgarage frei. Sie stiegen aus. »Sehr geheimnisvoll«, dachte Anne Villon, »ich weiß wirklich nicht, wo wir sind.«

»Hier entlang, bitte«. Tom Eynor führte sie die wenigen Meter zu einer massiven Stahltür. Dort angekommen sagte er »PsySensation«, und die Tür glitt mit leisem Surren zur Seite.

»Ist das Sicherheitssystem nicht ein wenig simpel, bei all der sonstigen Geheimniskrämerei, die Sie machen?«, fragte Anne spöttisch. »Das Wort PsySensation kann doch jeder sagen, und ihre Stimme kann man aufzeichnen, falls das Klangspektrum ihrer Stimme wichtig sein sollte.«

»Der Empfänger in der Tür reagiert nicht nur auf die Übereinstimmung von gesprochenem Wort und Klangspektrum, sondern prüft auch das von meinem Gehirn ausgehende Denkmuster, wenn ich *PsySensation* sage. Dieses Denkmuster ist so einzigartig wie eine Genprobe, das ist absolut sicher«, antwortete Tom Eynor.

»Das leuchtet mir ein. Aber wie schaffen Sie es, die von Ihrem Gehirn ausgehenden Impulse so stark und so zielgerichtet zu senden, dass sie ohne gigantisch große Empfangsanlagen erfasst werden können?«

»Genauso, wie wir es schaffen, dass wir als Connectoren selbst diese Impulse ohne zusätzliche Verstärker empfangen und detektieren können. Das zeige ich Ihnen gleich. Kommen Sie erst mal mit in unser Allerheiligstes.« Mit diesen Worten geleitete er sie durch einen modern-nüchtern eingerichteten, menschenleeren Empfangsraum zu einer weiteren Tür, die in das eigentliche Labor führte.

Drinnen sah es ähnlich aus wie in den Anne Villon so vertrauten Forschungslabors an der Universität, nur war alles noch ein wenig moderner, teilweise aber auch rätselhaft. Der Raum wurde beherrscht von einem in der Mitte stehenden Sensotron, das fast so aussah wie die ihr bekannten Geräte aus der Universität. Hier allerdings war die mit Metall verkleidete Spule, die in Kopfhöhe rund um die Liege angebracht war, mindestens viermal so dick wie bei konventionellen Sensotrons. Von der Spule führten mehrere armdicke Kabel zu einem Schaltschrank am Ende des Raumes. Auf einer Konsole neben der Liege lagen zwei mattsilbern glänzende, handtellergroße Metallplatten, die ebenfalls über Kabelstränge mit dem Schrank an der Wand verbunden waren. Die Wände rechts und links im Raum bestanden aus überdimensionalen Displays, welche die dahinter befindlichen Computer verbargen. An der Decke über dem Sensotron war ein großes Touchdisplay in einer Höhe angebracht, die von einem Menschen auf der Liege leicht erreicht werden konnte.

Auf einem der Displays an der rechten Wand war gerade ein überdimensionaler Gehirnscan zu sehen, der sich im Zeitraffertempo änderte. Davor saßen zwei Männer und diskutierten anscheinend über die Bedeutung der Änderungen, die im Scan zu sehen waren. Daneben stand ein weiterer Mann und verfolgte interessiert ihr Gespräch. Als er die Ankömmlinge bemerkte, hob er die Hand zur Begrüßung.

*

»Hallo Tom, da bist du ja!«, rief er erfreut. »Wie ich sehe, hast du unseren Gast mitgebracht. Willkommen in unserem Reich, Frau Professorin Villon!« Er kam herüber und schüttelte Anne Villon die Hand. »Wir haben alle Vorbereitungen getroffen. Ich bin sicher, was wir Ihnen heute zeigen, das haben Sie noch nie gesehen!«

»Das ist unser Vorstand Frank Forster«, erklärte Tom Eynor mit entschuldigendem Blick zu Anne Villon. »Manchmal vergisst er vor lauter Begeisterung für unser Projekt die einfachsten Anstandsregeln.« Dann wandte er sich kopfschüttelnd zu Frank Forster.

»Lass' die Professorin doch erst mal ankommen. Außerdem hättest du dich ruhig vorstellen können.«

»Mein Freund und Geschäftsführer Tom ist korrekt wie immer. Bitte entschuldigen Sie meinen Übereifer.« Frank Forster grinste. »Aber glauben Sie mir, Frau Professorin, schon bald werden Sie meine Begeisterung teilen. Und Sie werden uns dafür danken, dass wir Sie eingeladen haben, und sich nichts sehnlicher wünschen, als bei uns mitarbeiten zu können.«

Frank Forster war ein relativ kleiner Mann von drahtiger Statur, mit grauem, schütter wirkendem Haarwuchs. Anne Villon kannte ihn aus den Medien, wo er außer in den Wirtschaftsinformationen immer wieder in der Sportberichterstattung erwähnt wurde. Er mochte etwas über 50 Jahre alt sein. In seiner Altersklasse war er einer der besten Triathleten in Europa. Sein kleines, schmales Gesicht war ein einziger Ausdruck von Begeisterung.

»Lassen Sie doch bitte die Anrede *Professorin* weg, sagen Sie einfach Frau Villon«, antwortete Anne. »Und seien Sie sich nicht zu sicher, ich bin nicht so leicht zu überzeugen.«

Frank Forster nickte, nahm sie am Arm und führte sie zu einem der Displays an der Wand. »Zeige den letzten Global-scan von Toms Gehirn«, sprach er in Richtung des Displays. Auf dem Bildschirm erschien sofort riesengroß ein mehrfarbiges Abbild eines Gehirns.

»Das ist Toms Gehirn. Die blau gefärbten Bereiche sind die Gehirnregionen, die aktiv sind, wenn er eine globale, alle Sinnesmodalitäten umfassende psychoneuronale Verbindung hat«, kommentierte er das Bild. »Fällt Ihnen etwas auf?«

»Ich bin beeindruckt«, antwortete Anne Villon. »Die aktive Gehirnregion ist unvorstellbar groß im Vergleich zu allen Connectorgehirnen, die ich bisher gesehen habe, einschließlich meines eigenen.«

»Sehen Sie, und das ist der Grund, weshalb ich gestern eine Verbindung ohne Sensotron zu Ihnen aufbauen konnte«, schaltete sich Tom Eynor in das Gespräch ein. »Durch die gigantisch große Anzahl vernetzter Neurone bin ich so sensibel für die Schwingungen anderer Gehirne, dass ich keinen Verstärker brauche.«

»Und wie sind Sie zu diesem Netzwerk gekommen? Kann das jeder entwickeln? Was kann man damit noch alles machen?« Anne Villon sprudelte die Fragen vor Aufregung geradezu heraus.

Diesmal antwortete wieder Frank Forster. »Wir wissen noch ziemlich wenig darüber, wie und warum das funktioniert, aber wir können es zuverlässig reproduzieren. Wenn Sie sich zu einer Mitarbeit bei uns entschließen, haben Sie ein vergleichbares Netzwerk in Ihrem Gehirn in kurzer Zeit aufgebaut.«

Frank Forster war anzumerken, dass er sich über das deutliche Interesse von Anne Villon freute.

Tom Eynor blickte verständnisvoll lächelnd zu der Professorin. »Eins nach dem anderen. Beginnen wir zunächst mal damit, was ich mit dem psychoneuronalen Netzwerk in meinem Gehirn alles kann. Sie haben schon erlebt, dass ich mich ohne Verstärker in Ihre Sinnesmodalitäten einklinken kann. Sie erinnern sich wahrscheinlich auch daran, dass Sie dabei auf einmal Gedanken hatten, Worte vernahmen, die nicht von ihnen selbst stammten?«

»Ja, das war mir irgendwie rätselhaft, geradezu unheimlich. Ich glaubte zunächst, das hätte ich mir eingebildet.«

»Nein, dafür war ich verantwortlich. Innerhalb der Verbindung zu Ihnen habe ich den Spieß umgedreht: Ich konnte Sie an meinen Wahrnehmungen, Empfindungen und Gedanken teilhaben lassen, ganz wie ich wollte.«

Anne Villon war entsetzt. »Damit können Sie ja jeden Menschen manipulieren.«

»Nein, das geht nicht. Gedankenkommunikation wirkt nicht anders als gesprochene Worte. Wenn ich Ihnen die gedachte Frage ›*Wollen Sie mit mir heute Abend zum Essen gehen?*‹ schicke, liegt die Entscheidung dafür oder dagegen immer noch bei Ihnen, genau so, als wenn ich das laut ausgesprochen hätte.«

»Gut, das leuchtet mir ein. Aber trotzdem, mir ist unwohl bei dem Gedanken, dass das bald jeder kann.«

»Hoffentlich nicht bei dem Gedanken, mit mir Essen zu gehen. Aber Spaß beiseite. Bedenken Sie, dass man erst eine psychoneuronale Verbindung aufbauen muss, bevor man Gedanken oder Wahrnehmungen schicken kann. Und da dieser Aufbau von den Betroffenen bemerkt wird, sind sie darauf vorbereitet.« Tom Eynor versuchte, Anne Villons Bedenken zu zerstreuen, was ihm aber nicht gelang. Sie bestand auf ihrem Einwand. Den Vorschlag mit dem Essen überging sie kommentarlos.

»Sie müssen einen für jeden Menschen verfügbaren Prozess entwickeln, wie man sich gegen unverlangte Kontaktaufnahme wehren kann. Bei einem Anruf über das Videofon brauche ich ja auch nicht rangehen, oder kann es ganz abschalten.«

Frank Forster stimmte zu. »Die Idee ist richtig. Das wäre doch eine Aufgabe für Sie hier bei uns.«

»Ich werde auf jeden Fall in dieser Richtung arbeiten, ob bei Ihnen, da bin ich noch nicht sicher. Zuerst brauche ich weitere Informationen über den Stand Ihres Projektes. Welche Überraschungen haben Sie denn noch auf Lager?«

»So einiges. Zum Beispiel sind wir so weit, dass die zwischen Connector und seinem Partner übertragenen Gedanken verstanden werden, egal, in welcher Sprache einer der beiden denkt und spricht, und sei diese noch so exotisch.«

»Wie? Ein Chinese könnte mit mir über eine psychoneuronale Verbindung in seiner Muttersprache kommunizieren und wir würden uns verstehen, obwohl ich keine Ahnung von Chinesisch habe?« Anne war ihre Skepsis deutlich anzumerken.

»Genau so ist es. Wir haben in einem Experiment Menschen, die garantiert kein Latein verstehen, Originalzitate aus Cäsars *De Bello Gallico* geschickt. Sie haben die Sätze richtig übersetzt in ihrer Muttersprache wiedergegeben.«

»Unglaublich, was haben Sie noch auf Lager?«, fragte die Professorin fassungslos.

»Die von uns ausgebildeten Connectoren können auch mit den Menschen eine Verbindung aufnehmen, zu denen kein Sichtkontakt besteht. Allerdings wird dafür noch ein Sensotron benötigt. Aber wir sind sicher, dass das für die besten Connectoren bald auch nicht mehr nötig sein wird.«

»Das wird ja immer fantastischer. Zu wirklich jedem Individuum? In jeder beliebigen Entfernung? Durch alle möglichen Schichten von Metall, Beton, Glas, Plastik? Wie machen Sie das?« Auch jetzt wieder produzierte Anne Villon Fragen wie ein Wasserfall. Ihre wissenschaftliche Neugierde hielt sie fest im Griff.

Frank Forster schmunzelte. »Sie sind ja wirklich extrem wissbegierig. Wir sind gerade am Beginn der Arbeiten zu diesem Thema. Bisher haben wir Verbindungen ohne Probleme innerhalb unseres Standortes hier realisiert. Wir wollten die jeweiligen Partner für Distanzverbindungen nicht dem Zufall überlassen. Heute werden wir erstmals ein Experiment durchführen, bei dem sich unser Connector eine möglichst weit entfernte Person als Verbindung suchen soll.«

»Wie wollen Sie sicherstellen, dass das, was der Connector wahrnimmt, wirklich von einer anderen Person stammt?«, fragte Anne Villon.

»Er soll die Person auffordern, sich danach bei uns per Videofon zu melden und eine von ihm übertragene Botschaft zu wiederholen. Die Botschaft kennt der Connector im Moment noch nicht, die wird ihm erst kurz vor Beginn des Experiments bekannt gegeben.«

»Dann wollen wir mal hoffen, dass das klappt«, entgegnete Anne Villon skeptisch.

»Das hoffen wir alle.« Tom Eynor winkte den beiden Männern, die immer noch vor dem großen Wanddisplay saßen und miteinander diskutierten. »Adrian, Michael, seid ihr bereit?«

Die beiden unterbrachen ihr Gespräch. »Klar, von uns aus kann es losgehen«, sagte einer von ihnen. Sie gingen zum Sensotron in der Mitte des Raumes, wo mittlerweile auch die anderen standen.

»Darf ich vorstellen«, sagte Tom Eynor. »Das ist Adrian Heldt, ein Connector mit ganz besonderen Fähigkeiten. Er hat die Ausbildung gerade erst abgeschlossen und hat schon ein psychoneuronales Netzwerk in seinem Gehirn ausgebildet, das um den Faktor zwei umfassender ist als meines.«

Der mit Adrian angesprochene, ein Mann von knapp 30 Jahren, lächelte verlegen. Er war ein wahrer Hüne, mit breiten Schultern und muskelbepackten Armen. Seine blonden Haare fielen in Locken bis fast auf die Schultern. »Ob das mit den besonderen Fähigkeiten stimmt, muss sich erst noch herausstellen«, sagte er, als er Anne Villon die Hand reichte.

»Und das ist Michael Cisslac, unser bester Spezialist für medizinische Technik«, stellte Tom Eynor den anderen Mann vor. »Ohne ihn wüssten wir heute noch nicht, wie man den Aufbau psychoneuronaler Verbindungen so effektiv unterstützen kann.«

»Nachher kann ich Ihnen gern einiges zur Technik hier im Raum erklären«, meinte Michael und schüttelte der Professorin die Hand.

Mittlerweile hatte Adrian sein Hemd ausgezogen, und reckte seinen muskulösen Oberkörper.

»Der ist ja echt sexy«, dachte Anne Villon. Als Tom Eynor sie angrinste, erschrak sie. Hatte er etwa unbemerkt eine Verbindung zu ihr aufgebaut und ihre Gedanken erfasst? Sie funkelte ihn mit zusammengezogenen Augenbrauen an.

Er hob die Hände. »Ich habe keinerlei Verbindung zu Ihnen, ich weiß nicht, was Sie denken«, meinte er. »Aber ich kann es mir vorstellen.« Dann wechselte er das Thema. »Sicher wollen Sie wissen, was wir vorhaben. Michael kann es Ihnen erklären.«

*

Michael war dabei, mit Tape eine der auf der Konsole liegenden Metallplatten auf Adrians Rücken zwischen den Schulterblättern zu befestigen. Die zweite Metallplatte wurde auf Adrians Brust genau gegenüber angebracht.

»Wenn wir durch diese Platten einen hochfrequenten, gepulsten Wechselstrom mit niedriger Stromstärke schicken, wird die Sensibilität von Adrian deutlich gesteigert«, erklärte Michael. »Damit wird er von Gehirnen ausgehende Impulse und Magnetfelder mit extrem niedriger Feldstärke empfangen und detektieren können.«

Adrian hatte sich in der Zwischenzeit auf der Liege ausgestreckt und sagte »ich bin bereit, es kann losgehen. Soll ich die Anlage aktivieren?« Er hob den Arm, und als Michael sein Okay gab, tippte er auf einen Button auf dem Display über seinem Kopf. Ein fast unmerklich leises Summen war zu hören.

»Nun arbeitet das Sensotron«, war Michael zu hören. »Jetzt generiere mal die Botschaft, die dein Kontakt übermitteln soll«, gab er die nächste Anweisung. Zu Anne Villon gewandt erklärte er, dass ein Zufallsgenerator einen kurzen Satz aus einer Literaturdatenbank mit sämtlichen bekannten Werken der Menschheit auswählen würde. Auf den Displays an den Wänden und über Adrians Kopf erschien der Text ›Siegfried erschlägt den Drachen‹ und darunter die Quellenangabe: ›Aus dem Drehbuch zum Film *Die Nibelungen* von Fritz Lang, Deutschland 1924. Drehbuchautorin: Thea von Harbou‹.

Adrian las den Satz ›Siegfried erschlägt den Drachen‹ laut und deutlich vor, dann schloss er die Augen und entspannte sich. Von der Metallplatte auf seiner Brust ging ein hellblaues metallisches Leuchten aus. Auch unter seinem Rücken war das Leuchten durch die halbtransparente Liege zu sehen. Im Raum herrschte eine angespannte, erwartungsvolle Stille.

3 - Nibelungensage: Unterwegs zu Mime

Als Siegfried sein Pferd durch das Xantener Stadttor zum Rhein lenkte, spielte ein zufriedenes Lächeln um seine Lippen. Seine Eltern waren doch einfach auszurechnen. Sein Vater, der mächtige König von Xanten, glaubte anscheinend wirklich, er habe selbst entschieden, ihn zu dem berühmten Schmied Mime in die Lehre zu geben. Wenn sein Vater wüsste, dass er, Siegfried, das alles heimlich eingefädelt hatte, er würde einen Tobsuchtsanfall bekommen und sich bemühen, alles wieder rückgängig zu machen.

Siegfried war siebzehn Jahre alt. Ihm war bewusst: Unter seinen Altersgenossen und auch denjenigen, die etwas älter waren, gab es keinen, der die alten Runentafeln besser lesen und lateinische Schriften besser übersetzen konnte, keinen, der mehr wusste über die Götter und alle Völker dieser Welt. Und vor allem, es gab keinen, der sich mit ihm in irgendeinem Wettkampf messen konnte, sei es Laufen, Speer- oder Steinwerfen, Schwertkampf oder Lanzenstechen.

Die Enge des elterlichen Hofes bedrückte ihn schon lange, er wollte endlich weg und etwas erleben. Er war der ewigen Nörgelei seines Vaters überdrüssig. »Du musst Dich besser beherrschen lernen! Du bist zu überheblich! Du musst Bescheidenheit und Demut lernen!«, solche Sprüche musste er sich immer wieder anhören. Aber er hatte seine Mutter Sieglinde auf seiner Seite. Sie nahm ihn in Schutz und besänftigte häufig den Zorn seines Vaters. Vor einigen Tagen nun hatte Siegfried seine Mutter überredet, sie solle bei nächster Gelegenheit seinem Vater vorschlagen, ihn zu Mime in die Lehre zu geben. Das schien ihm ein guter Weg, endlich aus der Bevormundung loszukommen.

»Sage ihm, er verlange doch immer, ich müsse mir endlich irgendwo die Hörner abstoßen«, hatte er seiner Mutter erklärt. »Bei Mime kann ich mich doch austoben, er und seine Gesellen sind bärenstark.«

Seine Mutter hatte ihn nachdenklich angesehen und dann genickt. »Der Gedanke gefällt mir. Im Grunde hat dein Vater ja recht, du musst wirklich einmal in eine Umgebung, wo du nicht alle Vorrechte als Sohn des Königs hast. Bei Mime könntest du erfahren, was du ohne diesen Vorteil, nur auf dich, dein Wissen und deine Kraft beschränkt, erreichen kannst. Außerdem ist der Schmied sehr klug, und du bist dann nicht mehr so einfach der Überlegene. Dort wirst du lernen, auch Niederlagen anzunehmen.«

Siegfried hatte am Abend gelauscht, als Sieglinde ihren Gemahl Siegmund angesprochen und die Idee erläutert hatte. Sie hatte gar nicht viel Überredungskunst gebraucht, Siegmund hatte sofort die Vorteile für Siegfrieds Erziehung gesehen und zugestimmt.

Ein Bote war zu Mime geschickt worden, mit dem Auftrag, dem Schmied das Vorhaben zu erklären. »Vor allem darf Siegfried keinerlei Rücksichtnahme als Königssohn genießen, er muss behandelt werden wie alle anderen Lehrlinge und Gesellen in der Schmiede auch«, war die wichtigste Botschaft, die Mime übermittelt worden war.

Als Siegfried von seinem Vater erfahren hatte, dass der ihn zu Mime schicken wolle, hatte er sich nach außen demütig und gehorsam gegeben, innerlich aber frohlockt.

In Wirklichkeit hatte er gar nicht vor, lange bei Mime zu bleiben, er wollte die Schmiede nur als Gelegenheit nutzen, aus dem eng gewordenen Umfeld in Xanten zu entkommen. Und einer Sache war er sich sicher: Keiner, auch nicht Mime oder einer seiner Gesellen, würde es wagen, den Sohn des Königs ernsthaft herauszufordern, auch wenn sie den Auftrag hatten, ihn wie Ihresgleichen zu behandeln. Außerdem glaubte er, ihnen mit Sicherheit körperlich und geistig weit überlegen zu sein. Gewiss, ein neues, besonderes Schwert sollte schon herausspringen, so lange würde er bleiben, aber dann wollte er Abenteuer suchen und Heldentaten vollbringen. Meister Mime war für seine Schwertschmiedekunst berühmt, und am Hofe wurde erzählt, er habe ein besonderes Eisen, das die Götter vom Himmel hatten fallen lassen. Ein Schwert, mit Mimes Kunst aus dem göttlichen Eisen geschmiedet, das wollte er haben.

*

Mittlerweile hatte Siegfried schon längst den Rhein überquert und war unterwegs durch einen finsteren, dichten Wald. Es fing schon an zu dämmern, als er zu einer lang gestreckten Ebene kam. Am Horizont ragten wild gezackte Felsen in den fahlen Abendhimmel. Auf halbem Weg, inmitten verwüsteter Kornfelder lag ein einsames Gehöft. Die Gebäude, ein Wohnhaus, der Stall und eine Scheune, waren niedergerissen. Teilweise bestanden sie nur noch aus schwarz verkohlten Holzbalken. Als Siegfried dort ankam, war ein gebeugter Mann in einem derben Bauernkittel gerade damit beschäftigt, einen Ochsenkarren mit ein paar Habseligkeiten zu beladen. Mit müden, schleppenden Bewegungen zog er eine Kiste über die aufgewühlte Erde zum Karren und versuchte, sie aufzuladen. Es gelang ihm nicht, immer wieder rutschte sie ab und fiel auf den Boden zurück. Resigniert sank er auf die Knie. Tränen flossen über sein Gesicht.

Siegfried hielt sein Pferd an. »Was ist denn hier geschehen?«, fragte er den Bauern aus der Höhe seines Sattels. »Wurdest du von Räubern und Mordbrennern überfallen, haben die hier so gehaust?«

»Nein, viel schlimmer, der Drache war hier«, antwortete der Mann, noch immer unter Tränen. Tiefer Schmerz, aber auch Ärger und Wut ließen seine Stimme beben. »Nicht nur, dass er meinen Hof niedergetrampelt und verbrannt hat, nein, er hat auch mein Weib und meine drei Kinder getötet. Was habe ich den Göttern getan, dass sie mich so strafen?«

Während der Bauer diese Worte sprach, spürte Siegfried einen seltsamen Druck und ein Blitzen im Kopf, als würde er selbst in seinem Schädel diesen abgründigen Schmerz empfinden, der in den Sätzen des Mannes zum Ausdruck kam.

Der Bauer sprach weiter. »Ach, wenn doch nur ein Held käme, der dieses Ungeheuer töten könnte, alle Menschen würden ihn lobpreisen und verehren.«

Wieder spürte Siegfried den Druck hinter seiner Stirn. Dann war es ihm, als würde vor seinen Augen eine fremdartige, hell leuchtende Tafel erscheinen, auf der seltsame Zeichen eingegraben waren.

Er war sicher, die Bedeutung der Zeichen zu erkennen. »Siegfried erschlägt den Drachen«, sagte er laut. War das der Moment, auf den er so lange gewartet hatte? Ein göttliches Zeichen? War er auserwählt? »Ja, ich erschlage den Drachen« wandelte er in Gedanken den Satz ab und schrie ihn voller Begeisterung hinaus. Und wie zur Bestätigung hörte er nun eine Stimme in seinem Kopf: »Siegfried erschlägt den Drachen«.

Erstaunt richtete der Bauer den Blick auf den jungen Reiter. Der saß in stolzer Pose auf seinem Pferd, die Hand mit dem Schwert hoch empor gereckt. In den Augen des Geplagten glomm ein Funke der Hoffnung auf, der aber gleich wieder von Resignation überschattet wurde. »Ach, Ihr seid jung, stark und unerschrocken. Doch das wird nicht reichen. So viele edle Ritter haben schon versucht, den Drachen zu töten. Die waren vielleicht nicht so stark wie Ihr, aber älter und erfahrener. Trotzdem ist keiner je wieder zurückgekommen. Auch Ihr werdet den Drachen nicht töten können. Das vermag nur Wotan oder Thor mit seinem Hammer.«

Siegfried schüttelte den Kopf. Hatte er wirklich eine göttliche Eingebung? War das tatsächlich er gewesen, der gesagt hatte, dass er den Drachen töten würde? Oder würde der Drachen nicht eher ihn töten, wenn er sich zu leichtfertig auf dieses Abenteuer einließ? Nein, wieder war da die Stimme: »Siegfried erschlägt den Drachen«. Nun war er sicher, das musste eine göttliche Eingebung sein. Er hörte noch einige Worte, deren Sinn er aber nicht verstand. Dann war der Druck in Siegfrieds Kopf so schnell verschwunden, wie er aufgetaucht war.

Sein Vorhaben, weswegen er hier unterwegs war, wurde ihm wieder bewusst. Er wollte zu Mime dem Schmied, um ein besonderes Schwert aus dem himmlischen Eisen zu bekommen. Und nun war er ganz sicher, dass es seine Bestimmung war, mit diesem Schwert den Drachen zu erschlagen.

»Ich bin auf dem Weg zu Mime, um dort ein magisches Schwert zu schmieden. Mit diesem Schwert wird es mir gelingen, den Drachen zu töten«, sagte er zu dem Bauern. »Wie weit ist es noch bis zu Mimes Schmiede?«

»Noch ungefähr einen Tagesritt«, antwortete der Bauer und sah Siegfried mit einer Mischung aus Hoffnung, Zweifel und Trauer an. »Möge es Euch gelingen, Herr«, sagte er. »Ich kann Euch leider keine Herberge mehr bieten, doch ungefähr eine Stunde des Wegs von hier in Richtung jener Felsen mit Mimes Schmiede gibt es eine kleine Weidehütte zum Schutz gegen schlimme Unwetter. So die Götter wollen, ist die unversehrt und ihr könnt Euch dort niederlegen.«

Dann wandte sich wieder seinem Karren zu. »Die Götter mögen Euch beschützen.«

»Es wird Zeit, weiter zu reiten.« Mit diesen Worten gab Siegfried seinem Pferd die Sporen und galoppierte davon. Er hielt auf die am Horizont kaum noch sichtbaren Felsen zu.

4 - Die Connectoren: Experiment I

Er begann mit tiefen Atemzügen. Obwohl Adrian nach Abschluss seiner Ausbildung zum Connector noch nicht viele psychoneuronale Verbindungen gehabt hatte, beherrschte er mittlerweile sehr gut die Vorgänge, die den Aufbau einer derartigen Verbindung zu einem anderen Gehirn erleichterten. Zu Beginn war eine kurze, aber intensive und kontrollierte Atemphase wichtig. Erst nachdem er zum fünften Mal tief und lang ausgeatmet hatte, erlaubte er seinen Augen, sich zu schließen. Es verging nur der Bruchteil einer Sekunde, bis er ein Universum von Sinneseindrücken spürte. Es war, als würde ein Telekommunikationsempfänger zwischen verschiedenen Empfangsfrequenzen oszillieren, so empfing er Fragmente unterschiedlichster Wahrnehmungen und Gedanken.

Er sah vom Gipfel eines hohen Berges in ein unendlich weites Tal. Er sah über schäumenden Wellen eine ferne Küstenlinie. Eine Stimme, inmitten eines Lärmpegels wie aus einer Kneipe, sagte »der Europarat müsste aufgelöst werden«. Andere Stimmen flüsterten, schrien, deklamierten oder murmelten. Eine gedachte Frage war zu spüren: »Ob sie heute Abend mit mir …?« . Er roch den Duft von Blumenwiesen, Gewürzen, Kloaken, kostbaren Parfüms, Fabriken. »Endlich, endlich weg von Zuhause …«, dachte jemand. Und wieder Bilder von Blicken auf Computerdisplays, auf andere Menschen, darunter eine wunderschöne nackte Frau, Landschaften, Arbeitsplätze, Küchen. Nur einen Moment war er irritiert, als er durch das Cockpit eines altertümlichen Kampfflugzeugs sah, wie Bomben auf eine Wüstenstadt geworfen wurden. »Filmaufnahmen«, dachte er.

»Was soll ich auswählen?«, überlegte er. »Etwas Exotisches, nichts mit Technik. Aber auch keine erotischen oder sexuell animierenden Wahrnehmungen, das wäre zu heikel«, engte er seine Auswahl ein. Er öffnete kurz die Augen und blickte noch einmal zum Display über seinem Kopf. »Siegfried erschlägt den Drachen«, las er noch einmal in Gedanken.

»Der Drache war hier«, hörte er da eine männliche Stimme sagen.

»Was ist das, wollen die mir einen Streich spielen?«, dachte Adrian. Er las noch einmal auf dem Display den Satz, den er seiner Verbindung übermitteln sollte, diesmal mit lauter Stimme: »Siegfried erschlägt den Drachen«.

Dann war wieder eine Stimme zu hören. »»Ach, wenn doch nur ein Held käme, der dieses Ungeheuer töten könnte, alle Menschen würden ihn lobpreisen und verehren.«

»Hier wird wohl auch gerade ein Film gedreht, ein Thema aus dem Mittelalter anscheinend«, sagte er sich. Das war interessant, er beschloss, diese Verbindung zu halten und zu intensivieren.

Dazu konzentrierte er sich auf die Wahrnehmung des Körpers seiner Verbindung. »Ein junger Mann«, dachte er. Er wurde sich jedes einzelnen Muskels des fernen Körpers bewusst, und spürte die darin ruhende Energie. »Noch keine zwanzig Jahre alt, gesund, kräftige Muskeln, die Haut sehr rau, ungepflegt«. Er spürte die Gliedmaßen und Organe seiner Verbindung, seinen ganzen Körper. »Ich nehme seinen Körper wahr«, dachte er. Alles ging sehr gut. »Als Zweites kommt die Wahrnehmung der Umgebung«, zitierte Adrian in Gedanken aus dem Lehrbuch der psychoneuronalen Verbindungen. Er generierte eine Verknüpfung zu allen Rezeptoren des Körpers seines Partners und klinkte sich so endgültig in dessen Wahrnehmungen ein. Es war eine Ehrfurcht gebietende Erfahrung, sich gleichsam in einem anderen Körper aufzuhalten und zu sehen, zu hören und zu fühlen, was dieser sah, hörte und fühlte.

Er saß tatsächlich auf einem Pferd, spürte den Sattel unter sich und die Zügel in der Hand. Er war in ein einfaches Gewand aus rauem Leinen gekleidet, das von einem Ledergurt um die Hüfte zusammengehalten wurde. An diesem Gürtel hing ein Schwert mit breiter, leicht rostiger und schartiger Klinge.

Er spürte, wie sein Arm das Schwert aus der Gürtelschlaufe zog und hoch emporstreckte. Gleichzeitig glaubte er, mit lauter Stimme »Ja, ich erschlage den Drachen« zu rufen. Adrian öffnete nur kurz die Augen, um sich zu vergewissern, dass sein rechter Arm ruhig und ohne Schwert neben seinem Körper auf der Liege des Sensotrons lag. Er schickte seinem Partner über die psychoneuronale Verbindung die Korrektur: »Siegfried erschlägt den Drachen«.

Nun sah er auch den Mann, der zu Beginn der Verbindung gesagt hatte »Der Drache war hier«. Es war ein alter Mann, verwahrlost, in grobes, zerlumptes Sackleinen gekleidet, das mit einem halb verrotteten Strick zusammengehalten wurde. Er hatte lange, wirre, strähnige Haare, deren Farbe nicht erkennbar war, ein faltiges Gesicht, mit einigen wenigen fauligen Zahnstummeln. »Eine irre Leistung der Maskenbildner«, dachte Adrian, »das wirkt so täuschend echt.« Der Alte war gerade dabei, einen primitiven Karren mit allerlei Gerümpel zu beladen. Er schaffte es aber wohl nicht, die gerade angeschleppte Kiste anzuheben. Vor dem Karren war ein knochiger, abgemagerter Ochse eingespannt.

Adrian schickte noch einmal die Botschaft ›Siegfried erschlägt den Drachen‹ und bat, diese Botschaft an eine bestimmte Videofon-Adresse zu senden. Dann löste er die Verbindung. Als er einige Minuten später wieder aufgetaucht und sich seines eigenen Körpers bewusst war, fühlte er sich gestärkt und entspannt. Er hatte seinen Geist und seinen Körper unter Kontrolle.

*

»Na, wie war es?«, fragte Frank Forster.

»Was haben Sie gesehen?«, schloss sich Anne Villon an.

»Lasst ihn doch erst mal wieder richtig hier ankommen«. Tom Eynor bremste mit ruhiger, gelassener Stimme die aufgeregten Frager.

»Es geht schon. Ich kann mir denken, dass alle hier sehr neugierig sind«, meldete sich Adrian, während er mit Michaels Hilfe die Elektroden von seinem Körper entfernte. Dann begann er seinen Bericht mit einer Frage an Frank Forster und Tom Eynor.

»War das von euch so geplant? Gleich als ich die Botschaft ›Siegfried erschlägt den Drachen‹ gelesen habe, hörte ich eine Stimme sagen ›Der Drache war hier‹. Das kann doch kein Zufall sein. Auf jeden Fall habe ich dann die Person als Verbindung ausgewählt, die das gehört hat.«

»Nein, wir haben nichts geplant, nichts vorgegeben oder manipuliert«, antwortete Frank Forster. »Das war mit Sicherheit ein Zufall, interessant zwar, aber eben Zufall.«

Er wurde von Michael unterstützt. »Ich kann das bestätigen, ich hätte jede Manipulation im technischen System erkannt. Du kannst das auch selbst nachprüfen.«

»Nun wandte sich Anne Villon mit einer Frage an Michael Cisslac. »Wie können Sie feststellen, ob Adrian wirklich eine psychoneuronale Verbindung hatte?«

»Da spricht die Wissenschaftlerin«, nickte Frank Forster zustimmend. »Lasst uns die Fakten überprüfen.«

»Richtig«, sagte Michael Cisslac, »ich spiele mal seinen Gehirnscan ab, der während der Verbindung aufgezeichnet wurde.«

Auf dem Display der rechten Wand erschien ein Film. Ein überdimensionaler Gehirnscan änderte sich im Zeitraffer. Daneben waren Tabellen mit Zahlen eingeblendet. Michael hielt die Wiedergabe an und sagte:

»Bevor wir den Film im Detail ansehen, will ich zunächst die Zusammenfassung der Ergebnisse der Computeranalyse von Adrians Gehirnaktivitäten ansprechen«. Er studierte einen Moment die Daten der Tabelle und fuhr dann fort. »Adrian hat genau achtzehn Sekunden lang breitbandig alle Sinnesmodalitäten nach Eindrücken gescannt und hat sich dann in eine akustische Wahrnehmung eingeklinkt. Dann hat er den Fokus wieder etwas breiter gesetzt, neben akustischer vor allem auf optische Wahrnehmung und Druck- und Tastsensoren der Haut. Sein Sprachzentrum war einige Momente aktiv, da hat er wohl die Botschaft abgesetzt. Der ganze Vorgang hat drei Minuten und zwölf Sekunden gedauert, dann hat er sich wieder aus der Verbindung gelöst. Ohne Zweifel, das war eine einwandfreie psychoneuronale Verbindung.«

»Fantastisch, dass Sie solche tief gehenden Details analysieren können. Da stehen wir bei uns an der Universität noch ganz am Anfang«, sagte Anne Villon voller Begeisterung.

Michael Cisslac antwortete, dass er gern die technischen Grundlagen mit ihr besprechen würde, sofern die Unternehmensleitung nichts dagegen hätte.

»Wenn Frau Villon einen Kooperationsvertrag mit uns abschließt, steht dem nichts entgegen«, erklärte Frank Forster.

»Aber jetzt sollten wir uns den Gehirnscan über die drei Minuten ansehen.«

»Das ist sicher hochinteressant, da bin ich sehr gespannt darauf. Aber könnten wir nicht erst mal einen ganz persönlichen Bericht von Adrian über sein Erlebnis bekommen?« Anne Villon sah der Reihe nach ihre Gesprächspartner an und blieb dann mit ihren Augen bei Adrian.

»Ja, das möchte ich unterstützen«, meinte der. »Das war eine ganz ungewöhnliche Verbindung.«

»Okay, dann erzähle«, forderte ihn Frank Forster auf.

»Wie gesagt, zunächst habe ich den Verdacht, ihr hättet das manipuliert. Aber dann habe ich mich ganz auf die Verbindung konzentriert. Es war ein junger Mann, jünger als ich, kräftig, er muss ungefähr meine Statur gehabt haben, und er saß auf einem Pferd.« Adrians Betonung der Worte ›und er saß auf einem Pferd‹ zeigte deutlich, dass er das als ungewöhnlich empfand.

»Auf einem Pferd?« Die erstaunte Frage der Zuhörer kam wie ein Chor und bestätigte das Ungewöhnliche dieser Wahrnehmung.

»Ja, ich vermute, da wurde ein Stoff aus dem Mittelalter verfilmt, anscheinend die Nibelungen.«

»Die Nibelungen?« Wieder wirkte die Frage aller wie aus einem Mund.

»Meine Verbindung antwortete ›*Ja, ich erschlage den Drachen*‹, als ich den Text ›*Siegfried erschlägt den Drachen*‹ zu ihm schickte.« Nach einer nachdenklichen Pause fuhr Adrian fort. »Das ist doch ein Teil des Nibelungenliedes. Siegfried erschlägt den Drachen, und dann besteht er noch jede Menge weiterer Abenteuer. Unter anderem heiratet er Kriemhild. Später wird er dann von Hagen ermordet.«

»Gut, wir können ja feststellen, ob irgendwo die Nibelungensage neu verfilmt wird. Dann wissen wir auch, über welche Distanz die Verbindung gegangen ist, wenn wir den Drehort kennen. Außerdem sollten wir ja noch bald den Anruf mit dem Satz ›Siegfried erschlägt den Drachen‹ bekommen.« Frank Forster war offensichtlich zufrieden. »Tom, kannst du bitte die Recherche veranlassen?«, wandte er sich an Tom Eynor.

Der sprach in sein Videofon: »Verbindung mit Susanne Esser herstellen«. Auf seinem Display erschien das Gesicht einer Dame um die fünfzig mit grauen Haaren, im Mangastil frisiert.

»Was kann ich für Sie tun, Tom?«, fragte sie.

»Wir brauchen die Information, wo gerade ein Film über einen Stoff aus dem Mittelalter gedreht wird, wahrscheinlich über die Nibelungensage, denn eine der Rollen im Filmskript ist anscheinend *Siegfried*. Wenn Sie was finden, informieren Sie mich bitte sofort.«

»Wird gemacht«, kam die Antwort.

Frank Forster erklärte der Professorin kurz, dass Frau Esser seine Büroleiterin und Assistentin sei, und schlug dann vor, gemeinsam zum Mittagessen zu gehen. Das wurde von allen mit Freude aufgenommen. »Eine Pause tut uns gut, dabei können wir beraten, wie wir weiter vorgehen wollen.«

*

Die Gruppe fuhr mit dem Expresslift zum im obersten Stockwerk gelegenen Kasino.

»Was für eine Überraschung, wir sind ja in Heidelberg«, entfuhr es Anne Villon, als sie von der verglasten Dachterrasse auf die Stadt blickte, die sich vor ihren Augen öffnete. Im Hintergrund war die imposante Ruine des alten Heidelberger Schlosses zu erkennen, darunter die Altstadt und die alte Brücke über den Neckar. »Wie einmalig schön dieser Blick ist«, sagte sie begeistert.

»Nun, wenn Sie sich zur Zusammenarbeit mit uns entschließen, werden Sie den Blick noch öfter genießen können«. Frank Forster war sichtlich zufrieden damit, dass die Professorin beeindruckt war.

»Wir werden sehen, ich bin nicht abgeneigt, aber lassen Sie mir noch etwas Zeit zum Nachdenken«, antwortete Anne Villon.

Die Zeit beim Essen verging wie im Flug. Adrian wurde zu jedem Detail seiner Eindrücke bei der Verbindung befragt, und er erzählte bereitwillig davon: Welche Farbe das Pferd hatte, auf dem er saß. Wie es sich anfühlte, in grobes Leinen gehüllt zu sein, und ein Schwert an der Seite zu haben. »Das sah ganz schartig und rostig aus«, lachte Adrian, »sicher zu nichts zu gebrauchen, wahrscheinlich ein perfekt gemachtes Requisit aus einem 3D-Drucker«. Überhaupt die Maskenbildner, die mussten wahre Meister ihres Faches sein. »Der Alte mit dem Ochsenkarren sah so real aus, besser geht es nicht. Ich könnte jede Falte in seinem Gesicht beschreiben. Und so ein schauderhaftes, fauliges Gebiss, so was gibt es in echt auf der ganzen Welt nicht mehr.«

Als Adrian die Landschaft schilderte, stutzte Anne Villon einen Moment und sagte dann: »Das kommt mir bekannt vor, können Sie nachher mal davon eine Skizze machen?«

»Sicher, das geht schon, aber was vermuten Sie?« bohrte Adrian neugierig.

»Ich will keine unbegründeten Hypothesen aufstellen, erst möchte ich mal Ihre Skizze sehen«, wehrte die Professorin ab.

»Ah, da haben wir wieder die Wissenschaftlerin, für die Fakten das wichtigste sind«, lachte Frank Forster.

5 - Die Connectoren: Zweifel

Als die Gruppe nach der Mittagspause wieder im Forschungslabor eintraf, begab sich Adrian sofort zu einem der Wanddisplays, aktivierte dort ein Grafikprogramm und begann mit den Fingerspitzen, auf dem Bildschirm die Landschaft zu skizzieren, die er durch Siegfrieds Augen gesehen hatte.

»Ich zeichne mal nur das, was mir als besonders markant aufgefallen ist. Zwischen bewaldeten Hügeln hat sich eine Ebene erstreckt, die am Ende von wild zerklüfteten Felsen abgeschlossen wurde. Die will ich mal skizzieren.« Er zeichnete vom linken Bildrand ausgehend einen Felsen, der sich steil nach oben reckte und am oberen Ende annähernd halbkreisförmig abgerundet war. Leicht nach rechts verschoben setzte er einen kleineren Felsen in Form einer Streichholzschachtel. Daneben ragte nach einigen Strichen mit dem Zeigefinger ein hoher, schlanker Felsenturm auf. Gleich daneben kam wieder eine Streichholzschachtel, diesmal aber deutlich größer als die Erste. An den rechten Rand des Bildes, in einem kleinen Abstand zu der schon skizzierten Felsgruppe, zeichnete er einen großen, oben leicht eingeknickten Felsen. Als Besonderheit trug der einen auf der linken Kante liegenden kleinen einzelnen Felsen, der fast zu schweben schien.

»Das ist es«, sagte Adrian abschließend.

Anne Villon hatte während der kurzen Zeit des Malens immer aufgeregter genickt und mit den Fingern auf ihre Stuhllehne getrommelt. Kaum hatte Adrian seinen letzten Strich gesetzt und ›das ist es‹ gesagt, platzte sie heraus. »Genau, wie ich gedacht hatte. Das sind die Externsteine im Teutoburger Wald, oder sie sehen dieser Felsgruppe zumindest verdammt ähnlich.«

»Das können wir gleich überprüfen«, sagte Michael Cisslac. »Sicher gibt es dort jede Menge Webcams«. Und tatsächlich, nach wenigen Augenblicken sah man die Externsteine auf dem Display, live aufgenommen von einer Kamera, die optimal positioniert war. Michael legte Adrians Skizze als Overlay über die Videoaufnahme und alle sahen eine wirklich frappierende Übereinstimmung. Allerdings gab es auch einige deutliche Unterschiede.

»Da sind ja wahnsinnig viele Menschen. Adrian, hast du die auch gesehen?« wandte sich Tom Eynor an Adrian.

»Nein. Vielleicht hat man die wegen der Filmaufnahmen vorübergehend weggeschickt«, meinte der Angesprochene.

Frank Forster deutete auf die Videoübertragung. »Hier auf dem Video ist deutlich zu sehen, dass von diesem rechten Streichholzschachtel-Felsen eine Treppe und eine Brücke in die obere Etage des links danebenstehenden Felsenturms führen. Auf deiner Skizze fehlt das«. Er blickte Adrian auffordern an.

»Da war nichts Derartiges«.

Frank Forster seufzte. »Schade, also dann doch nicht die Externsteine«.

»Nicht so schnell«, intervenierte Michael Cisslac. »Es gibt Apps, welche den Grad der Übereinstimmung zwischen beliebigen Landschaftskonturen feststellen können. Das sollten wir noch versuchen.«

Anne Villon reagierte sofort auf die Anregung. Sie schien erleichtert. »Genau, diese Möglichkeit haben wir noch. Ich sende die Skizze per Videofon an meine Kollegen vom geologischen Institut der Universität, die haben dort alle Möglichkeiten und sind hoch kompetent.« Sehr schnell war die Verbindung hergestellt und die Skizze übertragen. Anne Villon erklärte einem wissenschaftlichen Mitarbeiter ihr Anliegen und bat um baldigen Rückruf.

Dann ging es Schlag auf Schlag. Zuerst meldete sich die Büroleiterin Frau Esser. »Hallo Tom, hallo Herr Forster, leider muss ich Fehlanzeige melden. Es gibt in der Europäischen Union derzeit nirgendwo ein angemeldetes Filmprojekt über die Nibelungen oder über ein anderes mittelalterliches Thema, auch sonst in der westlichen Hemisphäre nicht.«

»Und was ist mit der ASEAN-Föderation, der Union afrikanischer Staaten, China oder Indien?«, hakte Tom Eynor nach.

»Die Anfragen laufen noch, aber unser Kultusministerium hält es für unwahrscheinlich, dass dort ein Film mit einem historischen europäischen Thema gedreht wird. Ah Moment, gerade kommen die Antworten von ASEAN und China: auch Fehlanzeige.«

Das Gespräch war kaum zu Ende, als sich ein wissenschaftlicher Mitarbeiter des geologischen Instituts meldete. »Hallo Frau Villon, Lars Manner hier. Unsere Computeranalyse meldet einen Treffer zu ihrer Anfrage: Die Skizze stimmt zu 90% mit der Formation der Externsteine im Teutoburger Wald überein. Allerdings sind die Felsen heute im Vergleich zu den Konturen auf der Skizze sehr stark erodiert. Wir vermuten, die Skizze zeigt einen Zustand aus einer Zeit von vor tausend bis zweitausend Jahren. Die Irrtumswahrscheinlichkeit für diese Hypothese ist kleiner als ein Prozent.«

Anne Villon zeigte sich hoch erfreut. »Das klingt ja schon richtig gut. Nur noch zur Sicherheit: Mit welcher Formation auf der Erde gibt es die nächsthöhere Übereinstimmung?«

»Moment, ich muss auf den Computer schauen.« Gleich darauf sprach Lars Manner weiter. »Es gibt keine nennenswerten Übereinstimmungen. Das schließt die Erde, den Mond und alle Planeten unseres Sonnensystems ein, für die entsprechendes Videomaterial vorliegt.«

Anne Villon bedankte sich für die kollegiale Unterstützung. »Danke Herr Manner, Sie haben was gut bei mir. Bei nächster Gelegenheit bringe ich eine Flasche Champagner mit«.

Lars Manners Stimme klang hocherfreut. »Oh, super, ich freue mich schon darauf, mit Ihnen anzustoßen. Bis dann.«

»Also fassen wir mal zusammen«, rekapitulierte Tom Eynor. »Es scheint sicher zu sein, dass sich die Person, mit der Adrian eine Verbindung hatte, irgendwo in der Nähe dieser Externsteine aufgehalten hat. Wir können auch davon ausgehen, dass er nicht in einer Filmaufnahme gelandet ist. Und es war keine Person, die irgendwie in unsere heutige Zeit passt, sondern ins Mittelalter oder noch viel früher. Was fangen wir nun damit an?« Er blickte in die Runde, und eine kurze Zeit herrschte nachdenkliches Schweigen.

*

Anne Villon ergriff die Initiative. »Sammeln wir doch einfach in einem Brainstorming Ideen und Erklärungsansätze, was das gewesen sein könnte.«

»Ein sehr guter Vorschlag«, lobte Frank Forster. »Ich beginne auch gleich: Meine erste Idee ist, dass Adrians Gehirn ihm einen Streich gespielt hat. Er hatte gar keine Verbindung zu einem anderen Menschen.«

Tom Eynor aktivierte die Notizbuchfunktion auf einem der Wanddisplays und diktierte »Notiere: Erstens - die Verbindung war ein Produkt der Fantasie.«

»Das halte ich für ausgeschlossen«, wandte Michael Cisslac ein, wurde jedoch sofort von Tom Eynor gebremst. »Wir sind im Brainstorming, wir sammeln erst alle Ideen und bewerten sie hinterher.«

»Einverstanden«, lenkte Michael ein. »Dann will ich auch mal eine Möglichkeit nennen, wenn sie auch sehr an den Haaren herbeigezogen erscheint. Es könnte sein, dass Adrian keine Verbindung zu einem Menschen hatte, sondern zu einem Supercomputer, einem künstlichen neuronalen Netz, in dem gerade eine Simulation ablief.«

Wieder sprach Tom Eynor zum Wanddisplay »Notiere: Zweitens - die Verbindung bestand zu einem Supercomputer.« Dann ergänzte er »Notiere: Drittens - irgendwo wird ein inoffizieller, nicht angemeldeter Film gedreht.«

»Jetzt werde ich mal ganz spekulativ«, meldete sich Anne Villon. »Die Historiker vermuten doch, dass sich einige der Ereignisse, die in der Nibelungensage geschildert werden, ungefähr in der Mitte des fünften Jahrhunderts zugetragen haben. Also könnte Adrian eine Verbindung zu einem Menschen gehabt haben, der vor rund 1650 Jahren gelebt hat.«

Die skeptischen Blicke von Tom, Frank und Michael waren nicht zu übersehen.

»Da will ich gleich noch mit einer weiteren Science-Fiction Hypothese aufwarten. Die Nibelungensage spielt sich in einer Parallelwelt ab, und meine Verbindung ging in diese Parallelwelt«, unterstützte Adrian die wilde Spekulation von Anne Villon.

Tom Eynor nickte. »Notiere: Viertens - die Verbindung bestand zu einem Menschen, der vor ungefähr eintausendsechshundertfünfzig Jahren gelebt hat. Fünftens - die Verbindung bestand zu einem Menschen in einer Parallelwelt. Weitere Ideen?«

Alle in der Gruppe starten angestrengt vor sich hin. Als sich nach einer Minute gequälten Schweigens immer noch niemand meldete, ergriff Anne Villon wieder das Wort. »Nachdem wir keine weiteren Ideen produzieren, schlage ich vor, diese fünf Erklärungsansätze nun systematisch zu untersuchen. Was spricht für, was spricht gegen die Ideen, und was müssen wir tun, um sie entweder zu bestätigen oder zu verwerfen.«

»Ausgezeichnet, das sollten wir machen«, griff Tom Eynor den Vorschlag auf. »Michael, du hast vorhin die Idee ausgeschlossen, dass das Ganze ein Produkt von Adrians Fantasie gewesen sein könnte. Weshalb?«

»Während der rund drei Minuten von Adrians Verbindung hatten wir einen hohen Energieverbrauch im Sensotron, mehr als das bisher Übliche. Das kann unmöglich durch reines Fantasieren verursacht worden sein.«

»Klingt einleuchtend«, meinte Frank Forster. »Gibt es weitere Begründungen?«

Wieder meldete sich Anne Villon zu Wort. »Ja, es gibt noch weitere gute Argumente: Wir wissen, dass die *Einbildung* etwas zu hören, oder auch akustische Fantasien und Träume, den primären auditorischen Cortex ziemlich kalt lassen. Der wird nur spürbar aktiv, wenn wir *wirklich* etwas hören. Wenn ich das vorhin richtig verstanden habe, waren Adrians Hörzentren sehr stark aktiviert. Also muss er etwas gehört haben.«

»Das wirkt überzeugend. Also streichen wir diese Möglichkeit. Alle einverstanden?« Keiner widersprach, und Tom Eynor diktierte »Streiche Punkt Eins«. Tom fuhr fort. »Gehen wir zur zweiten Möglichkeit. Kann Adrian eine Verbindung zu einem Supercomputer gehabt haben? Michael, das müsstest du eigentlich am besten beurteilen können.«

Michael wiegte den Kopf. »Dieser Erklärungsansatz stammt zwar von mir, aber wie gesagt – ich bin sehr skeptisch. Prinzipiell möglich ist das schon, aber nach meiner Einschätzung extrem unwahrscheinlich. Da müsste irgendwo ein Computer auf neuronaler Basis stehen, der über Input- und Outputdevices für sämtliche Sinnesmodalitäten verfügt. Nein, das kann ich mir nicht vorstellen.«

»Aber das Türsicherungssystem hier für dieses Gebäude funktioniert doch im Prinzip so«, wandte Anne Villon ein. »Heute Morgen habe ich gelernt, dass die charakteristischen Impulse und Magnetfelder von Herrn Eynors Gehirn empfangen und analysiert wurden, als er das Kennwort für den Zugang sagte.«

»Das ist aber nur ein Empfänger für eine einzige Sinnesmodalität, nicht für alle. Senden kann dieses Interface schon gar nicht. Ein Supercomputer mit den erforderlichen Eigenschaften, das wären gleich mehrere Quantensprünge in der Entwicklung«, beharrte Michael Cisslac.

Aber auch die Professorin zeigte sich hartnäckig. »Die Future Communication Company ist ja in der Erforschung und Nutzung der psychoneuronalen Vorgänge auch wesentlich weiter, als ich es mir bisher vorstellen konnte. Kann nicht ein Konkurrent von Ihnen geheime Entwicklungen vorangetrieben haben?«

Frank Forster lächelte selbstsicher. »Wir wissen zwar nicht alles, aber Sie können davon ausgehen, dass wir alle Konkurrenten genauestens beobachten und über ihre Aktivitäten ganz gut informiert sind. Ich glaube auch, dass wir den Supercomputer ausschließen können.«

»Zumal so ein Ding derart gigantische Mengen an Energie nötig hätte, dass das auffallen würde«, ergänzte Michael.

Nun gab sich Anne Villon vorläufig geschlagen, hielt sich aber noch eine kleine Hintertür offen. »Dann streichen Sie das eben, aber ich denke trotzdem nach, durch welche experimentelle Anordnung wir das absolut sicher ausschließen könnten.«

Tom Eynor nickte zustimmend und diktierte »Streiche Punkt Zwei«. Er fuhr fort »Ich hatte vermutet, dass irgendwo ein nicht angemeldeter Film gedreht wird. Kann das sein?«

Zu diesem Punkt meldete sich Adrian. »Natürlich könnte das sein, aber woher kommt die Szenerie? Wir wissen, dass es die Externsteine sind, und zwar nicht die von heute, sondern die von vor mehr als tausend Jahren. Und ich bin mir zu hundert Prozent sicher, das war keine computergenerierte Landschaft, sondern echt. Wenn es solche sagenhaft gute Computerlandschaften gäbe, hätten wir die schon in unseren Erlebniswelten.«

Dieser Argumentation stimmten alle zu, sodass Tom Eynor in das elektronische Notizbuch das Kommando »Streiche Punkt Drei« sprach.

»Ist Euch allen klar, was das bedeutet?«, beendete Frank Forster das darauffolgende nachdenkliche Schweigen. »Als wahrscheinlichste Erklärungen für Adrians seltsame Verbindung haben wir nun zwei Hypothesen aus dem Feld der Science-Fiction. Ich kann das beim besten Willen nicht glauben. Aber trotzdem – um ganz sicher zu gehen, sollten wir überprüfen, ob an einer dieser Spekulationen wirklich was dran sein könnte.«

»Ich mag auch nicht glauben, dass die Hypothese ›Eine Verbindung 1650 Jahre in die Vergangenheit‹ zutrifft. Das würde doch bedeuten, dass sämtliche menschlichen Wahrnehmungen und Empfindungen seit Anbeginn der Zeit jetzt und hier noch existieren.« Anne Villon schien geradezu entsetzt von diesem Gedanken. »Bedenken Sie doch nur: Auch Alles, was jetzt gerade in unseren Gehirnen vorgeht, würde für alle Ewigkeit für andere, zukünftige Generationen nachvollziehbar bleiben.«

»Vergangenheit oder Parallelwelt: Wir können mit unserem derzeitigen Kenntnisstand nicht die eine oder andere Vermutung verwerfen«, entschied Frank Forster ganz pragmatisch. »Wer hat Vorschläge für das weitere Vorgehen?«

Nun schien Anne Villons wissenschaftlicher Ehrgeiz gepackt. »Können Sie ein zweites Sensotron gleichzeitig mit dem von Adrian betreiben?«, fragte sie Tom Eynor.

»Ja, das geht. Was schwebt Ihnen vor?«

»Wenn Adrian wieder eine Verbindung zu dem vermeintlichen Siegfried aufnimmt, könnte jemand versuchen, gleichzeitig eine Verbindung zu einer Person in dessen Umgebung herzustellen.«

»Was würde das bringen?«

»Das könnte den endgültigen Beweis bringen, dass wir die Hypothesen eins und zwei zu Recht ausgeschlossen haben. Wenn die Berichte der beiden Personen übereinstimmen, können sie unmöglich der Fantasie entspringen, denn es ist ausgeschlossen, dass beide gleichzeitig und ohne Absprache die gleichen Erlebnisse und Gespräche halluzinieren. Auch die Vermutung der Verbindung zu einem Supercomputer wäre dann wirklich ad acta gelegt, denn es ist undenkbar, dass Input und Output mit zwei völlig verschiedenen, der Maschine bis dahin unbekannten Menschen funktioniert, und dass diese Simulation auf beide abgestimmt ist.«

Als Anne eine Atempause machte, ergänzte Frank Forster. »Hypothese drei war ja von vornherein am unwahrscheinlichsten. Aber liefert diese Versuchsanordnung auch eine Erkenntnis bezüglich der beiden Science-Fiction Hypothesen?«

Anne zögerte, dann sagte sie »Wenn es gelänge, Siegfried oder eine andere dort vorkommende Person zu einer Handlung zu bewegen, die nicht in der Nibelungensage enthalten ist, oder sogar im Gegensatz zu ihr, dann wäre das ein starker Hinweis auf die Vermutung einer Parallelwelt, denn unsere Vergangenheit können wir bekanntlich nicht ändern.«

Frank Forster entschied, das Experiment sofort zu beginnen. »Sie bleiben doch noch dabei und sehen sich das an?«, beschwor er die Professorin.

»Sehr gern, ich wäre sehr frustriert, wenn Sie mir nicht die Gelegenheit gäben.«

Ein zweites Sensotron wurde in das Labor gebracht und neben dem schon vorhandenen aufgebaut und verkabelt. Tom Eynor machte sich bereit, diese zweite psychoneuronale Verbindung zu übernehmen.

»Ich dachte, sie haben schon so viele Menschen als Connectoren ausgebildet? Wieso machen Sie das selbst?«, fragte Anne Villon interessiert.

Frank Forster antwortete. »Wir wollen den Kreis der Mitwisser über unsere Forschung möglichst klein halten. Die anderen Connectoren kennen diesen Teil von PsySensation und die Ziele nicht.«

Tom Eynor legte mit Adrian die Details des Versuches fest. »Wenn dein Siegfried mit einer anderen Person zusammen ist, musst du irgendetwas, was diese beiden gerade sehen, laut und deutlich nennen. Damit weiß ich, nach welcher Wahrnehmung ich suchen muss, um mich einzuklinken. Und nun lasst uns die Zeit nutzen, fangen wir an.«

Adrian und Tom legten sich nebeneinander in die Senso-trons, Michael schloss die Kabel an, dann kehrte eine erwartungsvolle Stille in das Labor ein.

6 - Nibelungensage: In Mimes Schmiede

Siegfried starrte gedankenverloren in die rot glühende Holzkohle in der Esse von Mimes Schmiede. Die Werkstatt befand sich im Inneren einer großen Grotte. Über der Esse zogen die giftigen Dämpfe der Schmiedearbeit durch ein großes Loch in der Felswand davon. An den Wänden war Holzkohle angehäuft. Gleich daneben lagen Klumpen aus rohem Eisen und einige halb fertige Werkstücke: Schwerter, Schilde, Lanzenspitzen. Zwei Gesellen betätigten den riesigen Blasebalg und fachten so das Feuer zu immer neuer Glut.

In seinen Händen hielt Siegfried eine schwere Zange, mit der er einen mächtigen Stab aus dem besonderen Eisen aus der Glut holte, dem Eisen, von dem Mime behauptete, dass es vor Äonen die Götter vom Himmel hatten fallen lassen.

Es war soweit! Siegfried sah sich am Ziel seiner Wünsche. Mime würde aus dem göttlichen Eisen ein Schwert für ihn schmieden. »Das wird mein Schwert, mit dem ich den Drachen töte«, dachte er. Als er den Blick auf den weißglühenden Stab richtete, blitzte es hell vor seinen Augen, das Blitzen setzte sich im Inneren seines Kopfes fort, ein enormer Druck schien seinen Schädel sprengen zu wollen.

Und dann sah er sie. Nur ein kurzer Blick war ihm gestattet, auf ein überirdisch schönes Gesicht, mit großen, leicht schräg stehenden grauen Augen und einem langen blonden Zopf.

»Wer bist du?«, flüsterte er ergriffen. »Bist du Freya, die Göttin der Liebe?«

»Nein«, ertönte in ihm die Stimme, die er schon einmal gehört hatte. »Nein, das ist Kriemhild.«

»Pass doch auf«. Mimes laute, zornige Stimme drang zu ihm durch. »Was schwafelst du da von Freya und der Liebe?

Träumst du? Du verdirbst noch das kostbare Eisen. Noch einmal in die Glut damit«. Mime packte ihn an der Schulter, schüttelte ihn und drückte die Zange in seiner Hand zurück auf die Esse.

»Er hat recht«, hörte Siegfried wieder die Stimme. »Du musst dich auf dein Werk konzentrieren. Sage Mime, dass er das Schwert schmiedet, mit dem du den Drachen töten wirst. Das ist so vorbestimmt. Das Schwert soll *Balmung* genannt werden. Mime muss bestätigen und schwören, dass er ihm diesen Namen geben wird.«

Beseelt vom göttlichen Willen stieß Siegfried das Eisen so tief in die Glut, dass die Funken stoben und ein Stück glühende Kohle Mimes Hand streifte.

»Bist du von Sinnen? Ich erschlage dich auf der Stelle«, brüllte Mime und griff nach seiner Axt.

Doch Siegfried richtete sich auf und sagte mit sicherer Stimme »Die Götter sprechen zu mir. Es ist bestimmt, dass ich mit dem Schwert, das du da fertigst, den Drachen erschlage. Das Schwert soll *Balmung* heißen. Schwöre und sprich das nach.«

Mime ließ die Axt sinken. Er sah Siegfried ungläubig an. »Spielst du ein Spiel mit mir?«

Aber Siegfried zeigte sich selbstsicher, erfüllt von diesem Gedanken. »Das Schwert soll *Balmung* heißen. Schwöre und sprich das nach«, wiederholte er.

Mime schüttelte den Kopf und sagte »Ach, das Schwert soll *Balmung* heißen? Die Götter sprechen zu dir? Welcher denn? Wenn du recht hast, kann das nur Loki sein, der göttliche Gauner und Betrüger.«

Noch während Mime diese Worte aussprach, zuckte er heftig zusammen und sank in die Knie. Er verstummte, nur seine

Lippen bewegten sich und schienen unhörbare Worte und Sätze zu bilden. Auf seinem Gesicht stand ein heftiger Schrecken. Die Zeit, in der Mime wie in einem sprachlosen Dialog mit einem unsichtbaren Wesen verharrte, schien Siegfried kaum enden zu wollen. Doch endlich löste sich Mime aus seiner Erstarrung.

»Was ist, Mime? Was starrst du so vor dich hin? Schwörst du nun endlich?«, platzte Siegfried ärgerlich heraus.

»Zuerst haben wir noch eine Aufgabe«, wich Mime aus. »Komm mit, wir müssen neues göttliches Eisen holen.«

»Warum neues Eisen? Hast du nicht das Richtige gewählt?«

»Es war eine Verwechslung, ich …«

»Du hast bisher gewöhnliches Eisen verwendet?«, stieß Siegfried verärgert hervor.

»Nein, es war nicht Gewöhnliches, aber eben nicht das Allerbeste, das Göttliche. Ich wusste nicht, dass du ein göttliches Schwert brauchst.«

»Das habe ich von Anfang an gesagt. Wenn du nicht mein Schwert schmieden müsstest, würde ich dich auf der Stelle töten.«

Mime war ganz kleinlaut. »Ich mache das Schwert ja, aber du musst mir bei allen Göttern schwören, dass du mir dann nichts antust, sondern friedlich davon ziehst.«

»Versprich es«, tönte die Stimme in Siegfrieds Kopf.

»Nun ja, du hast zwar Strafe verdient, aber ich werde dich schonen, ich schwöre es.«

Mime war erleichtert und forderte Siegfried auf, ihm zu folgen. »Wir müssen auf den Turmfelsen steigen. Dort oben ist eine Grotte, in der ist das göttliche Eisen sicher verwahrt.«

*

Sie machten sich an den beschwerlichen und anstrengenden Aufstieg. Trotz seiner kleinen Statur und seiner kurzen Beine war Mime genau so schnell wie Siegfried. Die fehlende Schrittlänge machte er durch seine überaus kräftigen Arme wett. Er zog seinen Körper mit aller Kraft mit den Händen an den Felsen nach oben. Als sie bei der Grotte an der Spitze des Turmfelsens angekommen waren, sagte Mime »Warte hier, ich will allein hinein«.

»Nichts da, ich gehe mit. Ich muss sicher sein, dass du mich nicht betrügst.«

Schon wollte Mime wieder erzürnt auffahren, aber er besann sich. Sie gingen in die Grotte, wo Mime mit Siegfrieds Hilfe an der Wand einige große Felsbrocken beiseite rollte. Dann griff er zu einem herumliegenden Grabholz und scharrte Geröll und Erde weg, bis nach einiger Zeit metallisch glänzende Brocken sichtbar wurden. Er nahm zwei ungefähr kopfgroße Klumpen, murmelte »das wird genügen«, und schaufelte die Grube über den restlichen zu. Dann rollte er die Felsen wieder an ihren Platz.

»Lass uns gehen«, sagte er. Wir wollen uns gleich ans Werk machen.«

Sie stiegen wieder zur Schmiede hinunter, wiesen die Gesellen an, das Feuer zu neuer Glut anzufachen und begannen mit der Arbeit.

7 - Die Connectoren: Experiment II

Anne hatte zugesehen, wie Michael Cisslac Adrian und Tom auf den Sensotrons verkabelt hatte. Nun verfolgte sie, wie er die Vorgänge erklärte, die auf dem Adrian zugeordneten Wanddisplay zu erkennen waren. Adrian hatte offensichtlich wieder eine gigantische Fülle von Sinneseindrücken: Sprache, Bilder, Gerüche und jede denkbare Art von anderen Sinnesqualitäten. Als sein Belohnungssystem im Gehirn plötzlich eine besonders intensive Aktivität zeigte, blickte Anne zu ihm hinüber. Unter seiner eng anliegenden Hose war deutlich eine Erektion zu erkennen.

»Das gibt es doch nicht, hat Adrian gerade mit jemand Sex?«, fragte sie Michael. Sie wollte es genau wissen und beugte sich vor, um ihm direkt ins Gesicht zu sehen. Seine Augen waren offen. Ein Lächeln lag darin, sie wusste nicht, ob es ihr galt. Dann senkte er die Lieder. »Was für schön geschwungene, seidige Wimpern er hat«, dachte sie verträumt. Von Anfang an hatte sie sich zu ihm hingezogen gefühlt, sie spürte den sehnlichen Wunsch, dieses wunderschöne Gesicht, die glänzenden Locken, den ganzen Körper zu streicheln. In Gedanken spürte sie auch schon seine Finger sanft über ihre Haut gleiten.

Sie schrak auf, als sie Adrian »Nein, das ist Kriemhild«, sagen hörte. Dann war er still, aber das Display an der Wand offenbarte, dass seine Sprachzentren im Gehirn enorm aktiv waren. Offensichtlich führte er eine intensive Diskussion. Dann deutete er mit der rechten Hand zu Tom Eynors Sensotron und sprach laut und deutlich: »Das Schwert soll *Balmung* heißen«. Es war offensichtlich, dass er damit den Schlüsselreiz definierte, mit dem Tom Eynor eine Verbindung zu Adrians Gesprächspartner herstellen sollte. Die Verbindung schien zu gelingen, denn bald waren auch auf Tom Eynors Display deutliche Aktivitäten in seinen Sprachzentren im Gehirn erkennbar.

Danach herrschte Stille im Labor. Sowohl Adrian als auch Tom Eynor führten ihre Verbindung nur mit der Kraft ihrer Gedanken, ohne laut zu sprechen. Michael Cisslac war damit beschäftigt, leise Kommandos in die Computer zu sprechen, um die Aufzeichnungen und Online-Analysen zu optimieren. Frank Forster und Anne Villon beobachteten angespannt das auf den Bildschirmen flackernde Geschehen, das zeigte, wie die beiden Connectoren mit ihren Verbindungen kommunizierten.

Nachdem auf diese Weise gut eine Viertelstunde vergangen war, wurde Anne Villon ungeduldig. »Warum halten die beiden die Verbindungen so lange? Ob da etwas nicht in Ordnung ist? Können wir mit ihnen Kontakt aufnehmen und nachfragen?«

»Kein Grund zur Sorge«, beruhigte sie Michael Cisslac. »Sämtliche Körperfunktionen der beiden sind unter Kontrolle und normal. Wahrscheinlich machen sie gerade spannende Erfahrungen. Wenn wir dazwischen gehen, riskieren wir, dass die Verbindungen abreißen. Warten wir ab, bis sie die Verbindungen von sich aus lösen.«

Frank Forster schaltete sich ein. »Wir könnten die Zeit nutzen und Sie über die Methoden informieren, mit denen wir unsere bisherigen Erfolge bei psychoneuronalen Verbindungen erzielt haben. Sie wollten über die Details informiert sein, bevor sie sich für oder gegen eine Zusammenarbeit mit uns entscheiden.«

»Das ist sinnvoll«, stimmte die Professorin zu. »Aber wir unterbrechen doch, sobald Adrian und Herr Eynor ihre Verbindungen beendet haben?«

»Selbstverständlich, keine Sorge«, stimmte Frank Forster zu. »Michael, Technik und Methoden sind dein Spezialgebiet. Übernimmst du die Erklärungen?«

*

Michael nickte. »Womit soll ich anfangen? Was interessiert Sie am meisten?«

»Ich war total überrascht, als ich die Aufnahme von Tom Eynors Gehirn gesehen habe. Diese riesige aktive Region, wenn er psychoneuronale Verbindungen hat. Und die soll bei Adrian ja noch größer sein. Wie schaffen Sie das?«

»Angefangen hat das mit einer technischen Panne. Bei einem Versuch gab es einen Fehler im Magnetfeldresonator des Sensotrons. Wir hatten das Gerät auf eine konstante Frequenz im oberen Gammawellenbereich eingestellt. Diese Wellen stehen ja bekanntlich mit Lernprozessen in Zusammenhang. Das war nach unseren bisherigen Erfahrungen optimal, um das Zellwachstum anzuregen. Dann kam aber dieser Defekt, der dazu führte, dass die Gammawellen mit einer Frequenz von zehn Hertz moduliert wurden. Die Versuchsperson bei diesem vermeintlichen Fehlversuch hatte ein signifikant stärkeres Zellwachstum mit gigantisch vielen neuronalen Verbindungen. Diesen Effekt können wir bisher theoretisch nicht vollständig erklären, aber er kann mit absoluter Zuverlässigkeit immer wieder reproduziert werden.«

»Das klingt so einfach, wieso sind wir noch nie auf so eine Idee gekommen? Zehn Hertz, das sind Alphawellen, die für entspannte Wachheit stehen, auch das regt die Bildung neuer Synapsen an«, seufzte die Professorin. Nach einem kurzen Moment des Nachdenkens fuhr sie fort: »Wie lange würde es denn dauern, mein Gehirn mit diesen Methoden auf die Kapazität von Tom Eynors Gehirn aufzublasen?«

»Aufblasen, das ist eine schöne Formulierung«, lachte Michael. »Das ginge ziemlich schnell, denn wir haben eine Methode gefunden, wie wir das Ganze noch verstärken und beschleunigen können.« Michael Cisslacs Stimme klang hörbar stolz.

»Und wie?«

»Wir haben systematisch untersucht, welche Wirkung es hat, wenn wir den angehenden Connectoren unmittelbar vor einer Trainingseinheit Hormone oder Neurotransmitter verabreichen.«

Nun wurde die Professorin sehr aufmerksam. »Damit haben wir bei uns im Labor auch experimentiert, aber keinen bedeutsamen Effekt gefunden. Und womit erzielen Sie nun den besten Erfolg?«

»Es handelt sich um das Hormon Oxytocin. Wir glauben, dass der Erfolg auf eine Wechselwirkung dieses Hormons mit dem modulierten Magnetfeld zurückzuführen ist. Wenn das ausgeschaltet ist, hat Oxytocin keinerlei Effekt.«

»Oxytocin, die Kuscheldroge also«, murmelte Anne Villon nachdenklich. »Wie verabreichen Sie das ihren Connectoren?«

»Vor einer Trainingssitzung wird Oxytocin in die Nase gesprüht. Das ist die einfachste Methode, und hochwirksam«.

Anne Villon war sichtlich beeindruckt. Sie hatte aber ihre ursprüngliche Frage nicht vergessen. »Noch mal zurück: Wie lange würde der Prozess bei mir dauern?«

Die Antwort kam von Frank Forster. »Wenn Sie sich für eine Zusammenarbeit mit uns entscheiden, wird das sehr schnell gehen, das kann ich ihnen versprechen.«

»Es kommt darauf an, wie stark die entsprechenden Gehirnregionen bei Ihnen schon ausgeprägt sind«, schaltete sich Michael ein. »Bei einem absoluten Anfänger rechnen wir mit drei bis vier halbstündigen Trainingseinheiten pro Sinnesmodalität. Ich schätze mal, bei ihnen könnten wir mit zwei bis drei Einheiten auskommen.«

»Das heißt, ich wäre tatsächlich in maximal zwei Wochen so weit, wenn ich täglich drei bis vier Trainingseinheiten leisten würde.«

Frank Forster sah die Professorin offen lächelnd an. »Das klingt fast so, als hätten Sie sich zu einer Zusammenarbeit mit uns entschieden. Das würde mich wirklich riesig freuen.«

»Etwas Zeit zum Nachdenken müssen Sie mir schon noch lassen. Ich kann die Konsequenzen noch nicht abschätzen, die das für meine Arbeit an der Uni hätte.« Auch Anne Villon lächelte. Obwohl sie von den Folgen für ihre Arbeit gesprochen hatte, dachte sie im Moment mehr an die positiven Folgen für sich selbst. »Das wäre sagenhaft, wenn ich die Fähigkeit für psychoneuronale Verbindungen in diesem Umfang hätte«, waren ihre momentanen Gedanken.

Mit diesem Gespräch, dem Studium von Versuchsprotokollen und dem Betrachten von Videoaufnahmen, die bei früheren Versuchen gedreht worden waren, verging die Zeit wie im Flug. Als sich Adrian und Tom Eynor endlich von ihren Verbindungen lösten und zurückmeldeten, waren mehr als zwei Stunden vergangen, ohne dass es Anne Villon bewusst geworden war.

*

»Es ist unglaublich«, begann Tom Eynor seinen Bericht. »Ich hatte eine Verbindung zu Mime, dem Schmied. Der hatte einen ziemlich heftigen Konflikt mit Siegfried. Und wenn das kein gigantischer Selbstbetrug war, müsstest du diesen Konflikt auch erlebt haben, Adrian.«

Bevor Adrian antworten konnte, ging Anne Villon dazwischen. »Einen Moment, bitte. Nur wenn Sie unabhängig voneinander berichten, können wir objektiv sicherstellen, dass Sie beide dasselbe erlebt haben. Ich schlage vor, dass ich Adrian befrage, und Herr Forster in einem anderen Raum Herrn Eynor. Dann können wir die Berichte vergleichen und feststellen, ob die Fakten übereinstimmen.«

»Eine gute Idee, das machen wir«, stimmte Frank Forster zu. »Michael, du kannst in der Zeit ja die aufgezeichneten Daten der Gehirnaktivitäten von Adrian und Tom auswerten.«

Als die anderen das Labor verlassen hatten, begann Anne Villon sofort mit der Befragung Adrians. Sie verspürte ein Kribbeln, als sie sich an Adrians Erektion zu Beginn des Experiments erinnerte, und wollte ihn etwas provozieren. »Mal gespannt, wie er reagiert«, dachte sie. »Adrian, Sie hatten offensichtlich vor oder zu Beginn der Verbindung ein sexuelles Erlebnis. War das angenehm?«, fragte sie und sah ihn dabei mit großen Augen an.

Adrian wurde rot. »Ja, nun, da war …«, dann stockte er.

»Mein Gott. Der ist ja wirklich schüchtern«, fuhr es Anne durch den Kopf. »Die Frauen müssten doch bei ihm Schlange stehen, bei diesem Aussehen«.

»Ihre Erektion war deutlich zu sehen«, wurde Anne noch deutlicher. »Und dann haben Sie von Kriemhild gesprochen. Hatten Sie Sex mit Kriemhild?« Abwartend sah sie ihn weiter an.

»Nein … nein …«, Adrian war die Verlegenheit ins Gesicht geschrieben. »Zuerst habe ich ein Paar dabei gesehen, mich aber gleich wieder ausgeklinkt. Das mit Kriemhild habe ich gesagt, weil Sie genau in dem Augenblick vor mir auftauchten, als die Verbindung etabliert wurde. Siegfried hat Sie gesehen und gefragt, ob das Freya wäre.« Er zögerte einen Augenblick und sagte dann »Dass ich Kriemhild erwähnt habe war eine spontane Eingebung. Sie sehen so aus, wie ich mir Kriemhild immer vorgestellt habe.«

»Siegfried hat mich für Freya gehalten, die Göttin der Liebe. Und ich sehe für Sie aus wie Kriemhild?«, sagte Anne Villon nachdenklich. »Das ist interessant.«

»Aber viel wichtiger ist doch, was ich bei Mime erlebt habe. Sollte ich nicht darüber berichten?« Anne merkte, dass Adrian das verfängliche Thema beenden wollte.

»Ja, das ist richtig, dann erzählen Sie mal«, lenkte sie ein.

Adrian begann seinen Bericht. »Als ich eine Verbindung zu Siegfried hatte, war er gerade in der Schmiede von Mime. Er hielt einen Metallstab in die Feuerglut und malte sich aus, dass daraus ein Schwert geschmiedet würde, mit dem er den Drachen töten würde.«

»Haben Sie eine Vorstellung davon, wo diese Schmiede war?«

»Es war eine große Felsgrotte, kein Gebäude. Die Esse mit der glühenden Holzkohle stand an einer Wand, ganz oben war eine Öffnung, durch die der Rauch und die Gase abzogen. Von der Umgebung habe ich erst später etwas gesehen. Das waren wieder diese Externsteine.«

»Wie ging es dann weiter? Wie haben Sie es geschafft, dass Tom Eynor so einfach eine Verbindung zu Mime herstellen konnte?«

»Ich ließ Siegfried den Satz sagen ›*Das Schwert soll Balmung heißen*‹. Mime sprach das dann irgendwie spöttisch und ungläubig nach. Tom Eynor hat meinen Wink offensichtlich gleich verstanden und sich bei Mime eingeklinkt, als der das sagte.«

In Annes Stimme lag so etwas wie Bewunderung. »Ja, das war super improvisiert von Ihnen beiden. Sind Sie immer so spontan und kreativ?«

Adrian schüttelte den Kopf, zog die Schultern hoch und sah Anne wortlos an.

»Und was war dann?«, half Anne ihrem Gesprächspartner über die Verlegenheit hinweg.

»Dann ging etwas in Mime vor. Erst murmelte er leise und unverständlich etwas vor sich hin, dann sprach er einige Zeit kein Wort mehr. Aber sein Minenspiel war höchst interessant. Er war verärgert, aber gleichzeitig schien er verängstigt. Und dann gestand er, dass das Schwert, das gerade geschmiedet wurde, nicht aus dem besten Eisen war.«

»Kann es sein, dass er in diesem Moment von Tom Eynor bearbeitet wurde?«, äußerte Anne eine Vermutung.

»Möglich. Jedenfalls sagte er, wir müssten neues *göttliches Eisen* holen. Dann verließen wir die Grotte und kletterten auf den hohen Felsen, denn ich schon bei meiner ersten Verbindung heute Vormittag gesehen habe.«

»Der Turmfelsen«, sagte Anne Villon.

»Genau«, bestätigte Adrian. »So hat ihn auch Mime genannt. Wir sollten dort das göttliche Eisen holen.«

»Haben Sie es gefunden?«

»Ja. Oben war auch eine Höhle, in der unter einigen größeren Felsbrocken Eisenklumpen vergraben waren. Ich bin zwar kein Experte, aber ich vermute, dass das Bruchstücke eines Eisen-Meteoriten waren.«

Anne Villon wollte zu ihrer nächsten Frage ansetzen, wurde aber von Frank Forster unterbrochen, der seinen Kopf zur Tür hereinstreckte. »Wir sind soweit durch. Sie auch?«

Adrian antwortete. »Im Grunde schon. Ich habe nur das Ende noch nicht erzählt. Wir sind vom Turmfelsen herabgestiegen und haben die Arbeit wieder aufgenommen. Dann habe ich meine Verbindung gelöst.«

Der Vergleich der Berichte von Adrian und Tom Eynor zeigte perfekte Übereinstimmung. Alle waren mit Annes Schlussfolgerung einverstanden, dass damit die Interpretation der Geschehnisse als reines Produkt der Fantasie völlig ausgeschlossen war. Auch die Hypothese, dass sie sich beide gleichzeitig in einen Supercomputer eingeklinkt hätten, wurde nun endgültig fallen gelassen.

»Tom, mich würde noch interessieren, wie du darauf gekommen bist, dass Mime Siegfrieds Schwert nicht wie versprochen aus dem Eisen schmieden wollte, das göttlich genannt wurde«, hakte Adrian noch einmal nach.

»Das war im Grunde einfach. Ich spürte in Mime eine enorme Emotion von Angst und Schuld, als er mich als vermeintlichen Gott erkannt hatte. Ich registrierte seine Befürchtung, dieser Gott würde seine Lüge über das Eisen entdecken.«

»Das ist unser Tom«, sagte Frank Forster halb spöttisch, halb anerkennend, und blickte zu Anne Villon. »Er kann jede Emotion förmlich riechen, und braucht dazu nicht mal eine psychoneuronale Verbindung.« Leicht grinsend fügte er dann noch hinzu »Also nehmen Sie sich vor ihm in acht«.

Dann wurde er wieder ernst. »Und wie machen wir jetzt weiter? Wer hat Vorschläge?«

Tom Eynor meldete sich. »Ich würde zu gern diese Externsteine im Teutoburger Wald einmal im Original besichtigen. Der Vergleich mit unseren optischen Eindrücken aus der psychoneuronalen Verbindung liefert vielleicht weitere Erkenntnisse zu der Frage, ob wir in der Vergangenheit oder in einer parallelen Welt waren.«

»Das ist eine gute Idee.« Anne Villon war Feuer und Flamme. »Vielleicht finden Sie ja sogar in der Turmgrotte noch Bruchstücke von Eisenmeteoriten an der Stelle, an der Siegfried und Mime gegraben haben. Das wäre noch mal ein schlagkräftiger Beweis, denn die Region ist bisher nicht als bevorzugtes Einschlaggebiet von Meteoriten bekannt. Und ich wüsste auch nicht, dass bei den Externsteinen jemals Derartiges gefunden worden wäre.«

Frank Forster stimmte zu. »Einverstanden, das machen wir. Tom, du organisierst das.«

Tom nickte. »Ich schlage vor, dass wir gleich am Wochenende einen Ausflug dahin machen. Am Tag können wir uns die Gegend als ganz normale Touristen ansehen, am späten Abend oder in der Nacht, wenn wir ungestört sind, steigen wir in die Turmgrotte und suchen nach dem Eisen.«

»Dann falle ich für diese Expedition schon aus«, sagte Adrian. »Mein Vater feiert seinen 60. Geburtstag, das gibt ein großes Fest, da muss ich hin.«

Auch Michael sagte ab. »Ich habe mich gemeinsam mit meinem Lebenspartner bei einer hochinteressanten Weiterbildung angemeldet. Aber bei diesem Ausflug braucht ihr ja keinen Techniker, da könnt ihr leicht auf mich verzichten.«

»Hätten Sie nicht Lust, mitzukommen?«, wandte sich Frank Forster an die Professorin. »Für die Kosten kommen selbstverständlich wir auf.«

»Wahnsinnig gerne, allerdings nur, wenn ich nicht schon vorher einen Kooperationsvertrag unterschreiben muss.«

Sofort stellte Tom Eynor über sein Videofon eine Verbindung mit der Büroleiterin Susanne Esser her. »Susanne, bitte buchen Sie für Frau Villon, Frank Forster und mich je ein Zimmer in einem Hotel bei den Externsteinen. Von Samstag auf Sonntag. Das Hotel sollte möglichst nahe bei den Externsteinen liegen.«

Wird gemacht, Tom. Ich melde mich, sobald ich was habe«, antwortete Frau Esser prompt.

Schon nach kurzer Zeit kam ihre Rückmeldung. »Ich habe drei Zimmer im Hotel *Zum Bärenstein* für sie gebucht. Das Hotel macht einen komfortablen Eindruck und liegt in unmittelbarer Nachbarschaft zu den Externsteinen.«

Tom Eynor nickte zufrieden. »Danke, Susanne, das haben Sie gut hingekriegt.« Zu Anne Villon gewandt sagte er »Ich hoffe, das passt Ihnen. Wir holen Sie dann Samstagmorgen gegen acht Uhr ab, einverstanden?«

»Wunderbar, ich freue mich schon auf den Ausflug. Das wird sicher ganz spannend. Bei den Externsteinen war ich schon seit Jahren nicht mehr.«

8 - Die Connectoren: Bei den Externsteinen

Wie verabredet stand am Samstagmorgen pünktlich um acht Uhr ein Air-Shuttle der Future Communication Company vor Anne Villons Apartmenthaus. Tom Eynor erwartete die Professorin wieder in der Eingangshalle.

»Leider musste unser Chef absagen«, sagte Tom Eynor, nachdem er sie begrüßt hatte. »Frank hatte einen kleinen Trainingsunfall und muss sich erst auskurieren. Ich hoffe, wenigstens Ihnen geht es gut und Sie sind einsatzfähig.«

»Was ist denn passiert? Es ist hoffentlich nichts Schlimmes.«

»Nein, er ist mit dem Rad gestürzt und hat einige Schürfwunden und eine leichte Gehirnerschütterung. Solche Unfälle beim Triathlontraining sind wir von ihm schon gewohnt.«

»Gott sei Dank, dass das einigermaßen glimpflich abgelaufen ist«, sagte Anne Villon. »Aber was denken Sie, werden wir zu zweit die Externsteine mit ihren Grotten und Höhlen ausreichend untersuchen können?« Während sie das sagte, ging ihr noch ein anderer Gedanke durch den Kopf: »Da bin ich ja mal gespannt. Der smarte, coole Manager Tom Eynor und ich allein auf einem Wochenendtrip. Ob er versuchen wird, mich anzumachen? Zutrauen würde ich es ihm. Eigentlich sieht er ja auch ganz attraktiv aus.«

Die Antwort Tom Eynors unterbrach ihre Gedanken. »Wir haben eineinhalb Tage Zeit, und sicher auch heute Abend eine gute Gelegenheit. Das sollte uns beiden reichen.«

Wieder schoss Anne Villon etwas durch den Kopf. »Das kann man nun so und so interpretieren. Eine gute Gelegenheit wozu?« Ärgerlich rief sie sich selbst zur Ordnung. »Was ist nur heute mit mir los? Wenn jemand meine Gedanken lesen würde, könnte er fast glauben, ich sei auf Tom Eynor scharf.«

Laut sagte sie »am Tag können wir sicher sehr gut das Gelände erkunden, die Treppen zu den Felsen hochsteigen und die Grotten besichtigen. Aber ich glaube nicht, dass wir eine Chance haben, nach dem Eisen zu suchen.«

»Solange es hell ist, sehe ich das auch so. Bei Einbruch der Dunkelheit ist aber der Zugang zur Felsregion nicht mehr gestattet. Es gibt jedoch keine Absperrungen und keine Videoüberwachung, und nur selten Kontrollen durch Wachleute. Wir sollten also auch bei Nacht ganz leicht die Grotten erreichen. Dort können wir dann suchen.«

Inzwischen hatte Tom Eynor das leichte Wochenendgepäck von Anne Villon verstaut. Sie machten es sich im Inneren des Shuttle bequem, und Tom gab das Startkommando.

»Ich habe mir zwar die Gegend in Google Earth schon im Detail angesehen, aber vielleicht sollten wir noch mal gemeinsam einen Blick darauf werfen«, schlug Anne vor.

Tom Eynor lachte. »Ich habe etwas Besseres. Gestern habe ich eine Drohne über die Felsen und die Umgebung fliegen lassen und Videos aufgezeichnet. Wir haben exzellente Aufnahmen aus nächster Nähe.«

Die Aufnahmen waren tatsächlich von außergewöhnlicher Qualität: kleinste Details, Spalten in den Felsen, Pflanzen, Eidechsen, die sich in der Sonne wärmten, alles war in fantastischer 3D-Darstellung zu bewundern. Es waren auch Touristen zu sehen, von denen ziemlich viele die Drohne entdeckt hatten. Manche zeigten lachend in Richtung des Gerätes, einige auch offensichtlich wütend mit Drohgebärden.

Als Anne die verärgerten Menschen sah, reagierte sie mit Verständnis. »Da sind manche ganz schön empört. Ich kann das verstehen, das ist doch sicher nicht erlaubt. Sie verletzen die Persönlichkeitsrechte der Menschen, die da aufgenommen worden sind.« Der Protest von Anne Villon war aber nur halbherzig, zu sehr war sie von der Schönheit der Bilder fasziniert.

»Nein, das ist alles legal. Wir haben eine Tochtergesellschaft, die Natur- und Dokumentationsfilme dreht, die wir in unseren Erlebniswelten verwenden. Die Gesellschaft hat eine Genehmigung für so etwas«, erklärte Tom Eynor. »Sie ist verpflichtet, alle Szenen mit Aufnahmen von Menschen zu vernichten, sofern diese Personen keine Einverständniserklärung unterzeichnet haben. Das werden wir am Montag machen.«

»Dann bin ich ja beruhigt. Ich hatte schon befürchtet, diese Aufnahmen wären illegal entstanden.«

Sie studierten gemeinsam die Aufzeichnungen und machten sich gegenseitig auf die interessanten und teilweise amüsanten Szenen aufmerksam, die von der Videokamera der Drohne festgehalten worden waren.

»Das ist übrigens unser Hotel, es liegt Luftlinie etwas mehr als einen Kilometer von den Externsteinen entfernt«. Tom Eynor zeigte auf einen Gebäudekomplex, der durch eine schmale Straße vom Waldrand getrennt war. »Ich habe die Drohne den Waldweg entlang fliegen lassen, der zu unserem Ziel führt. Es sollte kein Problem sein, bei Dunkelheit dem Weg zu folgen.«

Noch während sie diese Aufnahmen ansahen, meldete das Air-Shuttle die Ankunft am Hotel zum Bärenstein. Sie stiegen aus, das Shuttle wurde automatisch zur Hotelgarage manövriert. An der Rezeption wurden sie von einer lächelnden Servicemitarbeiterin mit einem Glas Champagner und einem freundlichen »Willkommen zum Wellness-Weekend in unserem Hotel« empfangen.

»Anne Villon, Tom Eynor, von der Future Communication Company. Wir haben zwei Zimmer reserviert«, korrigierte

Tom sofort etwa vorhandene Vorstellungen, sie seien ein Paar auf einem Weekend-Trip.

Die Empfangsdame zog die Augenbrauen hoch. »Zwei Zimmer, wie Sie wünschen«, bestätigte sie.

»Wahrscheinlich wundert sie sich, wieso so ein attraktives Paar am Wochenende in zwei getrennten Zimmern übernachtet«, ging es Anne Villon durch den Kopf. Sie drehte sich zu Tom Eynor. »Wann treffen wir uns zum Abmarsch? Ich nehme doch an, dass wir das kurze Stück durch den Wald zu Fuß gehen. Etwas Bewegung wird uns gut tun.«

Tom lächelte sie an, und zum ersten Mal fiel ihr auf, dass seine Augen nicht richtig mit lachten.

»Ja, zu Fuß gehen ist eine gute Idee. Ich ziehe mich nur noch kurz um, damit ich besser zwischen den Felsen herumklettern kann. Sind zehn Minuten o.k.?«

»Gut, ich ziehe mir auch nur noch schnell etwas anderes an. In zehn Minuten also.«

*

Als Anne Villon in sportlichem Freizeitdress zur Rezeption kam, stand Tom Eynor schon da, ähnlich gekleidet wie sie. Er verstaute gerade sein Mini-Videofon in einer am Gürtel angebrachten Tasche.

»Ich habe gerade mit unserem Büro in Paderborn telefoniert, die liefern uns bis heute Abend ein komfortables und geräuschloses Elektromotorrad, das uns bequem durch den Wald bis zu den Externsteinen bringen wird.«

»Wann heute Abend?«

Tom Eynor überlegte nicht lange. »Wenn es dunkel ist. Wir werden heute am Tag unter all den Touristen sicher nicht anfangen können, in der Höhle im Turmfelsen zu graben. Das müssen wir bis zum Einbruch der Dunkelheit verschieben.«

»Graben? Wollen Sie etwa mit Spitzhacke und Spaten losziehen?«

Wieder lachte Tom Eynor, und diesmal war Anne sich ganz sicher. Seine Augen lachten nicht. Was war das nur für ein rätselhafter Mann.

»Spitzhacke und Spaten? Glauben Sie wirklich, jemand benutzt heute noch so altmodisches Gerät? Nein, auch da habe ich vorgesorgt.«

Während des kurzen Wortwechsels hatten sie das Hotel verlassen und befanden sich nun zu Beginn des Hermannswegs, der zu ihrem Ziel führte.

»Wie ich gedacht hatte, der Boden ist für unser Elektromotorrad hervorragend geeignet.« Tom Eynor schien zufrieden.

Schweigend bewegten sie sich durch den lichten Wald, jeder hing seinen Gedanken nach.

Anne Villon ging mit elastischen Schritten ungefähr einen halben Meter vor Tom Eynor. »Was wohl in seinem Kopf jetzt gerade vorgeht?«, sinnierte sie. Auch ohne psychoneuronale Verbindung spürte sie seine Blicke auf dem Rücken. »Ob er wohl schon Pläne schmiedet, wie er mit mir heute Abend anbandeln kann?« Sie war sich nicht sicher, wie sie sich verhalten würde, wenn er das tatsächlich täte.

Mittlerweile waren sie am Wiembecketeich angelangt und hatten freien Blick auf die Felsen.

»Wirklich beeindruckend«, entfuhr es Tom Eynor. »Wenn ich die Nibelungensage verfilmen sollte, ich würde es hier tun.«

Sie mischten sich unter die vielen Touristen, die sich rund um die imposante Felsengruppe tummelten. »Möchten Sie eine 3D-Aufnahme von Ihnen beiden als Paar vor den Felsen?«, wurden sie von einem Touristenfotografen von der Seite angesprochen. »Wenn Sie sich hierhin stellen und in den Arm nehmen, haben Sie das allerbeste Panorama für ein tolles Erinnerungsbild.«

Anne Villon musste lachen, als sie Tom Eynors energisches »Kein Interesse« hörte. Sie hatte nichts anderes erwartet.

Sie nahm Tom am Arm, zeigte in südlicher Richtung und sagte »Steigen wir zuerst auf den Felsen eins da ganz rechts, dort ist die große Grotte, in der nach Ihrer und Adrians Aussage die Schmiede gestanden haben soll.«

»Ich bin wirklich gespannt, ob ich das wieder erkenne«, murmelte Tom.

Sie stiegen die Treppe hoch, die zwischen dem Turmfelsen und dem Grottenfelsen nach oben führte. Durch den Eingang der Grotte traten sie in einen etwa vier Meter langen Raum, der von unten nach oben wie eine Kuppel geformt war. Anne sah Tom Eynor fragend an.

»Ja«, antwortete dieser auf die unausgesprochene Frage. »Ich erkenne den Raum. Einiges hat sich verändert. Hier war alles voller Ruß, und es lagen jede Menge Eisenteile und Kohle auf dem Boden, aber der Grundriss, die Höhe, die Kuppel, alles das stimmt. Das habe ich durch Mimes Augen gesehen.«

Als sie in einen Nebenraum der Grotte traten, rief Tom wie elektrisiert »Hier stand die Esse!«

Erstaunte Blicke der anderen Touristen im Raum trafen ihn, fragendes Gemurmel kam auf.

»Stören Sie sich nicht an uns, wir rätseln nur darüber, ob wir das hier schon einmal in einem Film gesehen haben«, sagte Anne Villon zu den Umstehenden.

Tom war inzwischen zu einem in die Wand gemeißelten Runenzeichen gegangen und tastete es mit den Fingern ab. Dann murmelte er, dass er absolut sicher sei, das gesehen zu haben.

»Sollen die Leute hier alle mitbekommen, was wir da machen?«, flüsterte Anne Villon leise in Toms Richtung.

Tom schreckte aus seiner Starre hoch. »Sie haben recht, ich sollte mich mehr zusammenreißen«, murmelte er verlegen, fast unhörbar. »Kommen Sie, besichtigen wir die Grotte im Turmfelsen.«

Sie stiegen über die Treppen auf der nebenan gelegenen Felsformation bis zu einer kleinen Brücke, die in luftiger Höhe zum Turmfelsen führte.

Dort drehte sich Tom zur hinter ihm gehenden Anne um. »Da war damals noch keine Treppe, wir mussten hier im Gelände hochklettern. Ich habe mich gewundert, mit welcher Kraft und Geschicklichkeit es der zwergenhafte Mime geschafft hat. Ich spüre die Anstrengung noch jetzt am ganzen Leib. Dass Superman Siegfried das locker hinkriegen würde, das war mir klar.«

»Die Verbindung zu Mime war so intensiv, dass Sie jetzt noch Muskelkater haben?«, fragte Anne Villon erstaunt.

»Ja, ich glaube, die Spiegelneurone in meinem Kopf haben tatsächlich Impulse in meine eigene Rumpf- und Beinmuskulatur geschickt.«

Anne entwickelte aus Toms Erfahrung sofort eine neue Forschungsidee. »Muskelaktivierung durch psychoneuronale Verbindungen. Das sollten wir systematisch untersuchen. Vielleicht können wir darauf aufbauend eine ganz neue Art von Fitnesstraining entwickeln.«

Inzwischen waren sie oben in der Grotte angelangt. Tom Eynor schaute in die Höhe zu der Öffnung, die den Blick zum Himmel freigab. »Die Decke dieser Grotte war bei Mimes Besuch noch völlig geschlossen«. Diesmal flüsterte er leise in Annes Ohr, damit die anderen Besucher der Grotte ihn nicht verstehen konnten. »Aber ich erkenne den Platz, wo Mime das Eisen der Meteoriten vergraben hatte.« Er zeigte in südliche Richtung auf eine Nische. »Die Pfeiler rechts und links gab es noch nicht, und in der Nische lagen etliche Felsbrocken, die wir beiseite räumen mussten, aber hier war es.«

Da gerade kein Tourist in unmittelbarer Nähe war, ging er in die Nische, zog einen kleinen, faustgroßen Metalldetektor aus der Tasche und legte ihn auf den Boden. Ein schmales Display auf dem Gerät zeigte am linken Ende ein schwaches, kaum erkennbares Glimmen. »Ohne Zweifel, hier gibt es oder gab es mal Metall«, murmelte er zufrieden. »Heute Abend kommen wir hierher zurück. Vielleicht finden wir ja noch etwas.«

»Das wäre echt Wahnsinn«, meinte Anne erregt. »Damit hätten wir den endgültigen Beweis dafür, dass nichts an den bisherigen Erfahrungen von Adrian oder Ihnen Einbildung war oder nur als Simulation in einem Computer existierte.«

Sie stiegen über die Brücke und die in die Felsen gehauenen Stufen wieder hinunter, umrundeten den Teich und spazierten durch den Wald wieder zurück zum Hotel.

*

»Wie sieht unser Zeitplan für heute Abend aus?«, fragte Anne, als Sie auf den Lift in der Hotelhalle warteten.

Tom sah auf die große Uhr in der Lobby. »Jetzt ist es kurz nach vier. Ich schlage vor, wir treffen uns gegen halb acht im Restaurant zum Abendessen. Wenn es dann um neun dunkel wird, können wir zum Turmfelsen fahren.«

Anne nickte. »Einverstanden. Ich nutze die Zeit bis zum Abendessen und gehe noch ein wenig joggen und dann einen Gang in die Sauna.«

»Gute Idee«, bemerkte Tom. »Haben Sie etwas dagegen, wenn ich mich anschließe?«

»Nein, überhaupt nicht. In fünf Minuten?«

Auch diesmal stand Tom Eynor schon wieder lässig an das Rezeptionspult gelehnt, als Anne aus ihrem Zimmer kam. Er trug einen eng anliegenden schwarzen Jogginganzug, der metallisch glänzte, als er sich bewegte.

»Er ist zwar nicht der Modellathlet wie Adrian, sieht aber auch nicht schlecht aus. Kein Gramm Fett zu viel, durchtrainiert«, dachte Anne, als sie auf ihn zuging. »Sie sehen aus wie ein Profiläufer. Hoffentlich kann ich da mithalten«, sagte sie.

Tom lächelte. »Ich treibe zwar sehr viel Sport, aber vom Profi bin ich noch weit entfernt. Da ist mein Chef Frank Forster ein ganz anderes Kaliber. Mit dem kann ich nie mithalten. Aber Sie sehen ja auch ganz schön sportlich aus. Wahrscheinlich werde ich hinter Ihnen her hecheln.« Dabei ließ er seinen Blick über ihren Körper gleiten, der in einem ebenfalls eng anliegenden weinroten Jogginganzug steckte. Ihre schlanke, hochgewachsene Gestalt wurde durch die schmalen schwarzen Streifen beiderseits der Beine und Arme betont. Sie verließen das Hotel und begannen einen gemütlichen Trab auf dem Waldweg gegenüber.

Abgesehen von einer gelegentlichen Frage »welchen Weg nehmen wir?« und den Antworten »rechts«, »links«, »geradeaus« liefen sie ohne viel miteinander zu reden durch den Wald. Beide waren in Gedanken versunken.

Bei Anne Villon setzen sich die Erinnerungen an die Ereignisse der letzten Tage und die Erlebnisse von heute durch. Sie dachte daran, wie fantastisch es wäre, die Möglichkeiten der von Michael Cisslac entwickelten Apparaturen für die eigene Forschung nutzen zu können. Auch die unvorstellbaren Fähigkeiten der Connectoren wie Adrian und Tom würden völlig neuartige Forschungsansätze ermöglichen. Und wenn sie dabei sogar selbst derartige Fähigkeiten entwickeln könnte: kaum auszudenken. Sie war sich fast sicher, dass sie einen Kooperationsvertrag mit der Future Communication Company abschließen sollte, obwohl es noch einige offene Fragen gab. Würde sie dadurch nicht ihre Unabhängigkeit als Wissenschaftlerin verlieren? Müsste Sie dafür etwa sogar die Tätigkeit in der Lehre aufgeben, die ihr so viel bedeutete? Sie wusste, dass sie sich bald endgültig entscheiden musste. Dann aber drängte sie diese Gedanken zurück und beschäftigte sich in ihrer Vorstellung mit dem Mann Tom Eynor und der Frage, wie sich der Abend gemeinsam mit ihm entwickeln würde. Erst das Abenteuer im Turmfelsen, und dann? Sie sagte sich, dass es das Beste sei, alles einfach auf sich zukommen zu lassen und dann nach ihrem Gefühl zu entscheiden.

Nach ungefähr vierzig Minuten waren sie wieder zurück am Hotel. »Ich gehe direkt in die Sauna«, sagte Anne. »Kommen Sie mit?« Sie war sich darüber im Klaren, dass er diese Frage als Aufforderung zu mehr interpretieren konnte. Seinem Gesicht war aber nicht zu entnehmen, was er dachte.

»Ja, sehr gern«, sagte er.

Im Vorraum zum Wellnessbereich lagen vor den Umkleidekabinen für Männer und Frauen Bademäntel und Saunatücher in einem Regal für die Gäste bereit. Tom Eynor schien so in Gedanken versunken, dass er achtlos daran vorbeiging. Als er die Tür zur Umkleide öffnete, holte ihn Anne Villon in die Gegenwart zurück. »Vergessen Sie nicht das Saunatuch und den Bademantel.«

»Ja, natürlich, habe ich gar nicht registriert«, antwortete er, nahm ein Tuch und einen Bademantel vom Stapel und zog sich in die Umkleidekabine zurück.

*

»Da sind Sie ja, ich dachte schon, Sie hätten es sich anders überlegt«, rief Anne, als sie ihn herauskommen hörte. Sie stand hinter einer Glasabtrennung unter einer großen Regenbrause. Den Zopf hatte sie gelöst, die langen blonden Haare hingen nass um ihr schmales Gesicht und über den Rücken. Ein paar Strähnen reichten vorne über ihre Brüste bis fast an die aufgerichteten Brustwarzen. Sie hatte die Hände nach oben gestreckt, dem Regenhimmel entgegen, und drehte sich langsam um die eigene Achse. Das Wasser perlte glitzernd über ihre leicht sonnengebräunte Haut. »Dieser Regen ist fantastisch, das sollten Sie sich auch gönnen«, rief sie Tom zu.

»Gut, ich warte, bis Sie draußen sind«, erwiderte Tom stockend. Anne war sich bewusst, wie sie auf ihn wirken musste.

»Sie brauchen nicht zu warten, hier ist Platz genug, kommen Sie«, forderte sie ihn auf.

Langsam ging Tom um die Glasabtrennung. Anne hatte die Augen geschlossen und stand immer noch mit nach oben gestreckten Armen. Langsam spannte sie ihren Körper, erhob sich auf die Zehen und gab ein leises, wohliges Seufzen von sich.

Sie war sich sicher: Tom musste sie berühren. Und einen Augenblick später spürte sie, wie er sanft mit den Fingerspitzen einer Hand von ihrem hochgestreckten Handgelenk den Arm hinabfuhr, die Schulter erreichte und kurz zögerte. Dann setzte er sein Streicheln fort, berührte die aufgerichtete Brustwarze und schloss dann seine warme Hand weich um ihre Brust.

Als Anne seine Erektion spürte, murmelte sie »wenn jetzt jemand hereinkommt, gibt es Ärger.«

»Gehen wir auf mein Zimmer«, sagte Tom.

»Nein, jetzt, hier, gleich«, flüsterte Anne und drängte sich an ihn. Sie unterdrückte den Gedanken an den noch größeren Ärger, wenn jetzt wirklich jemand auftauchen würde.

Später, im Halbdunkel der Sauna, sah Anne zu dem auf der obersten Stufe sitzenden Tom. »Du bist so ruhig, woran denkst du?«

»Ich überlege, wie das mit uns weitergeht.«

»Und, was glaubst du?«

»Nun, wenn du mit uns zusammenarbeitest, wird es kein Problem sein, wenn wir beide …«. Er zögerte.

»Wenn wir eine Beziehung haben, wolltest du sagen?« lachte Anne. »Werden wir das, eine Beziehung haben? Und was ist, wenn ich nicht mit euch zusammenarbeite?«

»Dann wird es schwierig, dann darf ich nicht mehr mit dir über unser Projekt reden.«

»Warten wir es einfach ab.«

Tom nickte. Kurz nach dem zweiten Saunagang verließen sie den Wellnessbereich und verabredeten sich zum Abendessen um halb acht. »Wenn wir dann gegen neun zum Turmfelsen aufbrechen, wird es schon dunkel, und wir werden ungestört sein«, meinte Tom.

9 - Die Connectoren: Im Turmfelsen

Sebastian Bender stieg bei Einbruch der Dämmerung gemächlich die Stufen zum Turmfelsen hoch. Er freute sich auf die Nacht dort oben. Die Grotte in der Spitze war der ideale Schlafplatz. Es gab eine Nische, von der man im Liegen einen traumhaften Blick auf den nächtlichen Sternenhimmel durch die Öffnung schräg oben in der Decke hatte. Trotzdem war man vor plötzlich einsetzendem Regen gut geschützt.

Er wusste aus Erfahrung, dass nach acht Uhr am Abend keine Touristen mehr unterwegs waren, und wenn doch, zogen sie sich immer schnell zurück, wenn sie ihn dort in seinem Schlafsack liegen sahen. Er mied die Felsen nur zur Walpurgisnacht und zur Sommersonnenwende, wenn sich hier die Esoteriker aller Länder ein Stelldichein gaben.

In letzter Zeit war Sebastian Bender mit seinem Schicksal zufrieden. Das war nicht immer so gewesen. Aufgewachsen als einziges Kind wohlhabender Eltern hatte er schon früh unter den hohen Ansprüchen gelitten, die vor allem sein Vater an ihn gestellt hatte. »Citius, altius, fortius« war dessen Wahlspruch, und er hatte extremen Einsatz von seinem Sohn verlangt, um diesem Anspruch in jeder Hinsicht zu genügen. Ein Schulnotenschnitt schlechter als 1,5 war indiskutabel gewesen. Hatte er das nicht erreicht, war er bestraft worden. Sportliche Spitzenleistungen wie von Profis hatte sein Vater zwar nicht von ihm erwartet, jedoch intensiven, unermüdlichen Einsatz beim Training im Tennis und im Fechten. Der tägliche Klavierunterricht war eine Selbstverständlichkeit gewesen. Sebastian Bender war von seinem Vater schon früh dazu bestimmt worden, sein Nachfolger als Chef im Familienunternehmen zu werden.

Auf Dauer war dieser Druck nur mit leistungssteigernden Substanzen auszuhalten. Anfangs Ephedrin in Kombination mit Koffein, später dann Amphetamin. Darauf folgte das 2040 auf den Markt gekommene synthetische Potestamin.

Der erste Zusammenbruch war während des Jurastudiums gekommen. Nach einer Erholungsphase hatte Sebastian das Studium gerade noch mit »ausreichend« abgeschlossen. Danach war er in die Firma seines Vaters eingetreten. Er hatte geheiratet, wie ein Besessener gearbeitet, unmäßige Mengen Alkohol getrunken und weiter Aufputschmittel dazu eingeworfen. So hatte er seine Gesundheit noch extremer als früher vernachlässigt. Und seine Ehefrau ebenso.

Nach einigen Jahren hatte sie die Scheidung eingereicht. Nun war der endgültige psychische Zusammenbruch gekommen. Als Konsequenz hatte ihn sein Vater kurzerhand aus der Firma geworfen und enterbt.

In einem seiner wenigen lichten Momente hatte sich Stefan Bender als Patient in einer privaten Entzugsklinik angemeldet. Als seine Ersparnisse aufgebraucht waren, hatte er diesen Ort verlassen, leider nur teilweise geheilt. Der Alkohol hatte ihn immer noch im Griff. Seither führte er jedoch ein Leben nach seinem Geschmack: frei, ohne irgendwelchen Zwängen ausgesetzt zu sein, niemand richtete Forderungen an ihn, er musste keinem Menschen Rechenschaft ablegen. Seinen Lebensunterhalt bestritt er durch Betteln, Food Diving und gelegentlich als Tagelöhner.

Oben in der Grotte angekommen rollte er seine Isomatte und den Schlafsack aus, nahm eine angebrochene, noch fast volle Flasche Rotwein aus dem Rucksack und rückte diesen dann als Kopfkissenersatz am oberen Ende des Schlafsackes zurecht. Gerade wollte er sich hinlegen, als er Stimmen hörte. Jemand stieg zu ihm herauf.

Der scharf gebündelte Strahl einer Lampe geisterte durch den Eingang der Grotte, wanderte an den Wänden entlang, auf und ab, und blieb schließlich auf Stefan Benders Gesicht gerichtet.

»Mach' doch die Funzel aus, das blendet«, sagte er verärgert und hob einen Arm schützend vor die Augen. Das Licht änderte sich von einem scharfen Strahl zu einem diffusen, angenehm warm leuchtenden Raumlicht.

»Was machen Sie hier? Sie wissen doch sicher, dass man hier nachts nicht herkommen darf?«, vernahm Stefan Bender eine eindringliche Stimme. Nun konnte er etwas erkennen. Ein schlanker, sportlich wirkender Mann in eng anliegender schwarzer Kleidung. Soweit er sehen konnte, war er noch jung, höchstens vierzig Jahre alt, sein Haar war schwarz. Auf dem Rücken trug er einen an Gurten befestigten schmalen, stabil aussehenden Behälter. Schräg hinter ihm stand ein blonder Engel, ebenfalls in einen engen, schwarzen Dress gekleidet.

»Seid ihr von der Polizei?«, wollte Stefan wissen. Fürsorglich ergänzte er »ich störe hier doch niemanden, und morgen bin ich verschwunden, bevor die ersten Touristen kommen. Ich stehe immer mit dem ersten Morgenlicht auf.«

»Nein, keine Sorge, wir sind nicht von der Polizei«, sagte der blonde Engel. Die Frau hatte richtiges Rauschgoldhaar, das wild zerzaust bis über die Schultern herabhing und ein zartes, im Halblicht überirdisch schön wirkendes Gesicht einrahmte.

»Oh, verstehe, ihr wollt euch hier wohl eine romantische Liebesnacht gönnen. Dann macht es euch nur bequem, hier ist Platz genug. Ich werde euch nicht beachten oder euch sonst wie stören.« Stefan griff zu seiner Flasche. »Ein Schluck Rotwein?«

»Nein danke, ich mag jetzt nichts trinken«, antwortete die Schöne. »Du vielleicht?« Fragend blickte sie ihren Begleiter an.

Der ging in die Hocke, nahm die Weinflasche und las das Etikett. »Was haben wir denn da?«

Stefan bemerkte nicht, dass der Mann ein stecknadelkopfkleines Kügelchen in die Flasche gab. »Nein, ich verzichte auch, aber lass' es dir ruhig schmecken«. Mit diesen Worten gab der Mann ihm sein Getränk zurück. Stefan setzte die Flasche an, nahm einen tiefen Schluck, atmete durch und trank noch einmal. Dann streckte er sich aus und war innerhalb weniger Sekunden eingeschlafen.

*

»Was war das denn?«, fragte Anne Villon.

Tom Eynor zitierte aus einem imaginären Werbeprospekt: »Quieston, die neueste Variante der altbekannten KO-Tropfen. Löst sich sofort auf, garantiert geschmacksfrei, wirkt extrem schnell, ohne Nach- und Nebenwirkungen, mit heutigen Methoden nicht nachweisbar.«

»Hast du so etwas immer dabei? Wieso?« Anne blickte nachdenklich.

»Man kann nie wissen, in welche Situation man gerät. Bereit sein ist alles«, erklärte Tom. Dann fixierte er das Gesicht des schlafenden Stefan Bender. Der zuckte kurz mit den Augenlidern, ein leichtes Zittern schien durch seinen Körper zu laufen, dann lag er wieder ruhig atmend da. Tom war ganz auf ihn konzentriert, starrte ihn fast eine Minute an und wandte sich dann wieder zu Anne.

»Er wird sich nicht an uns erinnern, wenn er morgen wieder aufwacht«, sagte er zu ihr.

»Diese Manipulation anderer Menschen ist der Teil am Projekt, der mir Sorgen macht«, sagte Anne. ›Da müssen wir demnächst wirklich mal darüber reden.«

Tom war erleichtert, dass sie das Thema jetzt nicht weiter vertiefte. »Bitte hilf mir, ihn ein Stück zu Seite zu drehen, er liegt auf unserer Grabungsstätte.«

Gemeinsam rollten sie den Schlafenden vom Schlafsack und schoben diesen dann weg. Tom nahm den Behälter vom Rücken ab und holte einen kleinen elektrischen Maulwurf heraus. Mit leisem Surren gruben sich zwei kleine Schaufeln an den Seiten des Gerätes in den Boden. Auf Toms mobilem Videofon waren die Bilder der im Kopf des Gerätes angebrachten Minikamera zu sehen. Als ein metallisches Blitzen auf dem Bildschirm zu sehen war und ein schmaler Leuchtbalken an der Seite des Displays immer länger wurde, stoppte Tom das Gerät.

»Da haben wir unser göttliches Eisen. Ich habe den Sensor des Maulwurfs auf Metall programmiert.«

Er berührte einen Button auf dem Display. Ein Greifer des Gerätes umklammerte das gefundene Metallstück, der Maulwurf bewegte sich rückwärts.

Tom entnahm das faustgroße Teil aus dem Greifer und rieb es an einer Stelle mit dem Ärmel blank. Es glänzte schwach dunkel-metallisch.

»Darf ich mal?« Anne streckte eine Hand aus und wog den Klumpen in der Hand. »Ganz schön schwer.«

Sie reichte das Stück an Tom zurück, der es zusammen mit dem Maulwurf in seinen Behälter packte. Danach klopfte er den aufgewühlten Untergrund glatt und breitete Stefan Benders Isomatte und den Schlafsack darauf aus. Gemeinsam rollten sie den tief schlafenden Mann auf den Schlafsack.

Tom nahm die Rotweinflasche und schüttete den Inhalt vor dem Eingang der Grotte über den Felsen nach unten. Die leere Flasche legte er neben den Schlafenden.

Schweigend gingen sie die Treppe hinunter. Das Elektromotorrad lehnte am Felsen, wie sie es verlassen hatten. Sie stiegen auf und fuhren zurück zum Hotel.

*

In der Tiefgarage angekommen brach Tom das Schweigen, das während der Rückfahrt angehalten hatte. »Wie wär's mit einem Gutenacht-Trunk in der Bar?«

»Ich bin müde, ich möchte gleich schlafen gehen.«

Tom lächelte Anne verständnisvoll an. Als sie den Lift auf ihrem Flur verließen und vor Toms Tür angekommen waren, blieb Anne einen Moment, zögerte und sagte dann: »Okay, ein Schluck noch bei mir, aber wirklich nur ein Drink, sonst nichts mehr.« An ihrem eindringlichen Blick erkannte Tom, dass sie es ernst meinte.

»Versprochen, ich werde brav sein. Ich bringe nur noch schnell meine Ausrüstung rein.« Mit diesen Worten öffnete Tom seine Zimmertür, stellte den Behälter mit dem Maulwurf und dem Fundstück ab und schlug dann die Tür wieder zu.

In ihrem Zimmer nahm Anne eine kleine Flasche Champagner aus der Minibar und drückte sie Tom in die Hand. »Mach schon mal auf.« Sie stellte zwei Gläser auf den Beistelltisch, lehnte sich in einem Sessel zurück und sah Tom beim Öffnen der Flasche zu. Tom schenkte ein.

»Auf unseren Erfolg«, sagte er. »Sollen wir noch kurz darüber reden, was für Schlussfolgerungen wir aus unserem Fund ziehen können?«

»Auf den Erfolg. Aber ich habe heute keine Energie mehr, noch viel zu reden. Das können wir morgen beim Frühstück und dann bei der Rückfahrt machen.« Sie nahm einen tiefen Schluck und stellte das Glas ab. Dann beugte sie sich nach vorn und streifte die Schuhe von den Füßen. Tom nutzte die Gelegenheit und warf ein kleines Kügelchen Quieston in ihr Getränk.

Als Anne den nächsten Schluck getrunken hatte, sagte sie zu Tom »du musst jetzt wirklich gehen, ich bin so müde. Fast könnte man meinen, du hättest mir so eine KO-Kugel gegeben.« Sie sank zurück, und war sofort eingeschlafen.

*

Tom sagte »Gut, dann bis morgen. Schlaf gut«, war sich aber sicher, dass sie das schon nicht mehr gehört hatte.

Er rückte Anne auf ihrem Bett zurecht, bis sie bequem und lang ausgestreckt vor ihm lag. Dann betrachtete er die Schlafende und konzentrierte sich auf ihr Gesicht. Das kurze Zucken ihrer Augenlider verriet, dass er eine psychoneuronale Verbindung zu ihr aufgenommen hatte. Nach kurzer Zeit unterbrach er die Verbindung. Was er zuerst in ihrem Gehirn gelesen hatte, erfreute ihn gar nicht. Den Sex unter der Regendusche am Nachmittag hatte sie zwar genossen, aber in ihren Gefühlen war dabei auch ein sehnsuchtsvolles Verlangen nach Adrian aufgetaucht. Schon wollte er sich verärgert wieder aus der Verbindung zurückziehen. Dann aber fand er einen anderen Gedanken bei ihr: Sie hatte sich inzwischen für die Zusammenarbeit mit der Future Communication Company entschieden. Das wenigstens erfüllte ihn mit Befriedigung.

Dann schüttete er den Inhalt ihres Glases in den Ausguss im Bad, spülte mit ein wenig Champagner nach, füllte das Glas wieder zur Hälfte, stellte es auf den Nachttisch neben ihrem Bett und verließ ihr Zimmer.

10 - Nibelungensage: Kampf mit dem Drachen

Seit vier Tagen ritt Siegfried nun schon durch den dichten Wald nach Nordosten, immer auf der Suche nach dem Drachen. Das Land war menschenleer. Die wenigen Bauernhöfe und kleine Ansiedlungen mit ihren angrenzenden Äckern und Viehweiden waren ausnahmslos zerstört, niedergetrampelt. Dazwischen lagen immer wieder zerrissene Körper, wie angefressen aussehend, von Vieh und auch von Menschen. Aus manchen Ruinen stieg Rauch auf.

»Ich muss endlich den Drachen finden und erschlagen, bevor er noch mehr Unheil anrichtet«, dachte Siegfried. »Wo hält er sich nur verborgen? Ach, wenn doch nur die Götter zu mir sprächen, wie unlängst in Mimes Schmiede.«

Am Fuße eines zerklüfteten Felsen, der steil aus einem bewaldeten Hügel ragte, stieg er ab. »Hier bereite ich mein Nachtlager«, beschloss er. Nachdem er etwas Holz gesammelt hatte, zündete er ein Feuer an. »Vielleicht lockt das den Drachen«. Er bettete sich auf ein großes Bärenfell und legte Balmung griffbereit neben sich.

Balmung. Versonnen erinnerte sich Siegfried, wie er gemeinsam mit Mime das Schwert aus dem göttlichen Eisen geschmiedet hatte. Mime hatte darauf bestanden, für dieses besondere Schwert ein neues Feuer in der Esse zu entfachen.

Siegfried hatte lange die Feuerhölzer aneinander reiben müssen, bis sie anfingen zu glühen. Dann hatte Mime getrocknetes Moos und Stroh dazu getan, bis kleine Flammen aufzüngelten. Mithilfe einer eisernen Schaufel hatte Siegfried das Feuer zur Esse getragen, wo er es unter einen vorbereiteten Holzstapel gelegt hatte. Als dieser mit hellen Flammen loderte, war Holzkohle aufgelegt und mit dem Blasebalg angefacht worden, bis alles tiefrot glühte. Nun hatte Mime das göttliche

Eisen mit beschwörenden Worten in die Glut gelegt. Ganz allmählich hatte es eine blutrote Farbe angenommen, durchzogen von geheimnisvollen schwarzen und silbrig glänzenden Linien. Als sich eine weiße pulvrige Schicht darauf gebildet hatte, war Siegfried von Mime angewiesen worden, es auf den Amboss zu legen. Siegfried hatte gemeinsam mit ihm den Hammer führen müssen. Abwechselnd hatten sie zugeschlagen, um dem Eisen die richtige Form zu geben. Mehrfach war die noch unfertige Klinge in die Kohle zurückgelegt worden, um sie wieder zum Glühen zu bringen. Dann endlich war es soweit gewesen: Siegfried hatte schon das noch schwach glühende Schwert in einen hohen Bottich mit klarem Wasser tauchen wollen, als ihn Mime beschieden hatte, noch zu warten.

Er hatte den Inhalt eines Lederbeutels in den Bottich geschüttet. »Diese heiligen Zauberkräuter werden bewirken, dass jeder des Todes ist, der von deinem Schwert getroffen wird«, hatte er dazu gesagt und wieder geheimnisvolle Beschwörungen gemurmelt.

Als Siegfried dann das Schwert in das geheiligte Wasser gestoßen hatte, dass es zischte und brodelte und Dampf aufgestiegen war, hatte Mime gesprochen: »Das Werk ist mit göttlichem Beistand gelungen. Mit diesem Schwert Balmung kannst du den Drachen töten.«

*

Als beim ersten Morgengrauen eine Krähe laut krächzend über Siegfrieds Lager flog, fuhr er erschrocken aus dem Schlaf hoch. Sein hastiger Griff galt Balmung. »Den Göttern sei Dank, es ist noch da«, murmelte er. »Ich muss am Abend wohl eingeschlafen sein.« Vom Drachen war weit und breit nichts zu sehen.

Nach einem kurzen Moment der Sammlung beschloss Siegfried, den Felsen zu erklimmen, an dessen Fuß er die Nacht zugebracht hatte. Von dort oben hatte er bestimmt einen guten Ausblick und konnte das Ungeheuer hoffentlich erspähen. »Die Alte wird es mir wohl verzeihen, dass ich sie so einfach besteige«, dachte er mit einem leicht schiefen Lächeln, denn der Felsen hatte die Form eines hockenden alten Weibes.

Oben angekommen genoss er den wunderbaren Ausblick in das weite Land. Doch da, Siegfried erschrak: Ungefähr achthundert Ellen entfernt erblickte er den Drachen, der auf einem blanken Felsrücken lag und offensichtlich die wärmenden Strahlen der aufgehenden Sonne genoss. Siegfried duckte sich hinter die Felskante, beschattete die Augen mit der Hand und spähte hinüber. Was er sah, ließ ihn erschauern. Der Drache hatte eine Länge von mindestens fünf Klaftern. Der Schädel war fast mannsgroß. Die lange Schnauze zeigte an den Seiten nach unten stehende, spitze Zähne, die selbst auf diese Entfernung sehr gut zu erkennen waren, so groß waren sie.

Als das Ungeheuer sich erhob, sich einmal wendete, um sich dann in neuer Haltung wieder zur Ruhe zu betten, konnte Siegfried die Schulterhöhe ermessen. Der obere von drei aufeinander gestellten erwachsenen Männern hätte gerade noch dem Drachen in die großen feuerrot leuchtenden Augen sehen können.

»Die Götter mögen mir beistehen, wenn ich den Kampf mit diesem Drachen aufnehme«, sprach sich Siegfried leise selbst Mut zu. Dann gab er sich einen Ruck, richtete sich auf und deklamierte mit beschwörendem Ton: »Siegfried erschlägt den Drachen.« Sofort spürte er, wie der göttliche Funke wieder in ihn fuhr. Er griff sich an den Kopf und sank in die Knie. »Bist du bei mir?«, flüsterte er.

»Ja«, erschien die Antwort in seinem Kopf. Siegfried blickte zum Drachen. »Siehst du den Unhold? Ich werde ihn erschlagen.« Einen Moment glaubte er, fremdes Erstaunen in seinem Kopf zu spüren. Dann war da wieder die Stimme.

»Wahrlich, ein echtes Ungeheuer. Wie willst du den Drachen töten?«

»Ich rufe ihn und fordere ihn zum Kampf. Ich werde ihm unerschrocken gegenübertreten.«

Die Stimme erwiderte: »Ein schlechter Rat. Der Drache ist riesig, und du bist zu klein. Wenn er sich aufrichtet, kann dein Schwert ihn nicht erreichen.«

»Was rätst du mir?«

»Sieh dich um, schaue die Felsen hier neben dir an. Wenn du den richtigen Ort für einen Kampf siehst, werde ich dir ein Zeichen geben. Aber beeile dich, bevor der Drache dich erblickt.« Die Stimme in Siegfrieds Kopf klang eindringlich.

Langsam schritt Siegfried die Felswand ab und lies den Blick immer wieder von unten nach oben und zurück schweifen.

Plötzlich hörte er die Stimme. »Da oben, dieser Spalt im Fels. Steige hinauf und sieh hinein.«

Der Spalt weitete sich zu einer kleinen Höhle, in der wohl drei Männer dicht gedrängt beieinanderstehen konnten. Wieder hörte Siegfried seinen Ratgeber.

»Zuerst musst du ein kleines Tier erlegen, vielleicht einen Hasen oder ein Rebhuhn. Dann zwängst du dich durch diesen Spalt in die Höhle und legst das Fleisch als Lockmittel in den Eingang. Dann wartest du, bis der Drache kommt.«

»Aber man sagt, der Drache kann Feuer speien. Wie soll ich mich davor schützen?«

»Nein, der Drache hat höchstens einen heißen Atem, aber kein Feuer. Den heißen Atem musst du ertragen.«

»Und wie kann ich ihm einen tödlichen Streich versetzen? In der Höhle bin ich gefangen und kann sein Herz nicht erreichen.« Siegfried schien am göttlichen Rat zu zweifeln.

»Du wirst den Drachen töten, das ist vorbestimmt. Vertraue auf dich, dein Schwert und meinen Rat. Wenn der Drache das tote Tier sieht, wird er in die Höhle blicken, weil er gefräßig ist und noch mehr will. Du nimmst dein Schwert und stichst ihm ein Auge aus. Wenn er darauf mit dem anderen Auge nachsieht, dann stichst du auch dieses aus.«

Noch während Siegfried über das Gehörte nachdachte, sprach die Stimme weiter. »Der Drache wird dann erschöpft und ohnmächtig zusammenbrechen. Du schlüpfst hinaus, steigst auf seinen Rücken und stößt dein Schwert genau an der Stelle in ihn hinein, an der sein Kopf auf dem Rumpf sitzt.«

»Dein Rat gefällt mir, so soll es sein«, antwortete Siegfried. Er sah sich um, ob er in der Nähe das erforderliche Kleinwild fände.

Als er neben einem Gebüsch am Boden eine Bewegung bemerkte, reagierte er blitzschnell. Er erschlug mit sicherer Hand den Hasen, der direkt vor ihm vorwitzig seinen Kopf aus seiner Höhle gehoben hatte.

Mit neuem Mut sah er hinüber zum Drachen. Der hatte sich gerade erhoben, reckte und streckte sich und sah sich dann um. Siegfried zeigte sich in voller Größe, schlug mit der flachen Seite seines Schwerts an einen Felsen und rief laut »Hier bin ich. Ich bringe dir den Tod.«

Der Drache hatte ihn erblickt und setzte sich in Bewegung. Siegfried drückte sich durch die Spalte in die Höhle, legte den erlegten Hasen am Eingang der Spalte ab und wartete. »Bist du noch bei mir?«, fragte er. Trotz göttlichem Beistand verspürte er leichte Angst.

Durch den Felsspalt sah Siegfried den Drachen näherkommen. Es war ein schreckenerregendes Bild von Bösartigkeit und Gewalt. Die überlangen Hinterbeine des Untiers stampften dröhnend über den Boden, die deutlich kürzeren vorderen Beine stützten die breite Brust und den gewaltigen Schädel. Der lange Schwanz peitsche hin und her und knickte dabei Bäume um als wären sie Grashalme. Die strahlend roten Augen hatten den in der Felsspalte liegenden Hasen erspäht.

Ganz nah kam die lange Schnauze des Untiers an den Spalt. Die Zähne ragten wie blank geschliffene spitze Messer in zwei Reihen aus dem Maul nach unten. Der Drache versuchte, die Zähne in die Beute zu schlagen. Vergebens, der Felsspalt war für das gigantische Haupt zu eng. Zornig heulte das Untier auf. Dann fiel sein Blick auf den am Ende der Spalte stehenden Siegfried. Es verstummte. Der Kopf senkte sich schräg nach unten. Der Drache presste sein rechtes Auge auf den Felsspalt, um besser sehen zu können. Siegfried war wie gelähmt von dem durchdringenden, bösartigen Blick.

»Jetzt, stoß zu«, schrie die Stimme in seinem Kopf. Der Ruf löste ihn aus seiner Starre. Wie von selbst bewegte sich Balmung mit seinem Arm. Mit einer fast übermenschlichen Kraft stieß Siegfried das Schwert nach vorne, mitten in das glühende rote Auge. Der Drache gab ein infernalisches Kreischen von sich, das tausendfach von den Hängen und Klippen der

Umgebung verstärkt wurde. Siegfried taumelte zurück, ließ Balmung fallen und schlug beide Hände auf die Ohren.

»Sammle dich wieder, es ist noch nicht vorbei«, hörte er trotz des ungeheuren Gebrülls die Stimme klar und deutlich in seinem Kopf. »Nimm dein Schwert, der Drache wird gleich wieder hier sein.«

Da war das ungeheure Maul wieder an der Felsspalte. Der Drache schnaubte mit entsetzlichen Geräuschen und schickte dann eine Wolke aus pestartig stinkendem, heißem Atem in die Höhle.

»Halte die Luft an, atme nicht«, riet die Stimme in Siegfrieds Kopf. »Wenn er jetzt mit dem anderen Auge nachsieht, dann stößt du abermals zu.«

Siegfried tat, wie ihm aufgetragen war. Er hielt mit der linken Hand Mund und Nase verschlossen, in der rechten lag Balmung, bereit zuzustoßen. Und tatsächlich, da erschien der Schädel vor dem Fels, diesmal nach der anderen Seite geneigt, und das verbliebene Auge spähte in die Höhle.

Abermals stieß Siegfried sein Schwert nach vorne, genau hinein in das Auge des Drachen. Das Brüllen des getroffenen Untiers war noch lauter, noch grauenhafter als vorher. Neben Wut und Schmerz waren auch das Entsetzen und die Vorahnung des nahen Endes herauszuhören. Der Kopf verschwand. Nach einer Weile gingen die Schreie in ein wimmerndes Geräusch über, dann war Stille.

Siegfried sah hinaus. Der Drache lag bewegungslos flach ausgestreckt auf dem Bauch, Blut strömte aus den Augenhöhlen, er atmete kaum noch.

Siegfried erinnerte sich an den göttlichen Rat. Leise zwängte er sich aus dem Felsspalt und näherte sich vorsichtig dem Drachen. Der zeigte keinerlei Regung. Beherzt sprang Siegfried auf seinen Rücken, direkt hinter dem massigen Schädel. Das schien das Untier zu wecken, es versuchte, sich hochzustemmen und die Last auf dem Rücken abzuschütteln. Vergebens. Siegfried hatte Balmung schon mit beiden Händen am Griff gepackt und stieß ihm das Schwert mit aller Kraft bis zum Heft in den Hals. In einem letzten Aufbäumen erhob sich der Drache noch einmal zu voller Größe, richtete sich auf die Hinterbeine und peitschte mit dem Schwanz den Boden. Siegfried stürzte ab und konnte sich gerade noch zur Seite rollen, sonst wäre der Koloss auf ihn gekippt. Ein letztes Zucken, ein letztes Röcheln, der Drache war tot. Siegfried erhob sich taumelnd, sammelte sich und schritt langsam um den Leib des toten Ungeheuers herum.

Was er sah, erfüllte ihn mit Staunen. Die grün und golden schimmernden Schuppen, die den ganzen Körper einhüllten und um den Kopf herum blutverschmiert waren. Die im Vergleich zur Größe des Untiers ziemlich kleinen vorderen Gliedmaßen, die in drei Klauen endeten und extrem mit Muskeln versehen waren. Die hinteren Beine dagegen: lang, dick, fast plump. Und dann war da der Schwanz, länger als der gesamte sonstige Körper.

»Es ist vollbracht, ich habe den Drachen erschlagen«, sagte Siegfried, und sank erschöpft zu Boden.

11 - Die Connectoren: Experiment III

Frank Forster erwartete Anne Villon am Eingang zum Labor und ging mit ausgestreckten Händen auf sie zu. »Herzlich willkommen, ich freue mich riesig, dass Sie den Beratervertrag unterschrieben haben. Sie werden es nicht bereuen.«

»Da Sie mir zugestanden haben, dass ich meinen Lehrverpflichtungen an der Universität weiter nachkommen kann, stand dem nichts mehr im Wege. Ich freue mich auch sehr auf die Zusammenarbeit.«

Inzwischen waren sie im Labor angekommen. »Da bist du ja, willkommen im Team«, begrüßte sie Tom Eynor.

Frank Forster blickte interessiert von Tom zu Anne und sagte: »Ah, Sie und Tom sind schon beim kollegialen Du. Darf ich mich da anschließen? Ich heiße Frank«.

»Frank, gern, ich bin Anne.«

»Du kommst gerade richtig«, sagte Tom. Wir haben vor einer viertel Stunde mit einer neuen Verbindung zu Siegfried begonnen. Adrian soll versuchen, ihn zu einer Handlung zu bewegen, die im Gegensatz zur Nibelungensage steht.«

»Was wollt Ihr damit erreichen?«, fragte Anne.

»Nehmen wir einmal an, die Geschichten der Siegfriedsage sind wirkliche Ereignisse in unserer Vergangenheit. Alle Theorien sagen, dass die Vergangenheit nicht verändert werden kann. Wenn Siegfried nun davon abgehalten werden könnte, nach Worms zu den Burgundern zu reisen und Kriemhild zu heiraten, dann wäre das der Beweis, dass die Verbindung nicht in unsere Vergangenheit geht, sondern in einen anderen Zeitstrang, vielleicht eine Parallelwelt.«

»Das klingt zwar plausibel«, bestätigte Anne, »aber was wissen wir, falls Siegfried *nicht* von einer Hochzeit mit Kriemhild abgehalten werden kann?«

»Dann muss es wohl unsere Vergangenheit sein«, mischte sich Frank ein.

»Oder es ist eine parallele Welt, und Adrian ist einfach nicht überzeugend genug, den dortigen Siegfried zu beeinflussen«, bot Anne eine weitere Interpretationsmöglichkeit an.

»Aber beim letzten Experiment hatte Adrian doch Einfluss auf Siegfried, und ich war bei Mime erfolgreich«, beharrte Tom.

»Vielleicht habt ihr Mime und Siegfried mit euren Gedanken gesteuert, aber das Ergebnis war in Übereinstimmung mit der Sage: Mime hat Siegfrieds Schwert Balmung geschmiedet. Das beweist also gar nichts.«

Inzwischen war Annes Blick zu Adrian gewandert, der im Sensotron lag.

»Was ist denn mit Adrian los, was hat er nur?« Erschrocken sah Anne Villon, dass Adrian stöhnend und sich windend auf der Liege lag.

Michael Cisslac blickte auf den Kontrollmonitor. »Er ist im Stress. Wenn ich es nicht besser wüsste, würde ich glauben, er trägt einen Kampf auf Leben und Tod aus. Seine Mandelkerne und der Hypothalamus im Gehirn sind extrem aktiv, ich kann eine erhöhte Ausschüttung von Adrenalin, Noradrenalin und Cortisol feststellen.«

»Da wird er sich nachher ganz schön austoben müssen, um das alles wieder abzubauen und seinen Körper ins Gleichgewicht zu bringen«, sagte Tom Eynor spöttisch.

Anne war beunruhigt. »In unserer bisherigen Forschung an der Universität haben wir noch nie körperliche Rückwirkungen der empfangenen Sinneseindrücke auf die Connectoren festgestellt, aber die Messungen hier belegen doch, dass es solche Rückwirkungen gibt.« Sie wandte sich zu Tom Eynor. »Du hast doch auch berichtet, dass bei deiner Verbindung zu Mime seine Klettertour bei dir Muskelkater hinterlassen hat. Bist du dir wirklich sicher, dass Adrian keinen Schaden erleiden wird?« Dann wandte sie sich noch Hilfe suchend an Michael Cisslac. »Was meinen Sie dazu?«

»Wir haben hier die volle Kontrolle über alle Funktionen seines Körpers. Natürlich sollte sich Adrian nicht allzu oft einem solchen Stress aussetzen, das wäre sicher nicht gut für sein allgemeines Befinden, aber etwas Ernstes kann da nicht passieren«. Michaels Worte klangen beruhigend, aber dann schien er auf einmal selbst nervös zu werden, jedenfalls trommelte er mit den Fingern auf die Lehne seines Stuhles. Mit gerunzelter Stirn beobachtete er den Kontrollmonitor.

»Was ist los, was siehst du?« Auch Frank Forster war aufmerksam geworden.

»Seine Hauttemperatur ist plötzlich stark angestiegen. Er hält den Atem an.«

»Beenden Sie die Verbindung, bevor etwas passiert«, verlangte Anne alarmiert.

»Nein, lass' die Verbindung bestehen, solange es noch nicht kritisch für ihn wird«, konterte Tom.

»Die Kerntemperatur ist noch im grünen Bereich«, war Michael zu hören. Immer noch war ihm eine leichte Nervosität anzumerken. Doch nach einigen Augenblicken klang seine Stimme wieder entspannter: »Die Hauttemperatur sinkt. Er atmet auch wieder.«

Sie beobachteten weiter Adrian, der ganz offensichtlich eine körperlich und emotional besonders intensive Verbindung hatte. Die nächsten Minuten vergingen schweigend. Annes Blick wechselte immer wieder zwischen dem auf der Liege ausgestreckten Adrian und den Kontrollmonitoren.

»Was bedeutet der immer weiter ausschlagende Balken dort links auf dem Monitor«, fragte sie Michael.

»Eine starke Dopamin-Ausschüttung. Das Belohnungszentrum im Gehirn ist hoch aktiv. Adrian erlebt wohl gerade eine besonders euphorische Stimmung.«

*

»Unglaublich« war Adrians erstes Wort, als er die Verbindung gelöst hatte und wieder seine gewohnte Umgebung wahrnahm. »Einfach Wahnsinn, wirklich unfassbar.«

Frank Forster reagierte als Erster. »Deine physiologischen Werte haben ganz schön verrückt gespielt. Was hast du denn so Aberwitziges erlebt?«

»Ich weiß jetzt, was hinter den Sagen und Märchen von Drachen steckt.«

»Spann' uns nicht auf die Folter, spuck' es schon aus«, rief Tom.

»Dinos«, sagte Adrian lakonisch.

»Dinos? Du meinst Dinosaurier? Komm, nimm uns nicht auf den Arm«. Der ärgerliche Unterton in Toms Stimme war nicht zu überhören.

»Dinosaurier sind doch vor einigen zig Millionen Jahren ausgestorben.« Auch Frank Forster schien skeptisch zu sein.

»Aber ich habe einen gesehen, und Siegfried hat ihn erschlagen«, beharrte Adrian.

»Dinosaurier haben mich schon immer fasziniert. Deswegen lese ich alles und sehe alles an, was darüber veröffentlicht wird«, meldete sich Michael Cisslac. »Ich erinnere mich, dass es vor einiger Zeit einen sensationellen Fund gegeben hat. Leider weiß ich nicht mehr die Details, aber ich meine, dass damals die Lehrmeinung über das Aussterben infrage gestellt wurde.«

Anne griff diesen Einwand auf. »Das müsste sich ja feststellen lassen. Bei uns an der Uni gibt es im geologischen Institut meines Wissens Mitarbeiter mit dem Spezialgebiet Paläontologie. Die können sicher etwas dazu sagen.« Sie aktivierte das Videofon und wählte eine Verbindung zum geologischen Institut.

»Lars Manner, geologisches Institut. Was kann ich … Ah, Frau Villon, das ist aber schön, dass Sie sich melden. Wollen Sie mit mir einen Termin zum Champagnertrinken vereinbaren?«

»Champagnertrinken?«

»Sie haben es doch hoffentlich nicht vergessen. Als wir das letzte Mal miteinander sprachen, haben Sie gesagt, ich hätte etwas bei Ihnen gut. Sie haben von Champagner gesprochen.«

»Jetzt erinnere ich mich. Entschuldigung, das habe ich ganz verdrängt, es war zu viel los in letzter Zeit, Sie wissen ja, wie das ist. Das holen wir nach. Aber vorher müssen Sie noch einmal eine Sache für mich überprüfen.«

»Für Sie immer. Was wollen Sie dieses Mal wissen?«

»Ich war der Meinung, dass die Dinosaurier vor mehr als sechzig Millionen Jahren ausgestorben sind. Nun habe ich gehört, dass das durch einen Fund vor einiger Zeit infrage gestellt wird. Können Sie oder ein Kollege am Institut darüber etwas sagen?«

»Klar. Sie meinen sicher die Sensationsmeldung letztes Frühjahr. Bei archäologischen Grabungen sind Überreste eines Dinosauriers gefunden worden, die höchsten zweitausend Jahre alt sein sollen. Die wissenschaftliche Diskussion ist noch in vollem Gange. Es gibt den Verdacht, dass die Knochen mit einer besonders raffinierten, nicht nachweisbaren Methode behandelt wurden, um dieses junge Alter vorzutäuschen.« Lars Manner war neugierig. »Weshalb interessieren Sie sich dafür?«

»Das erkläre ich ihnen, wenn wir uns das nächste Mal sehen. Wo finde ich denn weitergehende Informationen?«

»Ich schicke Ihnen einen Link.« Dann lachte Lars Manner und sagte »und wenn Sie dann kommen, vergessen Sie den Champagner nicht.«

Nach wenigen Augenblicken erschien der Link auf dem Display. Anne tippte ihn an, und eine Computeranimation eines riesigen Dinosauriers war zu sehen.

»Das ist der Drache«, rief Adrian erregt, »genauso ein Vieh habe ich gesehen, und Siegfried hat es erschlagen.«

»Langsam, langsam«, antwortete Anne. »Lesen wir erst mal, was da steht.

Laut las sie die Überschrift. »*Sensationeller Fund im Teutoburger Wald.*« Darunter stand, dass bei Ausgrabungen an den Doerenther Klippen Knochen eines Dinosauriers der Art Lythronax argestes gefunden worden waren. Die beteiligten Wissenschaftler berichteten, dass zwei Elemente des Fundes besonders sensationell seien: Der Fundort, denn von der Art Lythronax argestes gab es bisher nur ein nachgewiesenes Exemplar, das an der Westküste von Nordamerika gefunden worden war. Das zweite sensationelle Element sei das Alter: Die absolut zuverlässige Altersbestimmung mit der radiometrischen Datierung unter der Verwendung der Isochronmethode habe ein Alter von ungefähr tasusendfünfhundert bis zweitausend Jahren ergeben. Dieses Alter wurde mittels der Radiokohlenstoffdatierung bestätigt. Der früher in Nordamerika gefundene Knochen von Lythronax argestes hatte dagegen ein Alter von rund 80 Millionen Jahre.

Der Lythronax argestes war ein ungefähr acht Meter langer, zweieinhalb Tonnen schwerer, ebenfalls fleischfressender Verwandter des berühmten Tyrannosaurus Rex.

Der Artikel schloss mit dem Hinweis, dass bei einigen Paläontologen trotz der anscheinend wissenschaftlich einwandfreien Methoden ernsthafte Zweifel an der Seriosität der Altersbestimmung existierten. Es könne einfach nicht sein, dass vor knapp 2000 Jahren ein echter Dinosaurier gelebt habe.

»Ich wüsste nicht, wie man die Methoden der Altersbestimmung manipulieren könnte«, kommentierte Anne Villon. »Wir sollten davon ausgehen, dass damals wirklich ein Dinosaurier gelebt hat.«

»Zumal ich durch Siegfried dieses Tier tatsächlich gesehen habe, daran gibt es keinen Zweifel«, ergänzte Adrian. »Und dann hat er ihn erschlagen. Das sind sicher genau die Knochen, die vor Kurzem gefunden wurden.«

»Dann erzähle doch mal, wie das Siegfried gelungen ist. Ich kann mir das gar nicht vorstellen, ein einzelner Mann, nur mit einem Schwert bewaffnet, gegen so ein gigantisches Vieh«, wurde Adrian von Michael aufgefordert.

Adrian nickte. »Siegfried wollte tatsächlich blindwütig offen auf den Dino losgehen, aber ich habe ihm ein weniger riskantes Vorgehen nahe gelegt. Sonst hätte er das ziemlich sicher nicht überlebt.«

»Mensch Adrian, diese Chance hast du vergeben? Wenn Siegfried vom Drachen getötet worden wäre, hätten wir doch den Beweis gehabt, dass es nicht unsere Vergangenheit ist, denn das wäre ein eklatanter Widerspruch zu einem wichtigen Kern des Nibelungenliedes, wie wir es kennen. Schade.« Tom war sichtlich verärgert.

Anne hatte Tom Eynors Kritik an Adrian mit offenem Mund angehört. »Du hättest tatsächlich einen Menschen geopfert, nur um diese Frage zu beantworten? Das kann doch nicht wahr sein«, funkelte sie ihn empört an.

»Das war eine unbedachte Äußerung von Tom, natürlich opfern wir keine Menschen«, versuchte Frank Forster zu beschwichtigen.

Doch Tom legte nach. »Ich sehe nicht, wo das Problem ist. Siegfried ist doch schon tot, seit mehr als tausendsechshundert Jahren.«

»Das meinst du doch nicht im Ernst.« Anne ließ nicht locker. »Natürlich ist Siegfried schon seit Ewigkeiten tot. Aber wir dürfen doch nicht einfach sein Leben noch nachträglich verkürzen! Was ist das denn für eine Moral?« Dann drehte sie sich zu Frank Forster. »Ich verlange, dass sich alle am Projekt Beteiligten verpflichten, keinen Menschen zu schädigen oder gar in Lebensgefahr zu bringen. Weder Menschen aus der Vergangenheit noch aus der Gegenwart oder der Zukunft. Falls es keine derartige Selbstverpflichtung gibt, muss ich meine Mitarbeit am Projekt einstellen.«

»Ich bin völlig auf deiner Seite, Anne, eine solche Selbstverpflichtung ist richtig. Frau Esser wird eine entsprechende Erklärung aufsetzen, die noch vor dem nächsten Experiment mit psychoneuronalen Verbindungen von allen Projektmitarbeitern unterschrieben werden muss. Auch ich werde das tun«, stimmte Frank Forster zu. Dann wandte er sich zu Tom Eynor. »Tom, deine Ansicht kann ich nicht teilen. Stell dir vor, Adrians Verbindung wäre in eine parallele Welt gegangen. Mit deiner Einstellung hätte er dann leichtfertig Siegfrieds Tod riskiert.«

»Stimmt, so weit habe ich nicht gedacht.«

»Also kann ich davon ausgehen, dass auch du diese Verpflichtung unterschreibst?«

»Ja, sicher, das werde ich.«

Frank Forster war zufrieden. »Nachdem das geklärt ist, sollten wir uns wieder damit beschäftigen, was Adrian erlebt hat und welche Schlussfolgerungen wir daraus ziehen.«

»Ja, ich würde gern wissen, ob der Dino – nein, der Drache – wirklich Feuer speien konnte, wie es in der Sage berichtet wird«, sagte Michael.

»Als Siegfried auf den Spuren des Drachen unterwegs war, konnte ich durch seine Augen kaum Brandspuren von offenem Feuer feststellen. Fast alles, was verkohlt war, sah mehr danach aus, als sei es durch Pyrolyse entstanden. Ich habe Siegfried dann erklärt, dass der Drache kein Feuer speien kann, sondern einen kräftigen, heißen Atem hat, der Stroh und trockenes Reisig entflammen kann. Ich kann bestätigen, dass das tatsächlich höllisch heiß war.«

Michael nickte. »Ja, das haben wir gemessen. Deine Hauttemperatur ist zeitweilig dramatisch angestiegen. Anne – Entschuldigung, Frau Villon – war heftig in Sorge um dich.«

»Die Anrede Anne ist schon in Ordnung, ich denke, wir sollten hier im Team alle per Du sein, das ist viel unkomplizierter«, half die Professorin Michael aus der Verlegenheit.

In der Folge schilderte Adrian in aller Ausführlichkeit den Kampf zwischen Siegfried und dem Drachen. Die Bewunderung für den Helden der Nibelungensage war ihm deutlich anzumerken. »Ich wollte, ich hätte ein wenig von dem Mut, dem Selbstbewusstsein und der Unbekümmertheit von Siegfried«, schloss er seine Erzählung.

Das kurze Schweigen nach Adrians Bericht wurde von Anne beendet. »Ich bin jetzt ja die wissenschaftliche Beraterin des Projektes. In dieser Funktion will ich einen Vorschlag machen.«

*

»Wir hören«, sagte Tom knapp. Anscheinend war er immer noch etwas verärgert wegen Annes Moralpredigt.

»Unser Vorgehen im Projekt ist ziemlich unstrukturiert und zufällig. Das sollten wir endlich ändern.«

»Und wie?«, fragte Tom, immer noch frostig.

»Bisher haben wir drei psychoneuronale Sessions gehabt, alle mit einer Verbindung in die Vergangenheit, von Adrian zu Siegfried, einmal zusätzlich mit einer Verbindung von Tom zu Mime. Für mich ergeben sich nun zwei Fragen. Erstens: Welche Erkenntnisse haben wir wirklich gewonnen? Bringen die uns weiter? Und zweitens: Mit welcher Zielsetzung sollen wir weitermachen?«

»Das ist ganz in meinem Sinn«, bestätigte Frank Forster.

»Wir sollten auch das Ergebnis der Untersuchung des Meteoriten einbeziehen, den wir bei den Externsteinen gefunden haben«, erinnerte Tom an ein weiteres wichtiges Detail. Anscheinend hatte er seinen Ärger hinuntergeschluckt und sich entschlossen, nun wieder konstruktiv mitzuarbeiten.

»Richtig, das kenne ich noch gar nicht«, bestätigte Anne. »Dann lasst uns damit anfangen.« Adrian und Michael stimmten ebenfalls zu, denn sie waren auch noch nicht informiert.

Tom berichtete. »Wir haben den Brocken an deine Kollegen vom geologischen Institut weitergeleitet, Anne. Die bestätigen, dass es ein Eisenmeteorit ist, der in seiner Zusammensetzung anderen Funden entspricht, die vor mehreren tausend Jahren in der Region südliche Eifel nieder gegangen sind. Im Teutoburger Wald sei dieser Brocken definitiv nicht zur Erde gestürzt.«

»Dann wurden die Bruchstücke der Eisenmeteoriten möglicherweise in der Eifel gefunden und von Händlern in den Teutoburger Wald gebracht«, schlussfolgerte Michael.

»Richtig, und dort wurde das Eisen von Mime und Siegfried für das Schwert Balmung verwendet«, ergänzte Adrian. »Mit diesem Schwert hat Siegfried dann den Drachen erschlagen.«

»Im Grunde haben wir damit eine ganze Reihe schlüssiger Indizien, die bestätigen, dass die Nibelungensage – zumindest in dem von uns bisher verfolgten Abschnitt – auf wahren Begebenheiten beruht.« Bei diesen Worten von Anne wurde es still. Die Tragweite ihrer Aussage war klar.

Sie fuhr fort. »Erstes Indiz: Psychoneuronale Verbindungen, die zweifelsfrei zu zwei Gestalten der Nibelungensage bestanden. Zweites Indiz: Eisenmeteoriten wurden an einer Stelle gefunden, die nur durch die erwähnten psychoneuronalen Verbindungen entdeckt werden konnte. Drittes Indiz: Funde von Dinosaurierfossilien, deren Alter und Fundort genau zur Tötung des Drachen durch Siegfried passt. Dieses Ereignis ist zudem während einer psychoneuronalen Verbindung beobachtet worden.«

Frank Forster ergänzte Annes Beitrag. »Danke Anne, das ist super auf den Punkt gebracht. Nun zu unseren Zielen: Bisher wollten wir, dass Menschen einen besonderen Nervenkitzel erleben können, indem sie psychoneuronale Verbindungen zu anderen Menschen aufnehmen, die im Hier und Jetzt gerade etwas Einmaliges, Sensationelles unternehmen. Ich möchte nach den bisherigen Ergebnissen unserer Experimente ein weiteres Ziel für unser Projekt PsySensation festlegen. Ich nenne es ›Mentale Zeitreisen‹. Wir wissen, dass echte Zeitreisen immer noch eine Utopie sind. Aber wir könnten so etwas wie Reisen durch die Zeit mittels psychoneuronaler Verbindungen ermöglichen. Wer von uns als Connector ausgebildet ist, wird an beliebigen Ereignissen aus der Vergangenheit teilnehmen können, ohne wirklich durch die Zeit reisen zu müssen. Einfach dadurch, dass er eine psychoneuronale Verbindung zu einer beliebigen historischen Person seiner Wahl aufnimmt.«

»Dann sollten wir in den nächsten Experimenten versuchen, auch Verbindungen zu anderen Epochen und anderen Personen herzustellen«, griff Adrian die neue Zielsetzung sofort auf. »Wie wählen wir aus, nach welchen Kriterien?«

»Moment, Adrian, nicht so schnell«, unterbrach Anne sofort. »Das ist sicher eine Richtung, die wir einmal einschlagen sollten. Aber zur Zeit ist es meines Erachtens wichtiger, anhand eines einzelnen historischen Ereignisses mehr Erfahrungen im Umgang mit mentalen Zeitreisen zu sammeln. Wir müssen auch absolut sicher sein, dass die Vergangenheit keinesfalls beeinflusst werden kann. Deswegen sollten wir jetzt erst mal bei den Nibelungen bleiben.«

»Das könnten wir doch parallel angehen«, wurde Adrian von Michael unterstützt. »Obwohl, wenn ich an unsere Ressourcen denke …«

»Genau, wenn ich das richtig sehe, dann sind nur zwei Personen derzeit in der Lage, solche Verbindungen zu initiieren, nämlich Adrian und Tom.« Anne zögerte einen Moment, dann sprach sie weiter. »Wie ist es eigentlich mit dir, Frank? Über dich weiß ich gar nichts. Bist du auch ein Connector? Und wenn ja, mit welchen Fähigkeiten? Und wie ist es mit Michael?«

Frank lächelte. »Diese Frage musste ja mal kommen. Ja, ich bin ein Connector, habe es aber trotz intensivem Training nicht sehr weit geschafft. Ich kann ohne Sichtkontakt keine psychoneuronale Verbindungen aufbauen. Für dieses Projekt bin ich als Connector nicht einsetzbar. Gerade weil wir so wenige sind, sollten wir möglichst schnell damit beginnen, dich entsprechend zu trainieren, Anne.« Mit entschuldigendem Tonfall fügte er hinzu »Wir wissen ja noch nicht einmal, ob das Training bei dir die gewünschten Effekte hat. Michael ist kein Connector, und das ist auch gut so, denn so kann er sich auf die technischen Themen konzentrieren.«

»Dann halten wir fest, dass wir in den nächsten zwei Wochen mit höchster Priorität Annes Training durchführen«, sagte Tom Eynor. »Das ist deine Aufgabe, Michael. Adrian wird in dieser Zeit so oft wie möglich mit Siegfried Kontakt halten, seine Abenteuer verfolgen und dabei untersuchen, wie weit er ihn beeinflussen kann.« Mit einem kurzen Seitenblick auf Anne fügte er hinzu »natürlich, ohne ihn oder andere in irgendeiner Weise zu gefährden.«

Frank ergänzte »Und sobald Anne ihre Ausbildung erfolgreich abgeschlossen hat, werden wir die Ausdehnung auf andere historische Ereignisse in Angriff nehmen. Übrigens, Anne, für das Training sollten wir jemanden finden, der Vertrauen zu dir hat. Derjenige muss bereit sein, unvoreingenommen und ohne Befürchtungen als Partner für psychoneuronale Verbindungen mit dir zur Verfügung zu stehen. Du wirst jede Menge intimer und persönlicher Details dieser Person kennenlernen. Und diese Person sollte kein Connector sein.«

Anne überlegte nur kurz. »Ich habe vor Kurzem eine junge Frau als studentische Hilfskraft an der Uni eingestellt, die in Biopsychologie und Neurologie schon hervorragende Kenntnisse hat. Am Thema psychoneuronale Verbindungen ist sie extrem interessiert, bringt aber nicht die Voraussetzungen als Connector mit. Sie ist intelligent, kreativ und ungemein aktiv. Außerdem sind wir uns in der kurzen Zeit der Zusammenarbeit persönlich schon nähergekommen und finden uns gegenseitig sehr sympathisch. Sie passt meines Erachtens sehr gut. Tom, du hast sie schon gesehen, sie war an dem Experiment in meiner Vorlesung beteiligt, als du dort aufgetaucht bist.«

»Ja, Julia hieß sie, wenn ich mich richtig erinnere. Groß und sportlich, sie hatte so eine asymmetrisch kurz geschnittene Frisur, schwarze Haare, sah nicht schlecht aus. Außerdem hat sie sehr souverän auf die pubertäre sexuelle Provokation ihres Kommilitonen reagiert.«

Frank nickte. »Gut Anne, bringe die junge Dame mit, Tom und ich unterhalten uns mit ihr. Wenn alles passt, bekommt sie von uns auch einen Mitarbeitervertrag.«

12 - Die Connectoren: Komplikationen

Die Besprechung ging schon dem Ende zu, als sich die Büroleiterin Susanne Esser per Videofon meldete. »Hallo, Tom, hallo Frau Professor Villon, da hat sich vorhin ein Journalist vom European News Network gemeldet, der Sie beide sprechen wollte. Ich habe gesagt, dass Sie in einem Meeting sind. Er will sich später noch einmal melden.«

»Was wollte der?«, fragte Tom Eynor.

»Es ginge um Ihren Besuch bei den Externsteinen, hat er gesagt. Er möchte Sie gerne etwas dazu fragen.«

»Woher weiß der denn von unserem Besuch dort?«, wunderte sich Anne Villon. »Hat er seinen Namen genannt? Haben Sie seine Videofonkennung?«

»Ja, er heißt Rajnar Bodowin. Soll ich mal recherchieren, welche Informationen es über ihn gibt?«

»Das ist eine gute Idee«, sagte Tom Eynor. »Bitte machen Sie das gleich, Susanne.«

Schon kurze Zeit später kam der Rückruf von Susanne Esser. »Ich habe da etwas gefunden, das ich Ihnen gleich mitteilen wollte. Ich denke, das ist wichtig.«

Tom Eynor antwortete: »Wir hören.«

»Es gibt da eine Meldung von diesem Bodowin auf der Homepage vom European News Network. Titel: ›Rätselhafte Begegnung der dritten Art bei den Externsteinen‹. Soll ich vorlesen?«

»Bitte.«

»Am letzten Sonntag hatte unser Reporter Rajnar Bodowin ein interessantes Erlebnis bei den viel besuchten Externsteinen im

Teutoburger Wald. Er traf einen Mann, der verloren und offensichtlich verwirrt im Wald umherirrte und laut von Außerirdischen sprach. Bei dem Mann handelte es sich um Stefan B., einen Mann ohne festen Wohnsitz. Er berichtete, er habe in der Nacht auf dem Turmfelsen Außerirdische getroffen. Eines der Wesen habe ausgesehen wie ein unendlich schöner blonder Engel, mit strahlend leuchtenden Augen, in einen weiten schwarzen Umhang gekleidet. Das zweite sei möglicherweise ein humanoider Roboter gewesen. Die Figur sei gesichtslos gewesen und habe ganz aus einem schwarz schimmernden metallisch wirkenden Material bestanden. Aber auch an dieser Gestalt seien zwei brennend hell leuchtende Augen aufgefallen. Die beiden hätten ihn angesehen, worauf er in ein großes, kugelförmiges Raumschiff gebeamt worden sei. Als er wieder zu sich gekommen sei, habe er sich auf dem Boden in der Grotte des Turmfelsens befunden, an einer Stelle, an der die Außerirdischen gegraben haben mussten, denn der Boden sei ungewöhnlich locker gewesen.

Zunächst glaubte unser Reporter Rajnar, dass Stefan S. unter Alkohol- oder Drogeneinfluss stand. Aber er machte im Übrigen einen gesunden, wachen Eindruck. Also stieg Rajnar mit dem Mann zusammen auf den Turmfelsen, und tatsächlich gab es dort eine Stelle, an der offensichtlich gegraben worden war. Als Rajnar dann selbst an dieser Stelle weiter grub, stieß er auf einen metallisch wirkenden Stein, der inzwischen als Bruchstück eines Eisenmeteoriten identifiziert worden ist. Wir vom European News Network werden das Teil von Wissenschaftlern untersuchen lassen und halten Sie über dieses Rätsel auf dem Laufenden.«

Frank Forster sah zu Tom und Anne. »Was habt Ihr denn dort angestellt? Ich dachte, es sei alles glatt gelaufen?«

Anne blickte auffordernd zu Tom Eynor, dem die Situation sichtlich unangenehm war. Dann erzählte Tom nüchtern und knapp die Ereignisse bei ihrem nächtlichen Besuch in der

Grotte am Turmfelsen. Als er beschrieb, wie er dem Obdachlosen mittels einer psychoneuronalen Verbindung die Erinnerungen an sie beide aus dem Gedächtnis ausgelöscht hatte, wurde er von Frank Forster unterbrochen. »Anscheinend hast du sein Gedächtnis nicht nur gelöscht, sondern mit neuen Inhalten angereichert. Waren diese *Außerirdischen* wirklich nötig?«

»Noch ein Punkt für unsere Selbstverpflichtung«, murmelte Anne vor sich hin.

Mit einem kurzen Seitenblick zu ihr rechtfertigte sich Tom. »Wir löschen ja nicht wirklich Gedächtnisinhalte, sonder blockieren nur den Zugang zu den Speicherplätzen. Aber wir wissen nicht, wie dauerhaft wir diesen Zugriff stören. Deshalb hielt ich es für besser, unser Bild in seinem Kopf durch die Aktivierung von Bildern zu ersetzen, die er irgendwann in Fantasy-Videos gesehen hat. Ich dachte, bei einem Obdachlosen würde man das wirklich als durch Drogen verursachte Halluzination ansehen. Dass da ein Reporter auf der Suche nach irgendwelchen Storys zufällig über ihn stolpert, damit war nun wirklich nicht zu rechnen.«

»Aber wieso will er gerade uns dazu sprechen, wie ist der auf unsere Namen gekommen?«, griff Anne den Gedanken wieder auf, den sie schon am Anfang gehabt hatte.

»Tom, du kümmerst dich darum, rede mit diesem Reporter, aber sei zurückhaltend. Wir können beim aktuellen Stand unseres Projekts keine öffentliche Aufmerksamkeit brauchen«, bestimmte Frank Forster. »Und stimme dich mit deinen Aussagen immer mit Anne ab, falls der Reporter versucht, Euch gegeneinander auszuspielen.«

*

Beim Verlassen des Labors berührte Tom Anne leicht an der Schulter. »Hast du noch einen Moment Zeit?«

»Was gibt es«, fragte Anne leicht reserviert.

»Wenn du die nächsten zwei Wochen fast jeden Tag zum Training hier bist, möchtest du da in dieser Zeit bei mir wohnen? Ich habe genug Platz.«

»Oh, ich habe meine Sekretärin an der Uni beauftragt, ein kleines Appartement für mich hier in Heidelberg zu besorgen, und sie hat schon etwas gefunden.«

Tom sah sie nachdenklich an. »Was ist los? Du bist so kurz angebunden. Habe ich etwas falsch gemacht?«

»Tom, ich kenne dich doch viel zu wenig, um gleich eine intensivere Beziehung zu dir zu haben. Lass uns Zeit.« Nach einem kurzen Zögern fügte Anne noch hinzu: »Und ja, die Kaltschnäuzigkeit, mit der du andere manipulierst, das hat mich erschreckt.«

»Kannst du wirklich nicht verstehen, weshalb das nötig war?«, versuchte Tom noch einmal eine Erklärung, wurde aber sofort von Anne unterbrochen.

»Ich habe meine Meinung dazu gesagt, und möchte jetzt nicht weiter darüber diskutieren. Wir haben ja bei der Arbeit in der nächsten Zeit sicher noch Gelegenheit, über unsere Ansichten zu reden.«

13 - Die Connectoren: Training

Die folgenden Tage waren so intensiv mit Arbeit angefüllt, dass Anne gar nicht merkte, wie schnell die Zeit verging. Das Gespräch mit Frank Forster und Julia war positiv verlaufen. Julia war sofort engagiert worden. Frank schien ein besonderes Interesse an ihr zu haben. »So eine intelligente und charmante junge Dame, diese Julia Jónsdóttir aus Island«, hatte er gesagt. Er klang richtig begeistert.

Vor dem eigentlichen Training hatte Michael Cisslac zunächst einen Gehirnscan von Anne im Zustand völliger Entspannung aufgenommen. »Das dient uns als Basis, um während des Trainings das Wachstum deines Netzwerks für psychoneuronale Verbindungen beurteilen zu können«, hatte Michael erklärt. Danach hatte die erste Trainingssitzung begonnen. Sie hatte zum Ziel, möglichst genau feststellen zu können, wie stark Annes psychoneuronale Fähigkeiten für jede einzelne Sinnesmodalität ausgeprägt waren. Anne lag auf der Liege im Sensotron und nahm eine Verbindung zu Julia auf. Auf einem für Anne nicht sichtbaren Display sah Julia einen Videofilm. Den Ton dazu konnte nur sie selbst über Kopfhörer wahrnehmen, Anne war auf die Verbindung zu ihr angewiesen. Als der Film nach zehn Minuten beendet war, legte Michael nacheinander verschiedene Materialien in Julias Hände, um ihren Tastsinn zu stimulieren. Gleichzeitig gab er ihr aus diversen Flakons Duftproben zu riechen und eine Reihe unterschiedlich schmeckender Getränke und Essensproben zu kosten. Während der ganzen Sitzung wurden Annes Gehirnaktivitäten aufgezeichnet.

Als Michael die gesammelten Daten und Scans analysierte, war länger kein Kommentar von ihm zu hören.

»Was ist los, du sagst gar nichts«, wollte Anne wissen. »Stimmt Irgendetwas nicht?«

»Ich bin total überrascht«, sagte Michael, und das war ihm auch deutlich anzumerken. »Wann hast du das letzte Mal die Aktivitäten deines psychoneuronalen Netzwerks komplett aufzeichnen lassen?«

Anne wurde nervös. »Das ist schon mindestens sechs Monate her. Aber was ist denn nun los, sag' schon«, antwortete sie ungeduldig, fast ein wenig ängstlich.

»Wusstest du wirklich nicht, welchen Umfang dein Connectornerzwerk hat? Ich hätte nie gedacht, dass so etwas ohne unser spezielles Training entstehen kann. Für jede Sinnesmodalität im Bereich der Schläfen-, Scheitel- und Hinterhauptslappen hast du schon ein enorm großes Areal mit Connectorneuronen. Bei dir sind die Bedingungen anscheinend optimal. Wir werden sicher nur wenige Trainingseinheiten brauchen, bis du alles kannst, was mit unseren Methoden bisher möglich ist.«

Julia war ihrem Gespräch mit offenem Mund gefolgt. »Anne, du hast wirklich den Film gesehen, den Ton gehört und gleichzeitig all diese Dinge gespürt, mit denen mich Michael traktiert hat?«

»Ja, der Film war über Island, deine Heimat. Da möchte ich unbedingt einmal hin. Vor allem der Thorsmörk Naturpark hat es mir angetan, die Informationen darüber waren hochinteressant.«

»Wie, verstehst du Isländisch?«

»Nein, da habe ich keine Ahnung davon. Ich würde die Sprache nicht einmal erkennen, wenn ich sie höre.«

Michael nickte zufrieden. »Zu deiner Information: Der Ton zum Film war isländisch. Auch diesen Test hast du mit Bravour bestanden. Dein Netzwerk empfängt also auch die reinen Ideen und Gedanken, ganz unabhängig von der Sprache, in der sie formuliert wurden.«

Als dann Anne auch noch jeden Duft aufzählen konnte, den Michael Julia unter die Nase gehalten hatte, und jede Geschmacksnuance der Speisen und Getränke, die er ihr verabreicht hatte, waren sowohl Michael als auch Anne überglücklich.

»Wir machen jetzt eine Pause, und dann können wir in der nächsten Trainingseinheit gleich das volle Programm mit allen Spezialitäten ablaufen lassen. Mit dir brauchen wir kein langsam aufbauendes Basistraining«, beendete Michael die Sitzung. »Ich schlage vor, wir sehen mal, was Adrian macht. Er hatte vor, eine Verbindung zu Siegfried aufzubauen, während wir hier beschäftigt waren.«

»Ich habe vorher noch eine Frage an dich, Michael, eine Frage, die mich schon seit ein paar Tagen beschäftigt. Ich hoffe, dass du mir das beantwortest.«

»Nur zu, frage einfach. Worum geht es?«

»Als ich mit Tom bei den Externsteinen diesen Obdachlosen getroffen habe, hat Tom dessen Gedächtnis manipuliert. Wie macht er das?«

»Das wirst du in Kürze auch lernen. Im Grunde ist es sehr einfach.« Michael freute sich sichtlich, sein Expertentum demonstrieren zu können. »Du weißt, die Information, dass wir etwas sehen, wird an ganz anderer Stelle im Gehirn verarbeitet als die Information, was das ist, was wir da sehen. Dazu müssen wir auf Gedächtnisinhalte, die Zuschreibung semantischer Bedeutungen und andere Informationen zugreifen. Wenn diese Verknüpfungen blockiert werden, dann siehst du zwar etwas, aber du weißt nicht, dass du etwas siehst, geschweige denn, dass du weißt, was das ist. Genau das hat Tom getan. Er hat diese Verknüpfungen blockiert.«

»Ja, das verstehe ich schon, das ist ja schließlich mein Fachgebiet. Was ich nicht verstehe: dieser Obdachlose weiß, dass er etwas gesehen hat, nur ordnet er das ganz anderen Erinnerungen zu. Wie hat Tom das erreicht?«

»Dann hat Tom nach der Blockade einfach die Verknüpfung der Information, ›Ich habe etwas gesehen‹ auf andere, alte Gedächtnisinhalte umgelenkt.«

»Tom hat anscheinend überhaupt keine Skrupel, wenn er so etwas macht«, dachte Anne. Laut sagte sie »Diese Fähigkeit könnte manchen dazu verführen, seine Connectormacht für seine eigenen Interessen zu mißbrauchen. Wir müssen unbedingt nach Möglichkeiten suchen, so etwas zu verhindern. Ich werde das bei unserer nächsten Besprechung auf die Tagesordnung setzen lassen.« Kopfschüttelnd verließ sie hinter den anderen den Raum.

*

Im angrenzenden Labor trafen sie einen nachdenklichen Adrian, der seine psychoneuronale Verbindung vor einigen Minuten beendet hatte.

»Das ist also Adrian. Er sieht toll aus«, flüsterte Julia leise zu Anne. »Er macht auf mich so einen gefühlvollen Eindruck«, fügte sie mit leicht schwärmerischem Unterton hinzu. Es war Anne sofort klar, dass auch Julia von der besonderen Ausstrahlung Adrians fasziniert war.

»Hallo Adrian, ich bin Julia, die Trainingspartnerin von Anne. Du kannst ruhig du zu mir sagen, wir sind jetzt ja Kollegen im gleichen Team.«

Adrian sah Julia freundlich lächelnd an. »Hallo Julia«.

Julia plapperte weiter. »Ich freue mich, dass ich an Eurem Projekt mitmachen darf. Von deinen fantastischen Connections zu Siegfried von Xanten habe ich schon gehört«.

»Schön, dich kennenzulernen, Julia. Anne hat ein wenig von dir erzählt. Du stammst aus Island? Das passt irgendwie zu unserem Thema. War Siegfried nicht auch mal dort, weil er für Gunther um Brynhild werben sollte?« Adrian musterte interessiert die Gestalt der vor ihm stehenden Frau. Sie schien ihm gut zu gefallen.

Anne unterband den Dialog der beiden mit einem Hinweis auf die knappe Zeit bis zur nächsten Trainingssitzung und bat Adrian, von seiner letzten Verbindung zu Siegfried zu erzählen.

Adrian berichtete, dass er Siegfried am Eingang zur Schmiede getroffen habe, umgeben von einer Handvoll Schmiedegesellen und Mime. Die Gesellen hätten Siegfried eine Menge Fragen zu seinem Abenteuer mit dem Drachen gestellt. Wie Adrian dem Gespräch entnommen habe, hatte Siegfried die Geschichte schon mehrfach erzählen müssen. Im Großen und Ganzen habe Siegfried den Kampf mit dem Drachen realistisch geschildert, nur die Unterstützung durch die »Gottheit« habe er etwas heruntergespielt. »Er hat schon gesagt, dass ihm ein Gott Mut zugesprochen hat. Ziemlich sicher sei es Wotan gewesen. Er hat aber nicht erwähnt, dass er erst auf diesem Weg das erfolgreiche Vorgehen für den Kampf erlernt hat. Das hat er als eigenen Verdienst dargestellt.«

»Hast du versucht, ihn zu irgendwelchen Handlungen zu veranlassen, wie wir es abgesprochen haben?« Anne war ganz sachlich kühl und knapp.

»Das hatte ich schon vor, aber dann habe ich etwas bemerkt, was ich so überraschend und faszinierend fand, dass ich mich zuerst mal zurückgehalten habe.«

»Was war das?«, fragte Julia.

»Ich glaube, Siegfried ist ein Connector.« Adrian genoss sichtlich das staunende Schweigen und die aufgerissenen Augen seiner Gesprächspartnerinnen.

»Wie, ein Connector? Wie kann das sein, woran willst du das gemerkt haben? Du kannst doch seine Gehirnaktivitäten gar nicht messen«, brach schließlich Michael Cisslac die Stille.

»Adrian stand mit dem Rücken zum Eingang der Schmiede, vor ihm standen die Gesellen und daneben Mime. Das habe ich durch Adrians Augen gesehen.«

»Und? Das ist doch normal. Wieso sollte dann Adrian ein Connector sein?« Auch Anne war ganz ungläubig.

»Hinter Adrian stand einer der Gesellen. Ich konnte sehen, wie er Grimassen schnitt und abwertende Handbewegungen in Richtung Siegfried machte. Wie gesagt, der Mann stand hinter Siegfried, der gerade Mime fixierte, ich sah Mime und auch diesen Mann.«

»Kann es sein, dass du gleichzeitig eine Verbindung zu Mime aufgebaut hast? Das würde bedeuten, dass eine psychoneuronale Verbindung gleichzeitig zu zwei, vielleicht sogar noch mehr Menschen aufgebaut werden kann«, fragte Julia.

Anne wiegte nachdenklich den Kopf und meinte dann: »Im Prinzip schon, das könnte sein. Wir wissen aber, dass der Aufbau einer Verbindung ein bewusster Vorgang ist, der Konzentration erfordert und etwas Zeit benötigt. Hast du etwas Derartiges unternommen, Adrian?«

Als Adrian verneinte, sprach Anne weiter. »Wahrscheinlicher ist dann eher folgender Gedanke: Adrian sah das, was Siegfried sah, über seine psychoneuronale Verbindung. Wenn nun Siegfried tatsächlich eine Verbindung zu Mime hatte, dann sah Siegfried das, was Mime sah. Und so schließt sich der Kreis: Mime sah den Mann hinter Siegfried, Siegfried sah das durch Mime, und Adrian sah das durch Siegfried, wie bei einer Bild-im-Bild-Technik. Diese Hypothese sollten wir weiter untersuchen. Aber was ich auch gern klären möchte: Wie ist Siegfried dazu gekommen, seine anscheinend vorhandenen Connectorneuronen zu aktivieren und auch noch erfolgreich einzusetzen?«

»Ich gebe zu, dass ich da etwas nachgeholfen habe. Ich habe einfach aufs Geratewohl seine Sehzentren stimuliert, und das hat auf Anhieb funktioniert. Er ist ein Naturtalent«, erklärte Adrian. »Interessant ist auch, wie es weiter ging. Siegfried drehte sich blitzschnell um und schlug den Mann wortlos mit einem einzigen gewaltigen Fausthieb zu Boden. Dann sagte er, alle sollten sich in Zukunft vorsehen, denn er könne durch göttliche Eingebung auch das beobachten, was hinter ihm geschehe. Ich habe den Eindruck, dass sein ohnehin schon ausgeprägtes Selbstbewusstsein durch die Erfahrungen mit meinem Eingreifen rasant zunimmt.«

Anne kam noch einmal auf ihre früher gestellte Frage zurück und wollte wissen, ob Adrian nach dieser kurzen Episode noch etwas unternommen habe, um Siegfried zu einer spontanen Handlung zu bewegen. Adrian musste eingestehen, dass er das vor lauter Faszination völlig verdrängt hatte. Aber er habe eine Idee, wie dieses Ziel ihrer Forschung weiter verfolgt werden könnte. »Wäre es nicht sinnvoll, Siegfrieds Fähigkeiten als Connector durch mich weiter zu entwickeln? Ich könnte ihn dann zum gezielten Einsatz dieser Fähigkeiten steuern. Das wäre viel aussagekräftiger, als spontan auf irgendwelche Zufallsereignisse zu warten und dann zu reagieren.«

»Das ist sicher ziemlich riskant, wir sollten diese Idee im gesamten Team diskutieren«, regte Anne Villon an. »Ich schlage vor, dass wir jetzt erst einmal weitermachen, wie wir es beschlossen haben. Julia, Michael und ich gehen zu unserer nächsten Trainingseinheit, du suchst wieder Verbindung mit Siegfried und versuchst, ihn zu einer von dir geplanten Handlung zu bewegen.«

Da es keinen weiteren Einwand gab, gingen Anne, Julia und Michael wieder in ihren Laborraum zurück. Michael reichte Anne eine Spraydose mit Oxytocin und sagte, dass sie ja sicherlich wisse, wie das anzuwenden sei. Dann gab er Julia die zwei an Kabeln befestigten Metallplatten, die Impulse von hochfrequentem Wechselstrom geringer Stärke durch Annes Körper schicken sollten. »Julia hilfst du bitte Anne, die Dinger auf der Haut zu befestigen, vorne genau zwischen den Brüsten und gegenüber auf dem Rücken zwischen den Schulterblättern. Nehmt Tape zum fixieren. Ich gehe so lange raus. Ruft mich, wenn ihr fertig seid«, sagte er dazu.

*

»Du, Anne, läuft da was zwischen Siegfried und dir?«, fragte Julia, als Michael den Raum verlassen hatte, und Anne gerade ihre Bluse über den Kopf zog.

»Zwischen Siegfried und mir? Nein, wie kommst du darauf?«

»Du hast vorhin ganz schön gereizt reagiert, als er mit mir gesprochen hat. Ich hatte fast den Eindruck, du wärst eifersüchtig.«

»Quatsch, da ist gar nichts. Obwohl, zugegeben, Adrian ist ein sehr attraktiver Mann, er gefällt mir. Merkt man das?«

»Ich denke schon. Ich finde ihn ja auch sehr sexy, aber ich werde dir nicht in die Quere kommen. Auf jeden Fall nicht, solange ich eine andere Beziehung habe.« Julia lächelte vielsagend, als sie die Metallplatten an Annes Haut festklebte. Danach zog Anne ihre Bluse wieder an. Die Kabel mit den Steckern hingen seitlich über die Hose herab.

Als sie sich auf die Liege des Sensotrons legte, erschien Michael auf dem Videofon an der Wand und fragte, ob er hereinkommen könne. Auf ihre Bestätigung hin trat er durch die Tür, kam zu Anne und steckte die an ihr herab baumelnden Kabel in Buchsen am Computer des Sensotrons.

»Hast du schon am Oxytocin geschnüffelt?«

»Ja, gleich vorhin, als du rausgegangen bist.«

»Gut, dann sollte es schon seine Wirkung entfalten. In dieser und den nächsten Sitzungen wollen wir dein neuronales Netzwerk vor allem im Stirnlappenbereich erweitern, damit du einen besonders intensiven Kontakt zum Arbeitsgedächtnis und den Bereichen der Handlungsplanung und des Sprechens deiner Partner in einer Verbindungen hast. Damit kannst du später Absichten, komplexe Bewegungen und Sprache praktisch im Moment der Entstehung erkennen.« Michael sah Julia an. »Julia, die folgenden Einheiten werden nun sehr persönlich. Aber du hast gesagt, dass du das nötige Vertrauen zu Anne hast, ihr deine Gedanken zu offenbaren. Ist das okay für dich? Noch kannst du aussteigen.«

Julia erklärte ohne Zögern, dass sie das völlig akzeptiere. »Ich bin ja rechtzeitig und ausführlich informiert worden, dass Anne irgendwann alles in meinem Kopf lesen kann.«

Michael war zufrieden. »Gut. Anne, ich aktiviere jetzt die Elektronik des Sensotrons. Du blickst auf Julia. Sobald die Verbindung zu ihr steht, konzentrierst du dich auf Julias Gedanken. Fokussiere dich nicht zu sehr auf ihre Sinneswahrnehmungen. Nur ihre Gedanken und Emotionen sind für dich wichtig.«

»Soll ich hinterher berichten, was ich aufgenommen habe? Ich glaube nicht, dass das Julia recht wäre.«

Michael beruhigte sie. »Nein, für mich ist nur wichtig, dass ich die Aktivitäten in deinem Frontalhirn registrieren kann, die Inhalte sind für mich irrelevant. Übrigens wirst du zunächst nur ein gewaltiges Chaos von Gedanken aufnehmen. Du wirst erst später lernen, Struktur reinzubringen und Details zu erkennen. Bist du bereit?«

*

Anne bejahte, und die Sitzung begann. Sie fixierte Julia, die das bekannte und vertraute Zusammenzucken erkennen ließ, was das Kennzeichen einer beginnenden psychoneuronalen Verbindung war. Dann sah sie sich und Michael aus Julias Blickwinkel als kurzes Aufblitzen in ihrem Kopf. Sie spürte Julias eigene Empfindungen, ein gespanntes, nervöses Kribbeln im ganzen Körper. Julia hatte die Augen geschlossen, wahrscheinlich um sie nicht durch optische Wahrnehmungen abzulenken. Mit Julias Ohren hörte sie das leise Beep des Monitors, der ihre eigenen Körperfunktionen kontrollierte. »Nicht ablenken lassen«, rief sie sich selbst zur Ordnung.

Die Stromimpulse durch die Metallplatten auf Brust und Rücken waren wie sanfte, langsame Wellen von Wärme zu spüren.

Sie bemerkte einen Gedanken Julias. »Anne und Adrian«. Aber, noch bevor sie den Impuls weiterverfolgen konnte, war er schon wieder verloren. »Vielleicht nur Einbildung, weil wir vorhin darüber geredet haben«, dachte Anne. Und dann strömte eine solche Fülle von bruchstückhaften Ideen, Gedanken, Plänen, Absichten und Sprachfetzen auf sie ein, dass sie sich wie inmitten einer Horde wild durcheinanderredender Menschen fühlte. Es wollte nicht mehr enden. Sie hielt das Gewirr einige Zeit aus, dann wurde es ihr zu viel. Sie hob die Hand, wandte den Blick weg von Julia und konzentrierte sich auf ihre erhobenen Finger. Die Verbindung war unterbrochen.

»Na, wie fühlst du dich?«, fragte Michael, als Anne die Augen öffnete.

Sie presste die Hände an die Schläfen und stöhnte. »Ganz schön wild, was da alles durcheinandergeht.«

»Wie war es in meinem Kopf?«, wollte Julia wissen. »Kannst du mir sagen, was ich denke?«

»Du denkst anscheinend an tausend Dinge gleichzeitig. Es war, wie wenn in einem großen Saal alle zur selben Zeit reden, und jeder sagt etwas anderes. Wie soll man denn da ein einzelnes Thema wahrnehmen und verfolgen können? Obwohl: Einen kurzen Gedanken glaubte ich erkannt zu haben, der war aber gleich wieder weg.«

Julia sah Anne interessiert an. »Was war das? Vielleicht erinnere ich mich daran?«

»Sag ich dir später, unter vier Augen.« Anne schüttelte leicht den Kopf.

Michael schmunzelte. »Oh, die Damen haben Geheimnisse. Aber im Ernst: Das solltet Ihr später abgleichen, denn wenn Anne tatsächlich einen einzelnen Gedanken schon erkannt hat, dann zeigt das, dass sie auch im vorderen Gehirnbereich schon weiter ist, als wir glaubten. Das sehen wir uns mal an.«

Damit holte Michael die Aufzeichnungen und Auswertung dieser Sitzung auf einen Monitor. »Tatsächlich, da ist ja schon ganz schön Aktivität. Du bist wirklich weit überdurchschnittlich veranlagt. Wenn das so weitergeht, wirst du in Kürze Adrian als unseren Top-Connector ablösen.«

»Jetzt bin ich aber doch neugierig«, meldete sich Julia. »Wenn der Gedanke von mir, den du vielleicht aufgeschnappt hast, nichts Intimes aus meinem Privatleben enthält, dann kannst du es ruhig erwähnen.«

»Wenn du meinst. Ich denke, es war nichts Persönliches. Ich glaubte ›Anne und Adrian‹ verstanden zu haben, aber dann war es weg.«

»Dann hast du wahrscheinlich wirklich etwas aus meinem Gehirn empfangen. Ich habe an Euch beide gedacht, weil Ihr genau so ausseht, wie ich mir seit meiner Kindheit Siegfried und Kriemhild vorgestellt habe. Du bist die schöne und kluge Kriemhild mit ihrem langen blonden Zopf. Adrian ist der heldenhafte Siegfried, groß und stark, mit so wunderschönen, wilden blonden Locken, mutig, freundlich und empfindsam. Ein toller Mann.«

»Du kommst ja ganz schön ins Schwärmen«, bemerkte Michael mit verständnisvollem Lächeln. »Das kann ich nachvollziehen, Adrian gefällt mir auch ungemein, aber leider mag er nur Frauen.« Michaels Begeisterung und sein gleichzeitiges Bedauern waren gut zu erkennen.

Julia sah ihn an. »Und du magst nur Männer? Schade, dann wird's mit uns beiden wohl nichts«, sagte sie mit frivolem Tonfall und bedachte Michael mit einem koketten Augenaufschlag.

Anne war sich sicher, dass Julia dadurch ein wenig von ihrer aufs Neue deutlich gewordenen Begeisterung für Adrian ablenken wollte. »Julia, ich denke, dass wir uns fürs Erste genug gegenseitig informiert haben, wer uns gefällt und warum. Machen wir weiter mit der nächsten Trainingseinheit! Michael, einverstanden?«

Michael nickte. »Ja, das machen wir. Schnuppere schon mal wieder an einer Prise Oxytocin.« Dann wandte er sich an Julia. »Bitte mache es dir in diesem Lehnstuhl bequem. Ich möchte, dass du jetzt eine Schlafmaske und einen Gehörschutz aufsetzt, damit du so wenig wie möglich von äußeren Reizen abgelenkt wirst. Wenn Anne bereit ist, wird sie mit dir in Verbindung treten. Dann solltest du versuchen, dich an irgendetwas aus deiner Vergangenheit zu erinnern, etwas, von dem Anne nichts wissen kann.«

Julia setzte die Schlafmaske und den Gehörschutz auf, sank im bereitstehenden Lehnstuhl zurück und wartete darauf, dass Anne sich in ihr Gehirn einschaltete.

*

Anne lag im Sensotron und fixierte Julia auf ihrem Lehnstuhl. Nach wenigen konzentrierten und gleichmäßig tiefen Atemzügen sah sie das Schwarz der Schlafmaske vor Julias Augen. Julias Lehnstuhl fühlte sich wirklich bequem an, er war wunderbar auf Körpertemperatur eingestellt und so weich, dass keinerlei Druck zu spüren war. Wieder empfand sie die Faszination, alle Sinnesempfindungen eines fremden Körpers zu spüren, als ob es die eigenen wären. Vorsichtig löste sie sich aus Julias Gehirnregion der Körperempfindungen und tastete sich vor in den Bereich des bewussten Denkens.

Da war ein Gedanke: »Kevin«. Schon drohte er wieder im Chaos unzähliger Denkmuster zu versinken, doch sie konzentrierte sich. »Kevin?«, dachte sie selbst. Und schon entstand in ihrem Kopf das Bild ihres Assistenten Kevin Muth, wie Julia ihn sah. Sie spürte die Sympathie, die Julia in ihrer Vorlesung für Kevin empfunden hatte, als der mit ihr als Partnerin eine kurze psychoneuronale Verbindung eingegangen war. Anne hatte nichts davon mitbekommen, dass die beiden sich nach der abgebrochenen Vorlesung in der Cafeteria getroffen hatten, aber nun wusste sie es. Sie erfasste das Bedauern Julias, ihr nichts davon erzählt zu haben, als sie als studentische Hilfskraft eingestellt worden war. Wie im Zeitraffer erlebte Anne nun Treffen der offensichtlich Verliebten, beim Joggen, zum Essen, in Julias Appartement. Als sie sich bei einem dieser Treffen gegenseitig auszuziehen begannen, nahm Anne noch eine kurze Erinnerung an den nackten Kevin mit, dann beendete sie die Verbindung, noch bevor das Vorspiel der beiden so richtig begonnen hatte.

»Du brauchst kein schlechtes Gewissen zu haben, dass du mir nichts von Kevin erzählt hast«, sagte Anne spontan, als die Verbindung zu Julia gelöst war.

»Wunderbar, es hat geklappt«, rief Julia. »Ich wollte es dir schon länger sagen, aber irgendwie kam es nie dazu.«

»Könnt ihr mich bitte mal aufklären?«, meldete sich Michael zu Wort. »Ich verstehe, dass Anne anscheinend einen Gedanken von dir aufgenommen hat. Seid ihr ganz sicher?«

Anne nickte. »Ja. Julia ist, wie ich eben gerade erfahren habe, mit meinem Assistenten Kevin Muth liiert. Davon wusste ich bis jetzt absolut nichts.«

»Wunderbar, es hat geklappt«, wiederholte nun Michael den Ausruf von Julia. »Du hast schon beim zweiten Versuch erfolgreich einen Gedanken erkannt. Das ist phänomenal.«

»Nicht nur einen Gedanken, auch eine Emotion. Ich habe Julias schlechtes Gewissen gespürt, dass sie mir bisher nichts davon gesagt hat.«

Michael sah sie erstaunt an. »Auch das funktioniert schon? Sagenhaft!« Dann dachte er einen Moment nach und schlug vor, dass Julia in der nächsten Trainingssequenz an eine gemeinsame Aktivität mit Kevin denken solle. »Es muss ja nichts Intimes sein, wenn Anne sogar schon deine Emotionen mit erfasst«, bemerkte er freundlich lächelnd.

Anne sah ihn triumphierend an. »Gemeinsame Aktivitäten? Da habe ich schon eine Menge erfahren. Ich war zum Beispiel mehrfach mit ihnen im Niederwald am Étang Gerig zum Joggen, zumindest mental. Ich konnte nachvollziehen, wie Julia das köstliche indische Essen im Restaurant Kashmir genossen hat.« Anne wandte sich zu Julia und flüsterte ihr leise ins Ohr, sodass Michael es nicht hören konnte: »Was danach war, kann ich dir unter vier Augen erzählen. Ich habe rechts auf Kevins Po ein ganz nettes Tattoo entdeckt.«

Die sonst so coole und gelassene Julia wurde verlegen, sagte aber nichts. Das Schweigen wurde vom Aufleuchten des Videofons an der Wand unterbrochen. Frau Esser erschien auf dem Display.

*

»Michael, ich habe auf meinem Kontrollmonitor gesehen, dass das Sensotron bei Ihnen im Augenblick abgeschaltet ist, deswegen wage ich, Sie zu stören. Ich habe hier einen Herrn Doktor Lars Manner vom geologischen Institut der Uni Straßburg am Videofon. Der will unbedingt mit Frau Professor Villon sprechen, es sei sehr dringend. Geht das?«

Michael sah fragend zu Anne. Die nickte, worauf Michael bat, den Anruf durchzustellen.

Lars Manner meldete sich. »Hallo, liebe Kollegin, schön, dass ich Sie antreffe. Ich habe eine Frage.«

»Hallo Herr Manner, Sie wollen sicher wissen, wann wir endlich den versprochenen Champagner trinken?«

Lars Manner lachte. »Das auch, aber im Moment geht es um etwas anderes, eigentlich mehr eine Information für Sie statt einer Frage. Sie arbeiten doch mit dieser Future Communication Company zusammen.«

»Ja, das wissen Sie doch, sonst hätten Sie mich ja nicht hier angerufen. Worum geht es denn?«

»Neulich hat die Future Communication ein Stück von einem Meteoriten zu uns geschickt und untersuchen lassen. Gestern haben wir einen Meteoriten mit absolut identischer Zusammensetzung zur Untersuchung erhalten. Der wurde von einem Reporter im Namen des European News Network abgegeben. Die haben das Stück bei den Externsteinen im Teutoburger Wald gefunden.«

»Und, wo ist das Problem?«

»Sie haben doch vor einiger Zeit bei uns die Skizze einer Felsengruppe mit existierenden Landschaften abgleichen lassen. Wenn ich mich erinnere, waren das die Externsteine. Das kann doch kein Zufall sein?«

»Wieso nicht?«

»Ich bitte Sie. Erst interessieren Sie sich für die Externsteine, dann wird dort von ihrem Partnerunternehmen ein Meteorit gefunden, den es dort eigentlich nicht geben sollte. Und nun hat gestern ein Mitarbeiter von European News Network, er hieß Rajnar Bodowin, einen identischen Brocken bei uns abgeliefert, den er auch bei den Externsteinen gefunden hat. Der hat mir Löcher in den Bauch gefragt, als ich ihm erzählte, dass ein identischer Meteorit wenige Tage vorher bei uns zur Untersuchung war. Ich habe ihm gesagt, er solle sich mit seinen Fragen an die Future Communication wenden. Aber ich wüsste trotzdem gerne genauer, worum es eigentlich geht.«

Anne Villon war geschockt. Diese Entwicklung hatte sie nicht erwartet. Sie versuchte es mit Ausflüchten. »Herr Manner, ich kann verstehen, dass Sie mehr wissen wollen. Aber lassen Sie mir etwas Zeit, mich mit der Future Communication Company abzustimmen. Mein Vertrag verpflichtet mich zur Vertraulichkeit. Ich melde mich möglichst schnell bei Ihnen mit weiteren Informationen.«

»Gut, ich warte dann auf Ihren Anruf. Vielleicht erweitern wir dann das Champagnertrinken gleich auf ein gemeinsames Abendessen?«

Diesen Vorschlag ignorierte Anne. »Ich melde mich bei Ihnen, Herr Manner. Danke für die Information.« Sie beendete das Gespräch.

»Das wird Frank und Tom nicht gefallen. Sie wollen so wenig Öffentlichkeit für das Projekt, wie es nur geht. Tom wird toben«, meinte Michael.

»Ich werde ihn gleich informieren«, sagte Anne. Sie erreichte Tom sofort an seinem Videofon. Seine Reaktion bestätigte Michaels Prognose.

»So ein verdammter Mist, was hetzt dieser Idiot vom geologischen Institut auch den Reporter auf uns.«

Anne hielt dagegen. »Der war ja offensichtlich schon vorher auf uns aufmerksam geworden, der hat doch schon vor ein paar Tagen hier angerufen und nach uns gefragt. Von Herrn Esser hat er den Namen der Firma erst gestern gehört.«

Tom beruhigte sich wieder etwas. »Kann ja sein, dass der Reporter unsere Namen schon vorher kannte. Aber trotzdem hätte dein Kollege uns nicht erwähnen brauchen. Wir sollten uns heute Abend treffen, um die Lage zu besprechen.«

Michael stimmte zu, aber Anne passte der Termin nicht.

»Ich muss heute Abend nach Straßburg zurück. Morgen habe ich eine Vorlesung und einige Meetings, da ist noch einiges vorzubereiten. Ihr könnt das ja ohne mich regeln. Diese Seite des Projekts ist sowieso nicht mein Thema.«

*

Tom stimmte zu. Er war erleichtert, die Situation ohne Anne erörtern zu können, denn er befürchtete, dass Anne mit ihren immer wieder geäußerten ›moralisch-ethischen Bedenken‹ die Lösung dieses Problems nur behindern würde. Er musste herausfinden, was dieser Reporter wusste. Seine eventuell vorhandenen Aufzeichnungen und Unterlagen mussten sie an sich bringen. Vielleicht wäre es sogar nötig, ihn auf irgendeine Weise ruhig zu stellen. Da würde Anne auf keinen Fall mitmachen. Besser, sie wusste von nichts. Frank, Adrian, Michael und er selbst mussten die Angelegenheit regeln. Er rief bei Frank Forster an, erklärte ihm die Situation und verabredete mit ihm einen Termin für den Abend. Dabei erfuhr er, dass Adrian im Moment immer noch im Sensotron lag und eine Verbindung zu Siegfried hatte. Frank versprach, Adrian zu informieren und ihm den abendlichen Termin zu nennen. Er bestimmte auch, dass sie sich in seiner Privatwohnung treffen sollten, denn dort sei mit keinen Störungen zu rechnen.

14 - Nibelungensage: Siegfried lernt

In den Tagen nach seinem Sieg über den Drachen streifte Siegfried oft ruhelos durch die Wälder in der Umgebung von Mimes Schmiede. Eine unerklärliche Sehnsucht hatte ihn ergriffen. Immer wieder erschien das Bild der Frau vor seinen Augen, die unlängst von der Götterstimme in seinem Kopf Kriemhild genannt worden war. Als er wieder einmal nach einem dieser ziellosen Streifzüge durch das Land zurück zum Felsen mit der Schmiede kam, ließ er sich niedergeschlagen auf einem umgestürzten Baumstamm nieder. Was war nur los mit ihm? Warum ging ihm dieses Bild nicht aus dem Kopf? Da, wieder packte diese eiserne Faust in seinem Kopf mit festem Griff zu, es blitzte und er hörte die Stimme. »Du träumst von Kriemhild?«

»Ja«, dachte er. »Kriemhild, diese Frau mit dem göttergleichen, unendlich schönen Gesicht. Wie nur kann ich sie erlangen?«

»Du wirst es zur rechten Zeit erfahren«, sprach die Stimme.

»Wer bist du, der du alles weißt und mir so weise Ratschläge zuteilwerden lässt?«

»Du glaubst an die Götter?«

»Ja, ich glaube an Wotan, den Herrn über die neun Welten, der alles weiß und unser zukünftiges Schicksal kennt«, antwortete Siegfried. »Auch Thor, Högir, Loki und all den anderen Asen huldige ich.«

»So glaubst du das Richtige. Bleibe fest und folge meinem Rat, dann wird sich dein Traum erfüllen.«

»Wenn du Wotan bist, und alles weißt, dann sage mir, wo ich Kriemhild finde.«

Gleich hörte er die Antwort. Er zweifelte nicht mehr, dass das Wotan war: »Kriemhild lebt am Hof zu Worms im Königreich der Burgunder«.

Vom großartigen Burgunderreich hatte Siegfried schon erzählen hören am Hofe seines Vaters in Xanten. Ein Bild entstand in seinem Kopf: Eine stolze Stadt an einem breiten Fluss, von einer wehrhaften Mauer umgeben, eine trutzige Burg auf der höchsten Erhebung. Dahinter erstreckte sich eine sanfte Hügellandschaft, reich gesegnet mit prächtigen Wäldern und fruchtbaren Äckern, einzelnen Gehöften und reichlich Vieh auf den Weiden.

»Ich dachte, die schönste Frau am Hofe der Burgunder sei Ute, die Gemahlin des Königs Gibica.«

»Das war vor langer Zeit. Heute sind deren Kinder die Könige, die Brüder Gunther, Gernot und Giselher. Kriemhild ist ihre Schwester.«

»So breche ich noch heute auf und reite nach Worms. Ich will Kriemhild freien«, rief Siegfried spontan.

»Halt, gemach, du bist noch nicht so weit. Die Reise ist gefährlich«, wurde ihm geantwortet.

»Besitze ich nicht dieses wunderbare Schwert Balmung, eine Waffe ohnegleichen? Habe ich damit nicht den Drachen erschlagen? Was soll mir da Gefährliches widerfahren?«

Und wieder kam die mahnende Stimme. »Mit wessen Hilfe hast du den Drachen erschlagen? Wer hat Mime mit dem göttlichen Eisen beschenkt, auf dass er dir Balmung schmiede?«

Siegfried lehnte sich zurück, sah in den Himmel und fragte: »Ja, du warst mein Schirm und Schild. Doch kann ich in der größten Gefahr nicht mehr auf deinen Beistand zählen wie bisher?«

»Ich werde nicht immer bei dir sein. Du musst in der Lage sein, auch ohne meine Hilfe große Gefahren zu meistern. Du musst noch vieles lernen.«

»Dann lehre mich«, rief Siegfried mit aufgeregter Stimme. Er war so laut, dass ein Geselle, der gerade aus der Schmiede kam, ihn erstaunt ansah und fragte, ob Siegfried nach Mime gerufen habe. Siegfried sah ihn nur wortlos an und schüttelte den Kopf.

*

»Gut, wir können gleich mit der Lehre beginnen«, sagte die Stimme Wotans. »Siehst du den Mann, der gerade aus der Schmiede kam?«

»Ja, ich sehe ihn.«

»Fordere ihn auf, eine Weile bei dir zu sitzen. Dann schaue ihn an, suche seine Augen und richte den Blick fest darauf. Atme tief und gleichmäßig, und spreche in Gedanken zu dir selbst ›Ich sehe das, was du siehst‹, und halte dabei den Blick immerzu auf seine Augen.«

Siegfried tat, wie ihm aufgetragen war. Er konzentrierte sich, fixierte die Augen des Gehilfen und murmelte: »Ich sehe das, was du siehst«. Dann wandte er den Blick wieder zum Himmel. Als nichts geschah, beschwerte er sich vorwurfsvoll über den wertlosen Rat, denn außer Mimes Gehilfen hatte er nichts gesehen.

»Du warst zu ungeduldig«, wurde ihm geantwortet. »Atme zunächst fünf Mal langsam ein und aus, auf dass du ruhig und gelassen wirst. Schaue dann auf den Mann und seine Augen, und erst in diesem Augenblick wiederhole die Beschwörung. Und löse danach deine Augen nicht von ihm.«

Wieder sammelte sich Siegfried, atmete langsam, bis die Ungeduld von ihm abgefallen war, fixierte den Gehilfen und formulierte in Gedanken ›Ich sehe das, was du siehst‹.

Einige Augenblicke geschah gar nichts, dann zuckte der Mann zusammen, griff sich kurz an die Schläfen, schien aber gleich wieder ganz normal er selbst zu sein. Er sah zu Siegfried.

»Ich sehe mich selbst auf einem Baumstamm sitzen«, dachte Siegfried erstaunt. Er sah sich um, sah an sich herunter, sah den Baumstamm, tastete ihn mit den Fingern ab, und obwohl er den Baumstamm direkt unter sich, erblickte er sich auch selbst von nebenan, wo der Gehilfe saß. Er sah sich eben den Baumstamm berühren. »Wie kann das sein?«, fragte er sich. Er kniff sich in den Arm, da verblasste das Bild.

»Du erinnerst dich, wie du unlängst den Gehilfen hinter dir erblickt hast, der dir Grimassen schnitt? Du hast erklärt, du könntest durch göttliche Eingebung auch das beobachten, was hinter dir geschieht. Das war richtig, ich habe dir diesen Blick ermöglicht. Und nun habe ich dir gezeigt, was du tun musst, um diese Gabe jederzeit einsetzen zu können, auch wenn ich nicht bei dir bin.«

Siegfried war voll ehrfürchtigem Erstaunen. Langsam wiederholte er die Lektion. »Ich muss ruhig atmen, meine Ungeduld zügeln, einen Menschen ansehen, seine Augen suchen und in Gedanken ›Ich sehe das, was du siehst‹ aussprechen. Dadurch wird die Beschwörung zur Wahrheit. Ist es das, was du mich lehren wolltest?«

»Du hast es verstanden. Nun geh' und übe dich in dieser Gabe. Ich werde mich bald wieder melden und dir weitere Möglichkeiten offenbaren.«

*

Voller Eifer widmete sich Siegfried diesem Auftrag. Er eilte in die Grotte, in der Mime mit einigen Gesellen damit beschäftigt war, aus rohem Eisen Lanzenspitzen zu schmieden. Siegfried setzte sich auf einen Schemel an der Wand und beobachtete Mime. Ganz so, wie es im gesagt worden war, begann er ruhig und tief zu atmen. In dem Moment, in dem Mime einmal kurz den Blick auf ihn richtete, formte er fast unbewusst in seinem Kopf den Satz ›Ich sehe das, was du siehst‹. Auch bei Mime konnte er das Zusammenzucken bemerken. Fast schien es, als ob Mime die Zange und der schwere Hammer entfallen würden, mit denen er ein glühendes Eisenstück auf dem Amboss bearbeitete. Aber Mime fing sich, schüttelte den Kopf und arbeitete weiter.

Rot glühte die Kohle direkt vor Siegfrieds Augen. »Nein, es sind Mimes Augen«, korrigierte sich Siegfried. Er spürte die Hitze der Glut in seinem – nein – Mimes Gesicht, Schweiß tropfte von der Stirn. Der Hammer lag schwer in seiner Hand. Er sah das Werkzeug aus den Augenwinkeln auf das schon halb geformte Eisen niederfahren und spürte in den Muskeln des rechten Armes den Aufprall, als der Hammer die Lanzenspitze auf dem Amboss traf.

Die Lanzenspitzen wurden für den Vogt vom Falkenberg geschmiedet. Der Vogt lag mit seinen Nachbarn in Fehde. Siegfried fragte sich verwundert, woher er das wusste. Mime hatte doch noch nie mit ihm oder den Gehilfen über die Auftraggeber seiner Arbeit gesprochen.

Und was war das? Siegfried war es, als höre er Mime etwas murmeln. »Thor, du hast mich unterwiesen, den Hammer zu führen, wie es vorher noch keines Menschen Geist begriffen hat. So weihe ich dir als Dank auch diese Lanzenspitze wie all meine Werke vorher.« Siegfried fragte sich, wie er das hören und verstehen konnte, wo doch Mime so weit weg von ihm stand. Seine Lippen bewegten sich überhaupt nicht, und der Lärm des Hammers und das Fauchen des Blasebalgs übertönte sowieso alles. Wie also konnte er das hören?

Er fasste sich an den Kopf, strich mit der Hand mehrmals fest über Augen und Ohren. Nun war er wieder bei sich selbst, er konnte sehen und hören auf die Art, wie er schon immer sah und hörte. Die inneren Bilder und Töne waren verschwunden. Langsam ging er hinüber zu Mime.

*

»Wie viele Lanzenspitzen sollen wir für den Vogt von Falkenberg schmieden?«, fragte er.

»Zwei Dutzend«, antwortete Mime spontan. Dann erstaunt: »Woher weißt du, dass die Lanzenspitzen für den Vogt von Falkenberg sind? Hast du gelauscht?«

Siegfried sah ihn ruhig an. »Wotan …«, sagte er, unterbrach sich aber, weil ihm die Frage kam, ob es klug sei, seine neuen Fähigkeiten vollständig zu offenbaren.

Doch er stellte eine weitere Frage. »Wie kam es, dass dich Thor gelehrt hat, den Hammer so kunstvoll zu führen?«

Nun war es mit Mimes Geduld zu Ende. »Elender«, fuhr er auf, »wie kannst du es wagen, den Rat und Willen Thors zu hinterfragen. Wisse, auch wenn ich Mensch bin, so bin ich doch von göttlicher Abstammung.«

Siegfried begegnete ihm mit kühlem Blick. »Mein Wissen stammt von Wotan. Er selbst offenbarte mir die Dinge, die ich eben aussprach.«

Wieder, wie schon vor einiger Zeit, als er bestimmt hatte, sein Schwert müsse nach göttlichem Willen Balmung genannt werden, erlebte Siegfried, wie Mime sich eingeschüchtert zurücknahm. »Dann wird er dir auch die Antworten auf deine Fragen geben«, brummte Mime und begann wieder, sein Werkstück zu bearbeiten. »Und nun lass' mich meine Arbeit tun. Der Waffenmeister des Vogts wird morgen kommen, die Lanzenspitzen abzuholen.«

*

Als Siegfried später den nächsten Besuch von Wotan in seinem Kopf spürte, kam er gar nicht dazu, ihm irgendwelche Fragen zu stellen. Ein bodenloses Verlangen nach Schlaf ergriff von ihm Besitz. Er konnte sich nur noch zu einigen an der Felswand liegenden Fellen schleppen, wo er müde niedersank und unmittelbar in tiefen Schlaf verfiel. Er spürte nicht, wie sein Gedächtnis mit seinen Erinnerungen an die gerade erlebten Vorfälle geprüft wurde. Siegfried schlief weiter und erwachte erst, als jemand ihn heftig an der Schulter rüttelte.

»Was ist das denn, der junge Held, unser Drachentöter, legt sich am helllichten Tage hin und gönnt sich einen erquicklichen Schlaf, während alle anderen ihrem Tagwerk nachgehen«, hörte er Mimes spöttische Stimme, als er wach wurde.

»Ich habe wirklich geschlafen?«, murmelte Siegfried verwundert.

»Und nicht zu knapp. Der Tag neigt sich zu Ende. Du sollst zur Strafe für deinen Müßiggang die Schmiede säubern.«

Siegfried wollte ärgerlich aufbrausen, spürte aber gerade in diesem Moment, wie Wotan wieder in seinem Kopf auftauchte. »Ganz ruhig«, sprach Wotan. »Erledige einfach deine Pflicht, dabei kann ich dich weiter lehren.«

*

Die innere Stimme war so zwingend, dass Siegfried wortlos einen Reisigbesen ergriff und die Höhle zu kehren begann.

Wotan sprach weiter. »Du hast sehr gute Fortschritte gemacht, besser als ich es erwartet hatte. Möchtest du noch mehr lernen, deine Fähigkeiten weiter steigern?«

»Ich möchte alles lernen, was mir hilft, Kriemhild zu bekommen.« Siegfried überlegte einen Augenblick. Ging nicht das Gerücht um, Wotan hätte die Magie sich zu tarnen? Man erzählte, er könne Menschen durch Zauber so wirksam blenden, dass sie ihn nicht mehr sähen.

Er fasste sich ein Herz und sprach »Wotan, die Magie, sich zu tarnen, ...«.

Wotan unterbrach. »Ich weiß, was du denkst.

»Nun, dann, ... wenn du mich diese Kunst lehrst, könnte ich im Krieg mancherlei Gefahren entgehen.«

Keine Antwort.

»Wotan, bist du noch bei mir?«

Erst nach einiger Verzögerung hörte Siegfried die mittlerweile vertraute Stimme. »Ja, ich bin noch da. Ich habe nachgedacht. Diese Magie hat bisher noch kein Sterblicher deiner Welt anwenden können. Dennoch, ich werde es mit dir versuchen.«

»Was muss ich tun, wie kann ich das lernen?«

»Zunächst brauchst du dazu Mimes Hilfe. Er soll dir zwei Scheiben aus ganz dünn gehämmertem Silber fertigen, jede so groß wie die Fläche deiner Hand. Wenn du die hast, begebe dich an einen Ort, an dem du ungestört bist. Ich werde dich dann in ihrem Gebrauch unterweisen.« Siegfried fühlte, wie Wotan sich aus seinem Kopf entfernte. Er ging sofort zu Mime. »Es ist Wotans Beschluss, dass du mir zwei dünne Scheiben aus feinstem Silber fertigst, jede so groß wie meine Handfläche. Wann kannst du mir damit dienen?«

»Zwei Scheiben aus feinstem Silber? Wozu brauchst du die? Wer wird mich dafür entlohnen?«

Siegfried lachte. »Erinnerst du dich an deine eigenen Worte mir gegenüber? ›*Wie kannst du es wagen, den Rat und Willen Thors zu hinterfragen*‹, hast du geschimpft. Nun frage ich dich: Wie kannst du es wagen, den Rat und Willen Wotans zu hinterfragen? Und keine Sorge, du wirst für alles, was du getan hast, reich belohnt werden.«

Schneller als Siegfried geglaubt hatte waren die Silberscheiben fertig. Er verließ Mimes Grotte und ging in den Wald auf eine einsame Lichtung. Dort hielt er das feine, zarte Metall mit der Hand ganz nah vor die Augen. Er fragte sich, was es damit für eine Bewandtnis haben könnte. Als Schutz gegen Pfeile oder Lanzen, Schwerter oder Dolche waren sie ungeeignet, da sie so weich und leicht zu durchstoßen waren. Er wartete und fragte sich, wo Wotan nur bliebe. Was sollte er mit diesen Scheiben anfangen? Doch bevor er noch wirklich ungeduldig werden konnte, meldete sich schon Wotans Stimme.

»Binde die beiden Silberscheiben so mit einem Tuch oder einem weichen Lederriemen um deinen Oberkörper, dass eine Scheibe auf deinem Rücken zwischen den Schulterblättern zu liegen kommt und die andere vorn, in der Mitte deiner Brust.

Achte darauf, dass nichts zwischen deiner Haut und dem Silber ist, kein Stoff, kein Leder.«

Nach mehreren Versuchen, bei denen Wotan manchmal nicht mit der Position der Scheiben einverstanden war und manchmal anmerkte, dass sich zu viel Stoff zwischen Haut und Silber befände, hatte er es endlich vollbracht. Wotan war mit dem Ergebnis seiner Bemühungen einverstanden.

»Nun gehe zurück in die Schmiede. Auf dem Weg dorthin wirst du spüren, wie sanfte wärmende Wellen durch deine Brust strömen, und von dort nach oben in deinen Kopf steigen. Das ist die göttliche Kraft, die du brauchst, um die Magie der Tarnung anzuwenden.«

In der Höhle angekommen vernahm er weiter Wotans Stimme. »Sieh auf Mime und sprich die Beschwörung, die ich dich gelehrt habe, um mit den Augen eines anderen zu sehen.«

Siegfried atmete tief und gleichmäßig, zügelte die wieder aufkommende Ungeduld, wurde ruhig und entspannt. Er suchte den Blickkontakt zu Mime und dachte die bekannte Formel. Als er bemerkte, dass er sich selbst durch Mimes Augen betrachtete, hörte er wieder die Stimme im Kopf. »Und nun denke an eine neue Beschwörungsformel. Sie lautet ›Du weißt nicht, dass du mich siehst‹. Denke das immer weiter, und dann warte, was geschieht.«

Siegfried konzentrierte sich und dachte die Formel, doch nichts passierte, außer dass Mime sagte, er solle ihn nicht so anstarren, das sei ihm unangenehm.

Wieder und wieder dachte er die Beschwörung, und auf einmal geschah es. »Siegfried, was treibst du für einen Schabernack mit mir? Wo hast du dich versteckt?« Es war nicht klar, ob Mime nur verärgert war oder ob auch ein Schrecken wegen des spurlos verschwundenen Siegfried dabei war. Jedenfalls klang seine Stimme schriller, lauter als gewohnt.

Siegfried musste lachen, verlor darüber die Konzentration und löste sich deswegen aus seiner intensiv gedachten Formel. Mime sah in plötzlich an der Stelle wieder erscheinen, an der er kurz vorher spurlos verschwunden war. Mit verwundert aufgerissenen Augen sah er Siegfried an. »Nun glaube ich wirklich, dass Wotan mit dir ist. Das muss Wotans magische Verblendung gewesen sein, die er mir geschickt hast. Man sagt, er würde dadurch ungesehen durch die Reihen seiner Feinde jagen können und sie alle besiegen.«

Wotans Stimme erschien in Siegfrieds Kopf und trug ihm auf, er solle Mime beruhigen. Er, Siegfried, sei gerade nur Wotans Werkzeug gewesen, damit er dem ungläubigen Mime Wotans Macht und seine Verbundenheit mit Siegfried deutlich mache. Dann fügte Wotan noch hinzu, dass Siegfried immer noch zu lernen habe und dass er deswegen bald wieder bei ihm sein werde.

15 - Die Connectoren: Der Reporter

Auf der verglasten Terrasse von Frank Forsters Penthouse hoch über der Altstadt von Heidelberg herrschte eine gespannte Atmosphäre. Anwesend war neben dem Hausherrn, dem Chef der Future Communication Company, noch Tom Eynor, der Leiter des Projekts PsySensation. Dann war da Adrian Heldt, der beste Connector des Unternehmens, der die Hauptlast des Projektes trug mit seinen psychoneuronalen Verbindungen zu Siegfried von Xanten. Dazu kamen noch der geniale Michael Cisslac, verantwortlich für die medizinische Technik im Projekt, sowie Susanne Esser, die Büroleiterin und persönliche Assistentin von Frank Forster. Die Gäste warteten darauf, dass Frank die Besprechung eröffnen würde, aber der kümmerte sich zunächst nicht um ihre Erwartungen, sondern sorgte erst einmal dafür, dass alle mit Getränken versorgt waren.

Endlich war das erledigt, und Frank eröffnete die Besprechung. »Ich danke euch allen, dass ihr so kurzfristig und spontan zu diesem Treffen gekommen seid. Mein Vorschlag für unser Vorgehen: Tom sollte uns zunächst eine kurze Übersicht über das Problem mit dem Reporter Rajnar Bodowin geben. Was ist passiert, und welche Konsequenzen kann das für uns und das Projekt haben? Dann kann Frau Esser uns über die Ergebnisse ihrer Recherchen über den Reporter und das International News Network informieren. Ich glaube, sie hat einiges von Bedeutung zusammengetragen. Danach sollten wir darüber diskutieren, welche Maßnahmen wir ergreifen müssen.«

Frank machte eine kurze Pause, um allen Gelegenheit zu geben, den Vorschlag zu überdenken, und fuhr dann fort. »Gibt es Einwände gegen dieses Vorgehen oder Ergänzungen?« Fragend blickte Frank Forster jeden einzelnen in der Runde an und wartete auf dessen zustimmendes Nicken.

Adrian meldete sich. »Meine letzten Verbindungen zu Siegfried waren sensationell und haben eine Reihe wichtiger Erkenntnisse gebracht. Zum Abschluss unserer Besprechung würde ich gern die Gelegenheit dazu nutzen, euch darüber zu berichten.« Alle stimmten zu.

*

Tom Eynor gab allen zunächst noch einmal eine kurze Zusammenfassung der Ereignisse, die sie schon aus den ersten Berichten kannten. Der Reporter Rajnar Bodowin habe zufällig einen Obdachlosen getroffen, der wirres Zeug von Außerirdischen erzählte, der ihn bei seinem Schlaf in der Grotte des Turmfelsens gestört hatten. Bodowin habe dann im Turmfelsen festgestellt, dass dort an einer Stelle gegraben worden sei. Genau dort habe er selbst dann Stücke eines Meteoriten gefunden.

»Anscheinend hat dieser Mensch eine Story gewittert. Jedenfalls habe ich herausgefunden, dass er in den Hotels der Umgebung nach ungewöhnlichen Hotelgästen gefragt hat«, berichtete Tom. Davon hatten die anderen bisher noch nichts gehört.

»Vielleicht sollte ich an dieser Stelle eine dazu passende Information über den Reporter Rajnar Bodowin beisteuern«, meldete sich Susanne Esser. »Er hat in Fachkreisen den Ruf, konsequent zu recherchieren und bei einer interessanten Story nicht locker zu lassen. Er gilt aber auch als nicht wählerisch in seinen Methoden, schüchtert manchmal Leute ein, und arbeitet angeblich bei Bedarf auch mit Bestechung. Auch mit der Wahrheit soll er es nicht immer ganz genau halten. Der wird also ziemlich sicher am Ball bleiben, wenn er meint, dass das Thema für ihn etwas hergibt.«

»Danke, Frau Esser, das bestätigt meine Befürchtungen«, griff Tom sein Thema wieder auf. »Ich habe herausgefunden, dass Bodowin im Hotel *Zum Bärenstein* die Aufnahmen der Videoüberwachung der Tiefgarage angesehen hat. Die dafür verantwortliche Mitarbeiterin ist wohl seinem Charme oder seinem Geldbeutel erlegen. Bodowin hat Anne und mich auf einem Video gesehen, als wir spät nachts in unserer schwarzen Montur und meinem Werkzeug auf dem Rücken mit dem Motorrad angekommen sind. Unsere Namen waren dann wohl leicht herauszufinden.«

»Gab es nach seinem Anruf neulich bei uns in der Firma noch einen Versuch der Kontaktaufnahme?«, wollte Frank Forster wissen.

»Meines Wissens nicht, jedenfalls nicht auf meinem Videofon. Auch Anne hat nichts dergleichen berichtet. Frau Esser, hat er sich bei Ihnen gemeldet?«

»Nein, Tom, er hat nicht mehr angerufen.«

Tom nickte. »Gut, dann mache ich mal weiter. Bodowin hat seinen Meteoriten dummerweise genau wie wir zum geologischen Institut der Uni in Straßburg zur Untersuchung gegeben. Dort hat er erfahren, dass wir ein identisches Stück haben untersuchen lassen. Außerdem hat man ihm auch gesagt, dass wir Interesse an den Externsteinen und an Dinosaurierfunden im Teutoburger Wald gezeigt haben. Das alles sind Informationen, die ihn und das International News Network mit Sicherheit heißmachen. Die vermuten dahinter eine große Story.«

»Da habe ich noch eine wichtige oder zumindest interessante Information dazu«, schaltete sich Susanne Esser wieder ein.

»Bodowin ist kein angestellter Mitarbeiter des International News Network, er ist Freelancer, der seine Storys an den Meistbietenden verkauft. So war es auch mit diesem uns bekannten kurzen Bericht über den Vorfall an den Externsteinen. Er hat keinen Auftrag von International News Network, das hat mir der zuständige Redakteur gesagt. Die wissen aber auch nicht, an welchem Thema er zurzeit arbeitet.«

»Sehr gut, das heißt, wir können uns auf den Reporter Rajnar Bodowin konzentrieren.«

Michael Cisslac war in den letzten Minuten ruhig geblieben, nun aber stellte er eine Frage. »Wieso müssen wir uns überhaupt mit diesem Reporter befassen? Was ist so problematisch daran, dass der hinter euch beiden herschnüffelt? Kann uns das schaden?«

»Michael, überlege doch mal«, entgegnete Frank an Toms Stelle. »Da ist ein Mensch, der vom Verkauf sensationeller Storys lebt. Der erfährt, dass die Future Communication Company, ein großes innovatives Unternehmen der Kommunikations-, Medien- und Entertainmentbranche, in die uns bekannten seltsamen Vorgänge im Teutoburger Wald verwickelt ist. Gleichzeitig taucht bei diesen Vorgängen eine Professorin der Universität Straßburg auf, eine Professorin, die als weltweit führende Expertin für psychoneuronale Verbindungen gilt. Und, was er auch wissen wird, diese Professorin hat einen Kooperationsvertrag mit der Future Communication Company. Wir müssen auch davon ausgehen, dass dieser Bodowin den offiziellen Stand der Forschung zum Thema psychoneuronalen Verbindungen kennt und von da aus in die Zukunft spekuliert. Das klingt doch nach einer vielversprechenden Story für ihn. Stell dir nur mal vor, welche spekulativen Schlagzeilen man allein aus diesen wenigen Informationen basteln kann.«

Der so beschwörend Angesprochene musste nicht lange überlegen. »Ja, da fällt mir schon einiges ein, zum Beispiel ›Geheime Forschung zur mentalen Kontrolle des Kommunikationsverhaltens der Menschen bei der Future Communication‹. Das wäre sicher ein Renner.«

»Genau«, bestätigte Tom. »Ich stelle mir schon vor, wie uns *Human Rights Watch* auf die Pelle rückt, gefolgt von der *Ethik-Kommission zur Kontrolle der Forschung* bei der Europäischen Union. Wir müssten alles offenlegen, hätten dauernd amtliche und auch selbst ernannte Schnüffler und sensationsgeile Reporter im Haus, wenn uns nicht sogar die Erlaubnis für derartige Forschung ganz entzogen würde. Und es dürfte auch klar sein, was das für Anne, ihre Arbeit und ihre akademische Karriere bedeutet.«

Susanne Esser, die die ganze Zeit der Diskussion schweigend gefolgt war, meldete sich zu Wort. »Die Ziele von Human Rights Watch und die möglichen Bedenken der Ethik-Kommission dürfen wir aber auch nicht einfach ignorieren, die sind ja auch berechtigt. Wenn ich das richtig verstanden habe, sind Tom und Adrian inzwischen in der Lage, andere Menschen tatsächlich zu manipulieren. Sie können Erinnerungen anderer Menschen blockieren, aus im Gehirn gespeicherten Informationen neue, vermeintlich echte Erinnerungen zusammensetzen, Erinnerungen, an die die Betroffenen als etwas Reales glauben. Da müssen wir doch einem möglichen Missbrauch vorbeugen.« Frau Esser hatte sich etwas in Rage geredet und schaute Frank Forster vorwurfsvoll an. »Oder wollen Sie das etwa verharmlosen?«

»Nein, Frau Esser, Sie haben völlig recht. Aber wenn wir einem Missbrauch vorbeugen wollen, müssen wir erst mal verstehen, wie diese Prozesse wirklich funktionieren, das heißt, wir müssen sie ausprobieren und untersuchen. Das geht nur mit Forschung. Auch deswegen haben wir ja Frau Professor Villon engagiert.« Frank Forster war sichtlich bemüht, seine Büroleiterin zu beschwichtigen.

Tom legte nach. »Außerdem haben wir schon Unsummen in dieses Projekt investiert. Das muss sich irgendwann lohnen. Denken Sie nur an das riesige Geschäftspotenzial. Und auch die Allgemeinheit kann profitieren, zum Beispiel mit neuen Therapiemöglichkeiten für psychisch Kranke, oder neuen kriminaltechnischen Methoden der Verbrechensbekämpfung und Aufklärung.«

»Hoffentlich haben Sie recht«, lenkte Susanne Esser ein. »Ich setze meine Hoffnungen da ganz auf Frau Professor Villon.«

»Dann sollten wir jetzt daran gehen, über geeignete Maßnahmen zu reden«, meldete sich Adrian. »Wie können wir verhindern, dass Bodowin seine Story weiterverfolgt?«

Tom nickte. »Frau Esser, was wissen wir über den Typ noch?«

Susanne Esser aktivierte ein Display an der Wand neben dem riesigen Glasfenster. Sie las vor.

»Rajnar Bodowin stammt aus Radibor in der sächsischen Oberlausitz und gehört zur auch in der Europäischen Union besonders geschützen nationalen Minderheit der Sorben. Er ist 48 Jahre alt, Single, ohne feste Partner und ohne Kinder. Er wohnt hier in Heidelberg in einem Appartementhaus in der Altstadt. Das ist höchstens fünfhundert Meter entfernt von hier.

Nach dem Studium der Medien- und Kommunikationswissenschaften war er zwölf Jahre als Online-Redakteur bei diversen Nachrichtensendern und Internetportalen, danach machte er sich als freier Journalist selbstständig.«

Sie löste den Blick einen Moment vom Display. »Den Teil mit den fachlichen Bewertungen überspringe ich, das habe ich ja vorhin schon erwähnt. Zu seinem Privatleben gibt es noch folgende Informationen: Er hat sehr häufig wechselnde Beziehungen zu Frauen. Zwei Mal wurde er angezeigt, weil er angeblich Frauen misshandelt hat, wurde aber deswegen nie verurteilt. Er gilt als Alkoholfreak. Schon mehrfach ist er wegen Trunkenheit angezeigt worden. Vor sieben Jahren wurde ihm deswegen für ein Jahr die Erlaubnis entzogen, ein Shuttle oder andere Fahrzeuge selbst zu steuern. Dazu muss man wissen, dass er anscheinend ein besonderes Vergnügen darin findet, in seinen Shuttles den Autopiloten auszuschalten und selbst am Steuer mit maximaler Geschwindigkeit durch die Gegend zu rasen.«

Auf diesen Kurzvortrag von Susanne Esser folgte ein kurzes Schweigen, dann ergriff Tom Eynor das Wort. »Danke, Frau Esser. Ich habe eine Idee, wie wir vorgehen können.«

Frank Forster nickte. »Sehr gut, dann erkläre uns deine Idee.«

»Adrian, schaffst du eine psychoneuronale Verbindung über diese 500 Meter bis zu seiner Wohnung ohne Sensotron?«

»Das sollte keine Schwierigkeit sein«, antwortete Adrian. »Was hast du vor?«

»Ich werde ihn anrufen und einen Termin mit ihm vereinbaren. Während ich mit ihm spreche, nimmst du eine Verbindung zu ihm auf und stellst fest, wo und in welcher Form er Informationen über uns und die fraglichen Ereignisse gespeichert hat. Dann blockierst du alle Erinnerungen daran in seinem Gedächtnis. Nur seine Erinnerung, dass er mit mir verabredet ist, darf nicht angetastet werden. Wenn er Informationen irgendwo im Netz oder in einem privaten Computer gespeichert hat, muss Michael sein Know-how nutzen, um seine Kennwörter herauszufinden und diese Daten zu löschen.«

»Das ist genau diese Art von Manipulation, von der ich vorhin gesprochen habe und die mir nicht gefällt«, seufzte Susanne Esser. »Aber wahrscheinlich sind Sie alle der Meinung, dass das in diesem Fall unumgänglich ist.«

Frank bestätigte, dass er das tatsächlich für notwendig erachte, dass er diesen Vorschlag gut fände und fragte, ob es noch irgendwelche Einwände dagegen gebe. Alle außer Frau Esser stimmten zu.

»Ich rufe ihn am besten von meinem privaten Videofon aus einem anderen Raum an. Ihr könnt das dann hier in Ruhe an Franks Wanddisplay mit verfolgen. Frank, von wo aus kann ich anrufen? Am besten ein Raum mit einer neutralen Wand als Hintergrund, damit er keine Rückschlüsse auf meinen Standort ziehen kann.«

Frank Forster führte ihn in einen angrenzenden Raum, wo Tom einen Kanal zur Weiterleitung seines Videofonsignals in den Nachbarraum aktivierte. Dann kam Frank zurück zu den anderen. Auf der linken Hälfte des Wanddisplays war Tom im angrenzenden Raum vor einer weißen Wand zu sehen. Er tippte auf sein Videofon. Nach einem kurzen Moment erschien auf der rechten Hälfte des Displays Rajnar Bodowin. Er lag mehr als er saß in einem wuchtigen Ledersessel, ein Glas mit goldgelber Flüssigkeit in der rechten Hand. Auf dem Beistelltisch neben ihm stand eine zu zwei Dritteln geleerte Flasche Whisky. Sein Gesicht unter kurzen grauen Haarstoppeln wirkte leicht aufgedunsen. Bodowin trug eine zerschlissene Jeans und ein T-Shirt mit dem Logo einer der zahllosen, nur eingefleischten Fans bekannten Bands der neuesten Welle.

»Sieh da, der Geschäftsführer der Future Communication, Tom Eynor«, meldete er sich. »Haben Sie sich nun doch entschlossen, mit mir zu reden? Ich habe schon seit Tagen auf ihren Anruf gewartet.«

»Wieso auf meinen Anruf gewartet? Sie wollten doch mich sprechen, nicht umgekehrt.«

»Aber jetzt rufen Sie doch an.« Ein leichter Triumph schwang in Rajnar Bodowins Stimme mit. Er fühlte sich offensichtlich im Vorteil und nahm einen tiefen Schluck von seinem Whisky. Als er das Glas abstellen wollte, zuckte er zusammen und schüttete einen Teil des Inhalts über sein T-Shirt. Er griff sich an den Kopf und stöhnte.

»Schade um den Stoff«, sagte er zweideutig. »Wenn ihre Beraterin, diese Professorin Anne Villon jetzt mir gegenüber in einem Sensotron läge, würde ich glauben, sie hätte eine psychoneuronale Verbindung mit mir aufgenommen. Ich kenne die Anzeichen des Verfahrens, ich habe genug darüber gelesen«. Er war sichtlich verunsichert.

»Aber die Professorin sitzt ihnen nicht gegenüber, und ein Sensotron ist wohl auch nicht in ihrer Wohnung. Sie haben anscheinend schon einiges getrunken. Vielleicht sollten Sie für heute lieber damit aufhören«, sagte Tom mit sarkastischem Unterton.

»Das war noch nicht mal eine ganze Flasche, wie Sie sehen können. Sie wissen gar nicht, wie viel ich vertragen kann.«

»Zugegeben, der Alkohol ist ihre private Sache. Doch kommen wir zur Sache. Sie wollten mich sprechen, in welcher Angelegenheit?«

»Es geht um ihren Besuch bei den Externsteinen. Was haben Sie da getrieben?«

»Was geht Sie das an? Frage ich Sie nach ihrem Privatleben?«, entgegnete Tom mit einiger Schärfe.

»Privatleben? Sie hatten ihr Zimmer von ihrer Firma buchen lassen. Außerdem war diese Professorin dabei, Anne Villon, auch über ihre Firma gebucht. Und Sie hatten getrennte Zimmer, also kein Turtelwochenende mit Schäferstündchen. Das war offensichtlich eine Dienstreise.«

»Sie sind ja ausgezeichnet informiert. Aber noch mal, das geht Sie nichts an. Und was wollen Sie nun wirklich von mir?«

»Ich finde schon noch raus, was Sie beide da getrieben haben. Aber was ich von Ihnen will: richtige Informationen.«

»Gut, Sie sind freiberuflicher Journalist, wie ich gehört habe. Ich kann ihnen gern ein Interview als Geschäftsführer der Future Communication Company geben und dabei einiges darüber erzählen, wie wir uns die Kommunikation der Zukunft vorstellen. Darüber können Sie dann gern einen Artikel schreiben. Wenn uns der gefällt, könnten wir uns auch erkenntlich zeigen.«

»Das klingt doch schon mal nicht schlecht«, lies sich der Reporter vernehmen. »Wie wäre es noch heute Abend? Sie sitzen auf dem Trockenen, und ich habe auch nicht mehr viel zu trinken.« Dabei zeigte er auf die inzwischen weiter geleerte Whiskyflasche. »Treffen wir uns zu einem Plausch, sagen wir in der Sunset-Bar, ganz in der Nähe der alten Brücke?«

»Einverstanden«, sagte Tom Eynor. »In einer Stunde kann ich da sein.«

»Gut, ich erwarte Sie.«

Tom beendete das Gespräch und ging zurück zu den anderen. »Nun, wie war dein Kontakt mit seinem Gehirn?«, fragte er Adrian.

»Einwandfrei. Deine Reaktion auf seinen kurzen Verdacht einer psychoneuronalen Verbindung war super. Er hat das sofort geschluckt und sich selbst ernsthaft gefragt, ob er für so ein Gespräch nicht wirklich schon etwas zu benebelt wäre. Aber dann hat er sich wieder beruhigt und war sich sicher, dich gut im Griff zu haben.«

Michael lachte. »Wenn man gesehen hat, was der bei Eurem kurzen Gespräch weggebechert hat, Junge, Junge.«

»Ja, nach dem Füllstand der Flasche und der Qualität seiner synaptischen Verbindungen zu urteilen muss er mindesten zwei Promille haben«, bestätigte Adrian.

»Und was hast du erfahren?« Tom Eynor sah Adrian fragend an.

»Es sieht sehr gut für uns aus. Er hat die gesammelten Informationen in einer einzigen Datei in einer Cloud gespeichert, die Michael spielend knacken und löschen kann, zumal ich seine Zugangsdaten aus seinem Gedächtnis gelesen habe. Andere Aufzeichnungen gibt es nicht. Michael kann auch veranlassen, seine im Videofon gespeicherten Verbindungsdaten zu löschen, so dass er uns auch von daher nicht mehr auf die Schliche kommen kann.«

»Hervorragende Arbeit«, kommentierte Frank Forster.

»Seine Erinnerungen hast du in unserem Sinne bearbeiten können?«, fragte Tom, Bestätigung verlangend.

»Ja, alles Okay. Er weiß nichts mehr von uns, nichts von seinen Begegnungen und Recherchen im Teutoburger Wald, nichts von Meteoriten oder Dinosauriern dort, nichts von Anne Villon, er weiß auch nichts mehr über psychoneuronale Verbindungen. In dieser Hinsicht: Alles ist tabula rasa.«

Susanne Esser war sichtlich den Tränen nahe. »Ich finde es schrecklich, was da passiert. Der Mensch mag ja wirklich ein Widerling sein, aber geht das nicht zu weit?«

Frank Forster ging vor ihrem Sessel in die Hocke und legte seine Arme auf ihre Schultern. Er sah ihr in die Augen. »Susanne, ich kann ihr Entsetzen und ihre Skrupel verstehen. Ich verspreche Ihnen, dass wir alles daran setzen, dass wir so etwas nicht mehr tun müssen. Frau Villon wird auch ab sofort vordringlich damit beauftragt, Methoden zu finden, mit denen derartige Dinge von vornherein ausgeschlossen sind. Ich bitte Sie um Ihr Vertrauen, Sie kennen mich doch.«

Susanne Esser wischte einige Tränen ab, sah Frank Forster an und sagte: »Ich vertraue Ihnen ja, aber als ich eben *tabula rasa* hörte, fand ich das so schlimm, das konnte ich mir vorher gar nicht ausmalen.«

»Das ist ein sehr flapsiger Ausdruck von Adrian gewesen, er meinte damit wirklich nur die Löschung von Informationen über uns, unser Unternehmen, unser Projekt und was damit alles zusammenhängt. Bodowins Gedächtnis in Bezug auf Freunde, Partner, Bekannte, seine Vergangenheit und aktuellen Erfahrungen, das alles blieb unangetastet. Er ist noch der gleiche Mensch wie vorher.«

Die Büroleiterin war inzwischen wieder gefasst. »Ich glaube ihnen ja, Frank. Sie werden merken, morgen sehe ich das schon wieder ganz normal. Jetzt würde ich gern nach Hause gehen, Sie brauchen mich hier sicher nicht mehr.« Fragend sah sie ihren Chef an.

Der nickte. »Ja, gehen Sie nach Hause und schlafen Sie sich aus. Wenn Sie morgen wollen, können wir noch einmal über die Angelegenheit reden. Dann können wir auch gleich Anne

Villon dazu nehmen und Sie schildern ihr noch einmal Ihre Erfahrungen und Bedenken.«

»Das ist gut«, sagte Susanne Esser erleichtert, »das machen wir so.« Sie ging.

Michael hatte sich in der Zwischenzeit mit seinem Videofon in eine ungestörte Ecke auf der Terrasse zurückgezogen und fleißig auf dem Display hantiert. »Das wäre erledigt«, sagte er. Bodowins Datei in der Cloud ist gelöscht, auch die Verbindungsdaten von seinem Videofon existieren nicht mehr.«

»Ihr habt wirklich alle hervorragend gearbeitet, damit sollte unser Problem gelöst sein. Habt herzlichen Dank dafür.« Frank Forster klopfte Adrian, Tom und Michael nacheinander anerkennend auf die Schulter. Was er nicht sah, waren die Bedenken, die man bei genauem Hinsehen in Toms Augen erkennen konnte.

»Ich mache mich dann mal auf zu meinem Treffen mit Rajnar Bodowin«, verabschiedete sich Tom. Auch Michael wollte nach Hause.

»Ich hatte zu Beginn unseres Meetings davon gesprochen, Euch über meine letzten Verbindungen mit Siegfried zu informieren, aber ich bin k.o., und Tom hat noch das Treffen mit dem Journalisten. Meine Information hat auch noch bis morgen Zeit«, sagte Adrian. Als alle zustimmten, verabschiedete er sich ebenfalls und verließ gemeinsam mit Michael Frank Forsters Wohnung.

*

Während Tom zu seinem Shuttle ging, breitete sich der zunächst nur vage Zweifel an der Problemlösung immer weiter in ihm aus. War jetzt wirklich alles in Ordnung? Das, was Adrian in Bodowins Gehirn angerichtet hatte, war im Grunde nichts anderes als das absichtliche Erzeugen einer partiellen retrograden Amnesie. Er hatte einen Effekt bewirkt, vergleichbar mit einem traumatischen Ereignis, in dessen Folge zuvor gespeicherte Gedächtnisinhalte nicht mehr ins Bewusstsein geholt werden können. Aber es war bekannt, dass eine retrograde Amnesie nicht generell dauerhaft sein musste. Es gab immer wieder Fälle von allmählicher oder auch spontaner Verbesserung. Es gab auch therapeutische Konzepte, die den Genesungsprozess unterstützten. Nein, sie konnten nicht wirklich sicher sein, dass Bodowin für immer der Zugriff auf die gesperrten Inhalte verwehrt blieb.

Tom hatte eine Idee zur Lösung des Problems. Er setzte sich in sein Shuttle und konzentrierte sich auf das Bild, das er von Bodowin hatte. Gleichzeitig suchte er nach Schwingungen eines Gehirns, das über ein Treffen mit Tom Eynor in der Sunset-Bar nachdachte.

Es dauerte nicht lange, und er hatte die gesuchte Verbindung.

*

Rajnar Bodowin saß in seinem Shuttle. Reflexartig hatte er beim Einsteigen den Autopiloten ausgeschaltet und die manuelle Steuerung aktiviert. Da er noch reichlich Zeit bis zum verabredeten Treffen hatte, suchte er die Shuttle-Lane zwischen Heidelberg und Straßburg, die für Fahrten mit maximalem Speed hervorragend geeignet war. Es gab gerade Strecken, auf denen man super beschleunigen konnte, und einige Kurven, die bei hoher Geschwindigkeit für eine starke Endorphinausschüttung im Gehirn sorgten. Er wollte sich diesen Geschwindigkeitskick noch gönnen, bevor er sich mit Tom Eynor traf. Geschwindigkeit und ein guter Schluck, das waren die einzigen verbliebenen Genüsse, seit sein Erfolg bei den Frauen nachgelassen hatte.

Er wusste nicht mehr, wie und weshalb er zu einer Verabredung mit diesem Tom Eynor gekommen war. Ob er nicht doch den Alkohol etwas reduzieren sollte? Aber gleich wischte er seine Bedenken beiseite. Er hatte schon immer mehr als andere vertragen, und daran hatte sich nichts geändert. Er würde sich noch rechtzeitig an alles Wesentliche erinnern, und wenn nicht: Er war ein Meister im Improvisieren.

Eine kurze Recherche im Internet, noch vor der Abfahrt, hatte ihm verraten: Tom Eynor war der Geschäftsführer der Future Communication Company. Das konnte interessant werden, dieses Unternehmen war Marktführer in seinem Geschäftsfeld und für innovative, kreative Produkte bekannt.

Gerade hatte er die Höchstgeschwindigkeit erreicht, da zuckte ein heftiger Blitz durch seinen Kopf, ein immenser Druck baute sich auf, der aber allmählich wieder nachließ. Er griff zur bereitliegenden Whiskyflasche, drehte den Schraubverschluss mit einer Hand auf und trank. Es half, sofort wurde er ruhiger. Er zog das Shuttle in eine lange, für seine aktuelle Geschwindigkeit sehr enge Linkskurve und genoss den Druck, den die seitliche Beschleunigung bei diesem hohen Tempo auf seinen Körper ausübte.

*

Tom Eynor hatte genug mitbekommen: den mit Höchstgeschwindigkeit dahin rasenden Rajnar Bodowin, seinen Griff zur Flasche. Er hatte seine Gedanken erfasst und den Geschmack des Whiskys auf der Zunge gespürt. Kurz entschlossen blockierte er vollständig Bodowins Sehzentrum und zog sich dann sofort aus der Verbindung zurück. Den Aufprall des Shuttle auf einen Brückenpfeiler bekam er nicht mehr mit. Trotz der hochmodernen passiven Sicherheitssysteme des Shuttle hatte Rajnar Bodowin keine Chance. Die Geschwindigkeit war einfach zu hoch. Er war sofort tot.

16 - Nibelungensage: Gold der Nibelungen

Siegfried war unzufrieden, er zweifelte am guten Willen der Götter. Warum meldete Wotan sich nicht? Hatte er nicht versprochen ihn zu unterstützen, wenn es galt, um Kriemhild zu werben? Zornig dachte er nach, und eine Idee kam in ihm auf. Wozu brauchte er überhaupt Wotan? Immerhin wusste er ja schon, dass Kriemhild am Hof der Burgunder zu Worms lebte. Er könnte sich doch jetzt schon auf den Weg nach Worms machen. Die Reise dorthin war zwar nicht einfach, aber für einen kühnen Recken wie ihn kein unüberwindbares Hindernis. Er hatte doch Balmung. Und er konnte im Kampf erkennen, wohin seine Gegner blickten. Er sah mit ihren Augen, wie sie die Stellen an seinem Körper fixierten, auf die sie ihre Hiebe zu führen gedachten, und kam ihnen zuvor.

Mehrfach hatte er Prügeleien mit Gesellen von Mime angezettelt, um sich in dieser Fähigkeit zu üben. Dabei war es ihm auch einige Male erschienen, als würde er schon von ihren Absichten wissen, bevor sie diese in die Tat umsetzten. Sein Ruf als unerschrockener und unbesiegbarer Kämpfer hatte zugenommen.

Eine Sache allerdings ärgerte ihn ganz besonders: Es war ihm nicht wieder gelungen, sich vor seinen Gegnern zu tarnen, so dass sie ihn nicht erblicken konnten. Er hatte es mehrfach versucht, zunächst ohne die von Mime gefertigten Silberscheiben anzulegen. Als auch das intensivste Aufsagen der Beschwörungsformel ›Du weißt nicht, dass du mich siehst‹ erfolglos geblieben war, hatte er die Mühe auf sich genommen, die Scheiben anzulegen. Aber die sanften, warmen Wellen durch Brust und Kopf waren ausgeblieben. Seine Beschwörungen führten auch weiterhin nicht zu dem gewünschten Ergebnis. Schon war er in seinem Ärger und seiner Enttäuschung in Versuchung, die Scheiben wegzuwerfen. Doch er besann sich und nahm sich vor, sie zumindest bis zum nächsten Kontakt mit Wotan aufzubewahren.

Seine Idee war, nach Worms aufzubrechen, um am Hofe der Burgunder um Kriemhild zu werben und auch um sie zu kämpfen, sollte es notwendig sein. Diese Idee setzte er ohne weiteres Zögern in die Tat um. Er gürtete Balmung, sattelte sein Pferd, stieg auf und ritt ohne Abschied von Mime und seinen Gesellen in Richtung der untergehenden Sonne. Er wollte den Rhein erreichen und ein Schiff suchen, das ihn nach Süden bringen würde. Irgendwo da unten sollte das berühmte Burgunderreich liegen. Er hoffte, auf dem Weg dahin noch manche Gelegenheit zu finden, seine neuen, von Wotan gelehrten Fertigkeiten zu üben.

Seine Hoffnungen auf Kämpfe sollten sich schon bald erfüllen, als er nach kurzer Reise in das Reich der Nibelungen kam.

*

Über dieses Königreich wurden viele wundersame Geschichten erzählt. Die Könige seien dank eines geheimnisvollen Schatzes unermesslich reich. Früher habe kein Untertan im ganzen Land Not leiden müssen, da die bisherigen Könige von ihrem Reichtum großzügig Gebrauch gemacht hätten und den Menschen gegeben hätten, was sie zum Leben benötigten, und auch manches darüber hinaus.

Eigentlich seien die Nibelungen ein fröhliches und eigensinniges Volk gewesen, das den jeweiligen König immer akzeptiert und geliebt habe. Erst nach dem Tod des letzten Königs, als seine Söhne Nibelung und Schilbung sein Erbe angetreten hatten, sei das anders geworden.

Die beiden galten als äußerst geizig. Man berichtete, sie hätten sogar Angst davor, vom eigenen Bruder übervorteilt zu werden. Ganz besonders würden sie befürchten, dass Fremde in ihr Land kommen könnten, um den sagenhaften Nibelungenschatz zu rauben. Aus diesem Grund streiften sie immer wieder in Begleitung ihrer zwölf tapfersten Ritter durch ihr Reich, um jeglichen Raubzug möglichst schnell unterbinden zu können. Außerdem sähen sie es auch als Vorteil an, den Bruder dabei jederzeit unter Kontrolle zu haben.

*

Siegfried sah das Glitzern der Rüstungen und hörte das Klirren der Waffen schon von Weitem, als er durch einen lichten Wald auf einen Berg zu ritt.

»Halt! Wer seid Ihr? Keinen Schritt weiter! Erklärt Euch, oder wir werden Euch töten«, wurde Siegfried laut angerufen, als er die Gruppe der Gerüsteten auf einer Lichtung am Fuße eines Felsens erreichte.

»Wir seid Ihr, dass es mehr als ein Dutzend von Euch braucht, einen friedlich reisenden Recken zu bedrohen?«

»Wer in dieses Land kommt, hat für gewöhnlich böse Absichten, will uns unser Gold rauben«, wurde ihm entgegnet. »So wisse denn, wir sind Nibelung und Schilbung, die Könige in diesem Land, und mit uns sind unsere getreuesten Recken.«

»Euer Gold interessiert mich nicht, ich strebe nach einem ganz anderen Schatz.«

»So, ein anderer Schatz? Das sollen wir dir glauben? Es gibt keinen anderen Schatz in unserem Reich. Du willst uns täuschen. Dein Leben ist verwirkt.« Nibelung und Schilbung sprachen wie im Chor. Sie zogen gleichzeitig ihre Schwerter.

»Haltet ein, ich will euren Schatz wirklich nicht. Ich bin Siegfried von Xanten, auf dem Weg zum Rhein, wo ich ein Schiff zu finden gedenke, das mich rheinaufwärts in das Königreich der Burgunder bringen soll. Ich will dort um die schöne Kriemhild von Burgund freien.«

»Siegfried von Xanten? Der Drachentöter?«, fragte Schilbung.

»Er ist 's, ich erkenne Balmung, das Schwert, von Mime aus dem nämlichen göttlichen Erz geschmiedet, aus dem auch das Schwert unserer Vorfahren bestand«, sagte Nibelung.

»So seid uns willkommen, Siegfried von Xanten«, tönte es dann gleichzeitig aus beider Mund. »Wir wünschen Euch Erfolg bei Eurer Schatzsuche, auf dass Ihr Kriemhild erringen möget.«

Nach kurzem Zögern fuhr Schilbung fort: »Doch sicher tut Ihr uns noch einen Gefallen, bevor Ihr weiter reist?«

Siegfried sah ihn fragend an. Schilbung sprach weiter: »Wie Ihr vielleicht wisst, liegen mein Bruder und ich im Zwist über die gerechte Aufteilung unseres Schatzes.«

Noch bevor Siegfried etwas fragen oder erwidern konnte, ergänzte Nibelung: »Ihr seid als ehrlicher Recke bekannt und als einer, der auf das Wohl seiner Mitmenschen bedacht ist. Ihr werdet gepriesen dafür, dass Ihr den Drachen erschlagen habt, um den Menschen zu helfen. Deswegen seid uns bitte behilflich, unseren Schatz gerecht zu teilen. Es soll Euer Schaden nicht sein.«

Siegfried war einverstanden. »Wenn das nicht zu lange dauert, und Ihr mir dann ein Schiff rheinaufwärts verschafft, will ich Euch gern helfen.«

An der Seite des Felsens am hinteren Ende der Lichtung befand sich der geschickt getarnte Eingang zu einer Höhle. Davor saß als Wache ein in Leder gekleideter zwergwüchsiger Mann, bewaffnet mit einer großen Keule.

»Alberich, lass uns durch«, sagten Nibelung und Schilbung zu ihm. Wieder klang es, als würden sie mit einer Stimme sprechen. Alberich beäugte Siegfried misstrauisch und gab dann wortlos den Eingang frei.

Im Inneren der Höhle waren an einer Wand Berge von Gold- und Silbermünzen angehäuft. Daneben lagen Unmengen von Ringen, Ketten und Broschen aus purem Gold, geschmückt mit Rubinen, Smaragden, Diamanten und anderen Edelsteinen. Einen derartig unfassbaren Reichtum hatte Siegfried noch nie gesehen.

Sie machten sich ans Werk, den Schatz zu teilen. Immer wieder gerieten die Brüder in Streit: Ob dieser Ring genauso viel Wert sei wie jener, oder doch etwas weniger, oder vielleicht sogar viel mehr? Ob man für die Münzen aus dem fernen Mesopotamien genau so viel kaufen könne wie für die aus Rom oder Alexandria? Immer gelang es Siegfried, die beiden zu beschwichtigen und eine zufriedenstellende Lösung zu finden. Am Ende lagen an der rechten und linken Wand der Höhle Schätze von gleichem Wert.

»Fertig«, sagte Siegfried. »Da war mehr zu tun, mehr abzuwägen und mehr zu schlichten, als ich vorher geglaubt hätte. Doch das Ergebnis erscheint mir überaus gerecht. Ihr habt beide jeweils einen Anteil an Eurem Schatz, der dem Wert des anderen entspricht. Ihr seid hoffentlich zufrieden mit dem Resultat. Als Lohn bitte ich mir aus, dass Ihr mich nun zum Rhein begleitet und mir ein Schiff überlasst, das mich nach Süden bringt.«

»Ein Schiff nach Süden will er haben«, sagte Nibelung zu Schilbung, und drängte sich an Siegfried vorbei zum Ausgang der Höhle. In seinen Augen lag etwas Hinterhältiges.

»Da würde er ja das Geheimnis unseres Schatzes und seiner Aufbewahrung mitnehmen«, sagte Schilbung. »Das können wir nicht zulassen.« Er zog sein Schwert.

Siegfried glaubte, seinen Ohren nicht trauen zu können. Was waren Nibelung und Schilbung doch für verräterische und hinterhältige Gesellen. Dann drehte er sich zu Schilbung um, sah ihn an und suchte den Blick seiner Augen. »Ich sehe das, was du siehst«, dachte er, und rief es gleichzeitig laut hinaus.

»Ihr werdet nie wieder etwas sehen, Siegfried von Xanten, denn ich werde Euch töten«, brüllte Schilbung. Mit der freien Hand griff er sich kurz an die Schläfe, schüttelte den Kopf und stürmte dann mit hoch über sein Haupt erhobenem Schwert auf Siegfried los.

Doch Siegfried konnte sich selbst mit den Augen Schilbungs sehen. Da stand er, leicht nach vorn gebeugt, das Gewicht lastete auf dem nach vorn ausgestellten linken Bein, das rechte schräg dahinter gesetzt. Was Schilbung nicht erkennen konnte: Siegfried hatte dieses rechte Bein entlastet, bereit, einen Schritt nach vorn, nach hinten oder zur Seite einzuleiten. In der rechten Hand hatte er Balmung, die Schwertspitze zeigte zum Boden.

Hinter seinem Rücken sah er durch Schilbungs Augen breitbeinig Nibelung stehen, den Ausgang versperrend, ein spöttisches Grinsen im Gesicht, ebenfalls ein riesiges Schwert kampfbereit haltend.

Schilbungs Schlagbewegung von oben nach unten begann, als er noch etwas mehr als doppelte Schwertlänge von Siegfried entfernt war. Wäre Siegfried stehen geblieben, während Schilbung mit unveränderter Geschwindigkeit vorwärts stürmte, dann hätte Schilbung ihn mit dem Schwert im Schädel getroffen und ihn gespalten. Eine seitliche Bewegung von Siegfried hätte Schilbung im Schlag leicht ausgleichen können, bei einer Bewegung nach hinten hätte Schilbung ihn immer noch mit der Spitze des mächtigen Schwertes am Kopf getroffen und tödlich verletzt. Doch Siegfried hatte die Gedanken seines Gegners schon erfasst. Er machte nicht den erwarteten Schritt zur Seite oder nach hinten, sondern sprang mit einem schnellen und entschlossenen Satz nach vorne, die Spitze von Balmung nach vorn gestreckt. Schilbung rannte mit voller Wucht gegen das Schwert. Balmung drang ihm in die Brust, er sank zu Boden, ohne seinen Schlag ausführen zu können. Sein Schwert fiel klirrend auf den felsigen Boden.

Mit einer schnellen seitlichen Bewegung stürmte Siegfried vorbei am zu Boden gestürzten Schilbung und zog dabei Balmung aus dem Leib des Gefallenen. Er drehte sich um. Nibelung kam brüllend auf ihn zu, sein Schwert in wilden Schwüngen von rechts nach links und zurück schwenkend.

Siegfried griff in den Teil des Goldschatzes, der Nibelung zugedacht war, und zog einen großen massiv goldenen Pokal hervor.

»Siehst du diesen Pokal?«, rief er Nibelung zu und warf den Goldpokal über den erstaunt Blickenden hinweg zum Ausgang der Höhle. Nibelung hielt in seiner Vorwärtsbewegung inne, ließ das Schwert sinken und sah dem Pokal hinterher. In seinem Geiz verspürte er anscheinend den Impuls, das kostbare Stück zurückzuholen. Dieses kurze Zögern war sein Verhängnis. Mit einem Schritt war Siegfried hinter ihm und trennte mit einem glatten Hieb seinen Kopf vom Rumpf.

»Diese hinterhältigen Schurken. So wird es allen ergehen, die sich mit mir anlegen«, murmelte Siegfried. Dann sah er sich um.

»Du hast es weit gebracht in dem Vermögen, mit deinen Sinnen die Bilder und Stimmen anderer wahrzunehmen«, hörte er da die wohlvertraute Stimme in seinem Kopf. »Sogar ihre Gedanken erkennst du schon, noch bevor sie diese in die Tat umsetzen.«

»Wotan? Wieso hast du diesmal keinen Blitz geschleudert, um Dich anzukündigen?«, fragte Siegfried verwirrt.

»Auch das zeigt deine Fortschritte. Du brauchst die Blitze nicht mehr, du erkennst mich auch so, wenn ich zu dir komme.«

»Dann siehst du hoffentlich ein, dass ich gerüstet bin, nach Worms aufzubrechen. Oder willst du mich noch länger warten lassen?«

»Was du gelernt hast, reicht noch nicht. Kannst du etwa ohne meine Hilfe die Magie nutzen, dich vor den Blicken anderer zu tarnen?« Wotans Stimme erschien Siegfried leicht verärgert.

»Brauche ich diese Zauberkunst wirklich? Hast du nicht gesehen, wie ich mit diesen verräterischen Nibelungenkönigen fertig wurde?«

Kaum hatte Siegfried das gedacht, als er einen heftigen Schlag gegen seine Waden spürte. Er drehte sich um, blickte in der Höhle umher. Da war niemand. Da traf ihn der nächste Hieb mit aller Kraft auf seinen Rücken, dass er stolperte und beinahe gestürzt wäre. Wütend hob er sein Schwert.

»Zeig' dich, du Feigling. Wer bist du, dass du mich so heimtückisch und hinterhältig schlägst?«

Er erhielt keine Antwort. Stattdessen traf ihn etwas Unsichtbares heftig auf den Rippen. Schon wollte Siegfried blindlings mit dem Schwert um sich schlagen, da schoss ihm auf einmal eine Idee in den Kopf.

Als er den nächsten Schlag auf seinem Körper spürte, blickte er in die Richtung, aus der der Schlag gekommen sein musste und murmelte die Formel »Ich sehe das, was du siehst«. Und tatsächlich: Er sah eine Hand, die eine große Keule hielt und damit auf seinen Bauch zielte. Er führte einen Schlag mit Balmung auf die Hand, traf aber nur die Keule, die in hohem Bogen davon flog und nun auch direkt für ihn sichtbar war. Wieder stieß er mit dem Schwert leicht gegen den vermuteten Standort des Gegners und traf tatsächlich auf Widerstand. Er sah mit den Augen des Unsichtbaren die Spitze von Balmung, die durch ein Ledergewand die Brust des Gegners ritzte.

»Zeig' dich, du Unhold, oder ich stoße zu«, rief er mit lauter zorniger Stimme.

Und tatsächlich, sein Blick konnte wieder alles erfassen. Vor ihm stand der zwergenhafte Alberich mit dem Rücken an die Felswand der Höhle gepresst, Balmung auf seiner Brust. Alberich starrte ihn mit schreckgeweiteten Augen an.

»Tu das nicht«, erklang es laut.

Siegfried hörte aber nicht Alberich sprechen, sonder es war Wotans Stimme, die in seinem Kopf klang.

»Alberich hat sich nicht selbst verborgen, sondern ich habe ihn aus deinem Blickfeld entfernt«, erklärte Wotan. »Ich wollte dir zeigen, was du noch alles lernen kannst, auch wenn du schon viel geschickter bist, als ich es für möglich gehalten habe.«

»Dann hilfst du mir jetzt bei der Brautwerbung?«, fragte Siegfried. Dabei hielt er immer noch die Spitze seines Schwertes auf Alberichs Brust und verstärkte noch etwas den Druck. Seine Worte waren weniger als Frage denn als Aufforderung gemeint.

»Wenn du wirklich nach Worms willst, kannst du in Kürze aufbrechen. Vorher aber müssen wir noch über die Magie der Tarnung sprechen«, antwortete Wotan.

»Dafür tue ich alles, was du willst. Aber sag mir, was mache ich mit Alberich? Wenn er genauso verschlagen und hinterhältig ist wie seine Könige, wäre es wohl das Beste, ich töte ihn auch.«

»Tu das nicht«, wiederholte Alberich Wotans Worte mit zittriger Stimme.

»Warum sollte ich dich am Leben lassen?«

»Ich kann dir sehr dienlich sein, denn die Nibelungenkrieger unterstehen nach dem Tod der Könige meinem Befehl. Rufst du dich zum König der Nibelungen aus, so werden ich und dann auch die Krieger den Treueeid ablegen und dir bedingungslos folgen. Niemand wird dir dann den Nibelungenschatz streitig machen können.«

Der Rat Wotans, auf diesen Handel einzugehen, war gar nicht vonnöten. Siegfried sah sofort die Vorteile, die ihm dadurch geboten wurden. Er willigte ein, und Alberich und die Nibelungenkrieger legten nacheinander den Treueeid ab.

Der Eingang zur Höhle mit dem Nibelungenschatz wurde verschlossen und so getarnt, dass er nicht mehr zu erkennen war.

17 - Nibelungensage: Fortschritte

Siegfried konnte es kaum erwarten, dass Wotan ihm endlich die Magie der Tarnung vollständig offenbarte. »Was muss ich tun, um diese Magie zu nutzen, wenn du nicht da bist?«, drängte er.

»Das wird nicht möglich sein. Die Magie wirkt nur, wenn ich bei dir bin.«

»Dann ist sie wertlos, denn du hast gesagt, dass du nicht immer anwesend sein kannst.« Siegfrieds Tonfall war eine Mischung aus Ärger und Resignation.

»Ich bin nicht immer da, aber sehr oft. Ich bin manchmal auch bei dir, ohne dass du es merkst. Wenn du die Magie brauchst, werde ich da sein. Aber es muss dann wahrscheinlich möglichst schnell gehen. Deswegen trage ab sofort die Scheiben immer an den richtigen Stellen, auch wenn du schläfst. Du darfst sie nie ablegen.«

Siegfried war immer noch skeptisch. »Und wenn ich dann trotzdem nicht rechtzeitig durch die Magie getarnt bin?«

»Du kannst den Einsatz der Magie beschleunigen, wenn du einige Übungen durchführst.«

Ungeduldig rief Siegfried »sag mir, was ich tun muss, damit ich es möglichst schnell lerne!«

»Lege zunächst das Silber an, wie ich es dir gezeigt habe, dann erkläre ich es dir.«

Siegfried befolgte die Anweisung sofort. Er befestigte die beiden Scheiben in Windeseile mit einem langen Streifen aus Tuch an den richtigen Stellen des Oberkörpers und zog dann sein Gewand darüber.

Als er fertig war, meldete sich Wotan wieder. »Du musst lernen, dich sehr schnell zu konzentrieren und zu entspannen. Wir wollen mit einer Übung dazu beginnen. Ich weiß, dass du dich in deiner Kindheit besonders wohl und entspannt gefühlt hast, wenn deine Mutter dir deine Lieblingslieder vorgesungen hat. Das können wir nutzen. Schließe nun deine Augen, höre in dich hinein und suche nach einem dieser Lieder. Höre zu, lausche und versenke dich darin.«

»Was soll dieses kindische Gehabe? Was hat das denn mit der Magie der Tarnung zu tun?« fragte Siegfried rebellisch.

»Frage mich nicht, tue es einfach.«

Und Siegfried gehorchte. Er schloss die Augen. Er versuchte sich vorzustellen, wie seine Kammer in der väterlichen Burg ausgesehen hatte: Schon bald konnte er das Lager unter sich fühlen. Er spürte die Geborgenheit. Wenige Augenblicke später war ihm, als ob er eine der wohlvertrauten Melodien hörte, mit der Stimme seiner Mutter gesummt. Er konzentrierte sich ganz auf die Musik. Ein leichtes Gefühl der Entspannung machte sich bemerkbar.

»Höre weiter intensiv zu, du bist ganz auf diesen Klang konzentriert und entspannt. Dein Kopf ist warm und leicht«, klang die leise und suggestiv klingende Stimme Wotans in ihm. Ein leichtes sanftes Kribbeln kroch von seinem Kopf in den Brustbereich, wo die beiden Scheiben angelegt waren. »Nun lass das Bild deiner Mutter in dir entstehen, ihre Augen, ihr weiches Antlitz, die langen seidigen Haare. Lass beides Wirken: den Klang des Liedes und das Bild deiner Mutter.«

Siegfried war hoch konzentriert, es wirkte. Er sah seine Mutter vor seinem inneren Auge und hörte sie leise das Lied summen. Das Kribbeln verstärkte sich.

»Nun streiche ihr in Gedanken leicht über das Haar, fühle seine weiche, seidige Beschaffenheit. Höre gleichzeitig weiter die Musik und lasse ihr Bild nicht aus den Augen.«

Die anfangs nur leichte Entspannung war zu einer tiefen, wohltuenden Wärme im ganzen Körper geworden. Das Kribbeln in der Brust änderte sich allmählich zu einer weichen Vibration und wurde von einer wohligen Wärme begleitet. Siegfried genoss das Gefühl, hörte die Musik, sah das Gesicht seiner Mutter und streichelte ihr Haar voller Sehnsucht. Er genoss das warme sanfte Vibrieren in seiner Brust. Als er nach einiger Zeit wieder aus der Tiefe der Empfindungen auftauchte, fragte er verwirrt: »Was war das? Es war wunderbar.«

»Diese gleichzeitige Konzentration auf verschiedene Sinne in deiner Erinnerung, gepaart mit Entspannung sind Voraussetzungen für die Anwendung der Magie. Du musst das üben, bis du dich mit einem Wimpernschlag in diesen Zustand versetzen kannst. Sobald du an die Beschwörungsformel *Du weißt nicht, dass du mich siehst* denkst, musst du fast gleichzeitig in diesem Zustand tiefer entspannter Konzentration gelangen.«

»Wie lange muss ich lernen?«

»Du bist gelehrig, du wirst das in sehr kurzer Zeit beherrschen. Nicht mehr als zwei bis drei Tage.«

»Dann lass uns gleich beginnen«.

Er versuchte es. Er konzentrierte sich zunächst auf die Formel und versuchte dann, gleichzeitig den Klang der Musik, das Bild der Mutter und das Gefühl ihrer Haare aus seinem Gedächtnis abzurufen. Es gelang nicht. Sobald er die Musik hörte, war die Formel aus seinem Bewusstsein verschwunden. Nur mit Mühe erhaschte er einen vagen Blick auf das Gesicht seiner Mutter. Ihr weiches Haar zu fühlen war ihm nicht möglich.

Ärgerlich fuhr er auf. »Warum geht das nicht? Was mache ich falsch?«

»Habe ich dir nicht gesagt, du wirst zwei bis drei Tage Übung benötigen? Du setzt dich zu sehr unter Druck, wenn du diesen Zustand entspannter Konzentration erzwingen willst. Akzeptiere, dass es dir anfangs nur sehr schwer gelingen wird, sei geduldig und übe weiter.«

Siegfried startete einen neuen Versuch. Er dachte die Formel und konzentrierte sich gleichzeitig auf das Lied. Schon glaubte er, das Gefühl der Wärme stelle sich ein. »Gleich ist es soweit«, ging es ihm durch den Kopf. Und das Gefühl war weg.

»Schon besser«, kommentierte Wotan. »Aber du sollst dich nicht durch andere Gedanken ablenken lassen. Versuche es noch einmal.«

Der nächste Versuch begann. Es dauerte nicht lange, und Siegfried spürte das Kribbeln in der Brust, das ganz langsam in die wohltuende, weiche Vibration überging, die das Erreichen des angestrebten Zustandes signalisierte. Aber schnell ging dieser Effekt vorüber.

Wotan schien trotzdem zufrieden. »Das war schon ziemlich gut. Wenn du mit dieser Hartnäckigkeit und Geschwindigkeit weiter lernst, wirst du schneller das Ziel erreicht haben, als ich jemals glaubte.«

Siegfried beachtete dieses Lob nicht, sondern fragte nachdenklich: »Was bedeuten diese eigenartigen Begriffe, die ich gerade in deinem Geist spürte: hirnelektrische Synchronisationsmuster, Gammawellen, Alphawellen, und anderes, was so fremdartig klingt?«

Wotan reagierte ohne Worte.

»Du erschrickst?«, fragte Siegfried erstaunt. »Bist du nicht ein Gott, der höchste von allen? Was kann dich erschrecken?«

Wotan hatte sich wieder gefasst. »Es steht dir nicht zu, die Gedanken der Götter zu interpretieren. »Vergiss die Worte, die du glaubst, gespürt zu haben.«

Bei diesen Worten wurde Siegfried von einem Schwindel erfasst, der kurz anhielt, dann schüttelte er den Kopf. »Was hast du gesagt? Ich werde alles schneller beherrschen, als du geglaubt hast? Dann lass uns gleich weiter üben, vielleicht bin ich ja noch heute in der Lage, die Magie der Tarnung anzuwenden.«

»Gut, machen wir weiter.« Siegfried glaubte, einen Moment einen vagen Eindruck von Zufriedenheit, sogar Erleichterung bei Wotan zu erfassen, war sich dann aber sicher, dass das seine eigenen Gefühle waren, angesichts seiner von Wotan bestätigten Fortschritte.

Die nächste Übung schien fast perfekt zu gelingen. Aber als Siegfried die Vibrationen spürte, verbunden mit den wärmenden Wellen durch seine Brust, versuchte er, den Blick auf einen in der Nähe stehenden Nibelungenritter zu richten. Sofort waren die Empfindungen verschwunden. Der Ritter sah ihn an und fragte, womit er seinem König dienen könne. Siegfried schüttelte nur den Kopf und antwortete, dass er nachdenke und dabei nicht gestört werden wolle. Der Ritter zog sich zurück.

»Das musst du noch weiter üben. Erst, wenn deine Erinnerungen beim Denken von ›*Du weißt nicht, dass du mich siehst*‹ sofort von alleine entstehen, wirst du gleichzeitig deine Umgebung vollständig wahrnehmen und auf gewohnte Weise reagieren können. Nun aber übe alleine weiter, ich werde zu gegebener Zeit wieder bei dir sein.«

In der Mitte des zweiten Übungstages geschah es: Siegfried forderte einen seiner Nibelungenkrieger auf, in sein Zelt zu kommen. Als der das Zelt betrat, dachte er ›*Du weißt nicht, dass du mich siehst*‹. Der Ritter stand verblüfft im Eingang und rief: »Mein Gebieter, wo seid ihr?«

Siegfried verlies lautlos das Zelt. Draußen richtete er konzentriert den Blick auf den Boden, um die Tarnung wieder aufzuheben. »Welch ein Segen, dass ich nun die Magie der Tarnung beherrsche. Das wird mir vortrefflich nutzen«. Mit diesem Gedanken betrat er wieder das Zelt. Der Ritter sah ihn an und entschuldigte sich, dass er Siegfried beim Hinausgehen gar nicht gesehen habe.

Doch der überging die Entschuldigung und sagte: »Lasst die Zelte abbrechen. Wir werden uns auf den Weg nach Worms machen.«

18 - Die Connectoren: Befürchtungen

Im Labor herrschte ungewöhnliche Stille, als Adrian die Verbindung zu Siegfried löste und die Augen aufschlug. Michael Cisslac saß auf seinem Stuhl vor einem der Wanddisplays und betrachtete nachdenklich die im Zeitraffer ablaufenden Gehirnscans. Die neben ihm sitzende Anne Villon hatte sich umgedreht und sah zu Adrian, der ausgestreckt auf dem Sensotron lag und sich streckte, als wenn er gerade aus einem tiefen Schlaf erwacht wäre.

»Ich versteh' das nicht, rätselhaft«, sagte Michael mit leiser Stimme, wie wenn er nur zu sich selbst sprechen wollte.

Adrian drehte sich zu ihm. »Was verstehst du nicht?«

Michael schüttelte den Kopf, hob die Schultern an, ließ sie wieder fallen und sagte: »Vor allem dein Energieverbrauch. Bei jedem Kontakt mit Siegfried brauchst du ein paar Prozent mehr Energie pro Minute. Im Vergleich zu deiner ersten Verbindung in die Vergangenheit ist der Wert auf fast das Doppelte gestiegen.« In Michaels Stimme schwang ein leicht nervöser Unterton mit.

»Und? Ist das ein Problem?«

»Nicht wirklich«, antwortete Michael zögernd. »Zumindest bis jetzt nicht. Aber ich finde keine vernünftige, logische Erklärung für diesen Anstieg, und das macht mir Sorgen.«

»Du bist der Experte für die technische Seite, du wirst sicher bald eine plausible Erklärung finden«, beschwichtigte ihn Adrian. »Solange keine wirklich nachvollziehbaren Risiken auftauchen, sollten wir das im Auge behalten, aber nicht unnötig nervös werden.«

»So einfach kann ich das nicht übergehen. Ich sehe wirklich keine technische Erklärung dieses Phänomens«, beharrte Michael. »Außerdem fällt mir auf, dass während deiner letzten Verbindungen alle Bereiche deines Gehirns sehr aktiv waren, die mit Gedächtnis zu tun haben. Vor allem deine Mandelkerne und dein Hippocampus sind extrem aktiv gewesen.«

»Und was kann man daraus schließen?«

Michael wandte sich zu Anne. »Anne, du bist die Spezialistin für das Gehirn. Hast du eine Erklärung dafür?«

»Nein. Allerdings habe ich eine Vermutung.« Adrian und Michael blickten sie fragend an.

»Wie gesagt, es ist nur ein Verdacht. Ob da wirklich was dran ist, das müssten wir noch genauer untersuchen.«

Julia sah Anne mit erstaunt aufgerissenen Augen an. »Du meinst, sein Gedächtnis ist aktiviert?«

»Ja, du weißt, worauf ich hinaus will. Erkläre du den beiden, was wahrscheinlich die Aktivität in Adrians Gehirn bedeutet«, wandte sich Anne an Julia.

»Mandelkerne und Hippocampus sind die Gehirnregionen, in denen Wissen über Fakten, Ereignisse und die zugehörigen Emotionen organisiert werden. Dort wird das, was vorher aufgenommen und im Arbeits- und Kurzzeitgedächtnis gespeichert wurde, verfestigt und zur endgültigen Speicherung in andere Hirngebiete weitergeleitet und auch beim Abruf wieder aufbereitet.«

Adrian schüttelte zweifelnd den Kopf. »Und wieso waren diese Bereiche bei mir aktiv, obwohl ich mich auf eine reine Beobachterrolle konzentriert hatte? Ich kann mich jedenfalls nicht erinnern, über irgendetwas Vergangenes intensiv nachgegrübelt zu haben.«

»Dann gibt es nur eine plausible Erklärung: Diese Regionen wurden von außen stimuliert. Wenn Michael einen technischen Defekt im Sensotron ausschließen kann, sind deine Gedächtnisfunktionen sehr wahrscheinlich über eine psychoneuronale Verbindung gesteuert worden. Und dafür kommt eigentlich nur Siegfried in Frage.« Es war Anne anzumerken, dass dieser Gedanke sie erschreckte.

»Jetzt wird mir so manches klar«, sagte Adrian. »Siegfried hat mich gefragt, was Alphawellen, Gammawellen und Synchronisation von Gehirnregionen bedeuten. Ich habe mich noch gefragt, woher er diese Begriffe kennt. Er hat sich anscheinend in mein Gedächtnis eingeklinkt und dort Informationen abgerufen.«

»Davon müssen wir allerdings ausgehen, solange wir nichts Genaueres wissen«, seufzte Anne.

Mittlerweile hatte Tom Eynor das Labor betreten und die letzten Worte von Anne vernommen. »Wovon müssen wir ausgehen? Was ist los?«, fragte er neugierig.

Als Michael ihm von dem stark angestiegenen Energieverbrauch berichtete, zuckte Tom zunächst nur mit den Achseln und meinte, Michael würde für das Phänomen sicher bald eine plausible Erklärung finden. Erst als Anne erwähnte, dass von Adrian nicht bewusst beanspruchte Gedächtnissphären in seinem Gehirn aktiv waren und sie ihre Hypothese dazu äußerte, wurde Tom sichtlich nervös.

Anne blickte zu Adrian. »Ich habe von deinen letzten psychoneuronalen Verbindungen zu Siegfried keine weiteren Einzelheiten mehr mitbekommen. Du solltest uns jetzt mal ganz systematisch berichten, wie er dabei reagiert hat.«

»Genau«, hakte Tom ein. »Bei unserem Meeting wegen dieses Reporters hast du angekündigt, es gebe sensationelle Erkenntnisse. Bisher war dafür keine Zeit, aber nun sollten wir deinen Bericht endlich nachholen.« Tom war anscheinend extrem angespannt, denn er trommelte mit den Fingern seiner linken Hand auf seinen Oberschenkel.

»Okay, dann fange ich mal an«, begann Adrian. »Ich hatte ja schon berichtet, dass Siegfried wirklich herausragende Voraussetzungen als Connector mitbringt. Er hat ohne Einweisung und Training, aus einer anscheinend unbewussten Eingebung heraus, eine psychoneuronale Verbindung zu Mime aufgebaut und auch gleich gut genutzt.«

»Ich fasse es nicht. Wie konntet ihr mir das verschweigen?« Tom war ärgerlich.

»Ich hatte davon berichtet. Mir war nicht bewusst, dass du nicht dabei warst«, versuchte Adrian, sich zu rechtfertigen. Tom sah mit grimmiger Miene von einem zum anderen. »Über solche Erfahrungen müsst ihr mich sofort informieren, und wenn ich nicht direkt dabei bin, dann über meine In-Box im Videofon.« Tom holte tief Luft. »Aber weiter, ich sehe dir an, dass du noch mehr zu beichten hast.«

»Nun, ja, wir hatten doch beschlossen, dass ich Siegfried zu einer Handlung veranlassen sollte, die nicht mit der Nibelungensage übereinstimmt. Dazu habe ich mir etwas überlegt und auch ausprobiert.«

»Adrian, jetzt werde ich aber auch ärgerlich«, meldete sich Anne Villon zu Wort. »Du kannst dir doch nicht einfach etwas ausdenken und dann ohne Abstimmung und Beratung umsetzen. Wir sind ein Team, wir betreiben Forschung, und nicht einfach nur amateurhaftes Rumprobieren.«

Tom fragte mit gefährlich klingender Stimme. »Was hast du gemacht?«

»Anne, du hast angeregt, dass durch unser psychoneuronales Eingreifen niemand getötet oder sonst geschädigt werden darf.« Adrian sah um Unterstützung bettelnd zu Anne.

»Ja, richtig, aber was hast du konkret gemacht?«

»Wir wissen aus der Nibelungensage, wer die Mörder von Siegfried sind. Wenn er nun die Möglichkeit hätte, in die Gehirne seiner potenziellen Mörder einzugreifen, wenn er ihre Gedanken an die Mordpläne und die dazu führenden Beweggründe ausschalten könnte, würde er nicht getötet werden. Das wäre das von uns gewünschte Ereignis im Widerspruch zur Nibelungensage. Dann müsste Siegfried nicht sterben.«

Tom explodierte. »Bist du übergeschnappt? Du hast Siegfried gezeigt, wie er Wahrnehmung, Gedanken, Pläne und Handlungen anderer beeinflussen kann?«

»So weit bin ich nicht gegangen. Aber er kann Wahrnehmungszentren anderer blockieren.« Die anderen saßen sprachlos da und starrten Adrian an.

Michael fand als Erster seine Sprache wieder. »Dazu braucht er doch die Unterstützung durch im Sensotron erzeugte Gamma- und Alphawellen. Die werden über diese Elektroden verstärkt.« Er hob in einer hilflosen Geste die beiden handtellergroßen Metallplatten in die Höhe. »Wie sollte das denn ohne die verstärkten Wellen funktionieren?«

Anne intervenierte. »Die technischen Details sind sicher wichtig, aber ich würde gern erst mal die grundsätzliche Frage klären: Wollen wir, dass Siegfried mithilfe psychoneuronaler Techniken andere beeinflussen oder manipulieren kann, oder wollen wir das nicht? Was spricht dafür, Siegfried mit diesen Fähigkeiten auszustatten, was dagegen?«

»Ich hätte Angst, wenn Siegfried andere so einfach beeinflussen könnte, ohne dass wir das in irgendeiner Form kontrollieren können.« Julia war die Erste, die sich zu Wort meldete. »Im Grunde wissen wir doch gar nichts über ihn, wir wissen nicht, wie er denkt und fühlt und was ihn im innersten antreibt. Wer weiß, was er damit anstellen würde.«

Adrian fühlte sich wieder sicher und antwortete: »Wer sagt dir, dass ich ihn nicht kontrollieren kann? Das kann ich sehr wohl, und Michael wird mir das bestätigen.«

Michael runzelte die Stirn. »Dazu kann ich erst etwas sagen, wenn ich weiß, wie Siegfried die Steuerung von anderen Gehirnen übernimmt. Du kannst ihn nur kontrollieren, wenn du seine Möglichkeiten zur Steuerung jederzeit abschalten kannst. Wir müssen also doch zuerst über die technische Seite sprechen.«

»Gut, das sehe ich ein«, meldete sich Anne zu Wort. »Erkläre uns das bitte, Adrian«.

»Ich habe Siegfried gesagt, dass er sich Elektroden aus Silber zur Verstärkung der im Alpha-Rhythmus gepulsten Gammawellen von Mime anfertigen lassen soll.«

»Das wird ja immer schlimmer, mit welchen Überraschungen wird dieser Wahnsinnige uns noch konfrontieren?« Tom richtete den Blick auf die anderen, dann fixierte er Adrian und sagte »ich hätte gute Lust, dich aus dem Projekt rauszuwerfen. Leider brauchen wir dich noch, aber dein eigenmächtiges Handeln wird auf jeden Fall Konsequenzen haben.«

Michael war mit der Information noch nicht zufrieden. »Und wie erzeugst du die gepulsten Wellen?«

»Ich stimuliere über die psychoneuronale Verbindung die Gamma-und Alphawellen in seinem Gehirn. Die richtige Stärke erreichen sie dann dadurch, dass Siegfried sich in einen Zustand extrem tiefer Entspannung versetzt. Seine gesamte Kraft kann er dann auf die Erzeugung der Wellen verwenden.«

»Bei dieser Stimulation verbrauchst du eine große Menge Energie. Das erklärt auch den enorm angestiegenen Verbrauch.«

Nun schaltete sich Anne wieder ein. »Demnach ist Siegfried also tatsächlich in der Lage, anderer Gehirne in seiner Umgebung zu steuern. Das gefällt mir überhaupt nicht, ich bin dagegen, dass wir ihn mit solchen Fähigkeiten ausstatten. Wie Julia schon gesagt hat: Wer weiß, was er damit anstellt. Wir sollten einen Weg finden, wie wir Siegfried diesen Zugang wieder versperren können.«

»Mehr noch, wir sollten alle Informationen, die er bisher aus Adrians Gehirn abgerufen hat, wieder löschen«, ergänzte Tom.

»Das ist einfach. Ich habe schon die vorhin erwähnten Begriffe bei ihm wieder gelöscht. Außerdem brauche ich ja nur sein Gehirn nicht mehr mit den richtigen Wellen zu stimulieren. Dann wird es ihm auch nichts nützen, wenn er die Elektroden anlegt.«

»So sicher ist das nicht«, griff Julia ein und präsentierte stolz ihr Wissen aus dem Fach Biopsychologie. »Das neuronale Netzwerk, das die Aktivität verschiedener funktionaler Hirnareale untereinander koordiniert, wächst infolge der Behandlung mit rhythmischen Strömen. Weißt du, welchen Umfang dieses Netzwerk in Siegfrieds Gehirn schon erreicht hat? Vielleicht ist es schon so stark gewachsen, dass es autonom und ohne dein Zutun funktioniert.«

Tom ergänzte. »Und weißt du so genau, welche Informationen er noch bei dir geholt hat? Und was hast du ihm vielleicht sogar absichtlich offenbart?« Es war Tom anzumerken, dass er Adrian anscheinend jede Dummheit zutraute. »Ich möchte, dass du bei der nächsten Verbindung alles in Siegfrieds Gehirn löschst und blockierst, was mit psychoneuronalen Verbindungen in Zusammenhang steht.«

»Muss das gleich so ein radikaler Schnitt sein?«, fragte Adrian. »Wenn wir eine Möglichkeit finden, Siegfrieds Connectorfähigkeiten zu erhalten, ich meine die Basisfähigkeiten, dass er sich in die Sinnesmodalitäten seiner Mitmenschen einklinken kann, wäre das doch ein Gewinn für uns.«

Anne stimmte grundsätzlich zu. »Das wird sich rausstellen. Nur mit den Grundfähigkeiten ist er sicher keine Gefahr. Du musst aber auf jeden Fall bei deiner nächsten psychoneuronalen Verbindung zu Siegfried feststellen, welche Hirnareale bei ihm aktiv sind, wenn er die Steuerung anderer Personen übernimmt. Die Verbindungen dieser Areale musst du dann blockieren.«

Da sowohl Michael als auch Julia diesen Vorschlag von Anne unterstützten, gab Tom Eynor nach. »Gut, dann beschließen wir das so, aber mach das bitte gleich. Achte darauf, dass du wirklich alle Gedächtnisinhalte löschst, die über das für die Standardfähigkeit als Connector notwendige Wissen hinausgehen. Bei Bedarf haben wir dann immer noch die Möglichkeit, auch den Rest zu löschen.«

19 - Nibelungensage: In Worms

Siegfried und seine zwölf Ritter standen an der Reling ihres Schiffes und sahen gespannt auf die Silhouette von Worms, die sich beim Näherkommen immer mehr aus dem Dunst der Rheinebene schälte. Was würde sie dort erwarten? Siegfried aber verschwendete keinen weiteren Gedanken an diese Frage, er vertraute auf seine Stärke und hoffte auf die Unterstützung durch Wotan.

Der Blick auf Worms klärte sich. Eine hohe Mauer aus Stein erstreckte sich entlang des Flusses und wand sich dann in das Land hinein, bevor der weitere Verlauf durch einen Wald verdeckt wurde. Hinter der Mauer lag auf einem Hügel eine trutzige steinerne Burg mit mehreren Stockwerken, hoch aufragenden mit Zinnen bewehrten Türmen und Giebeln. Noch weiter den Burghügel hinauf stand ein großes, imposantes Gebäude, das sogar den Bergfried noch überragte.

Siegfried zeigte auf dieses Gebäude. »Das scheint mir ein Tempel zu sein. Welcher Gottheit mag er wohl geweiht sein?«, fragte Siegfried den neben ihm stehenden Ritter.

»Ich weiß es nicht«, bekam er zur Antwort. »Man sagt, die Burgunder glauben nicht an unsere Götter. Sie glauben an jenen einzigen Gott, dessen Sohn Jesus sich zur Rettung der Menschheit geopfert haben soll.«

Siegfried nickte zufrieden. »Gut, wenn sie nicht an unsere Götter glauben, dann wird mir Wotan sicher mit Freuden behilflich sein, die Burgunder im Kampf zu besiegen und ihr Reich und Kriemhild zu gewinnen.«

Inzwischen hatten sie den kleinen Hafen vor der Stadtmauer erreicht. An Land herrschte emsiges Treiben. Händler boten ihre Waren feil, Bauern verkauften frisches Obst und Gemüse, und Arbeiter transportierten in Kisten, Ballen und Fässern verpackte Waren auf einige der bereitliegenden Schiffe oder entluden andere.

Zwei der Nibelungenritter sprangen an Land und vertäuten das Schiff an den eisernen Pfosten, die in die Kaimauer eingelassen waren. Als sie begannen, ihre Pferde über eine breite Holzplanke an Land zu führen, liefen die anwesenden Menschen zusammen und betrachteten neugierig, aber auch ängstlich die beeindruckenden Gestalten von Siegfried und seinen zwölf Rittern. Leise Stimmen waren zu hören. »Wer sind diese kriegerischen Recken?« »Was ist ihr Verlangen?« »Bringen sie Tod und Verderben, oder kommen sie in friedlicher Absicht?« Es hatte den Anschein, als ob in der Menge die Angst um sich greifen würde. Ein junger Bursche, der an seiner aus sauberem und besserem Tuch gearbeiteten Kleidung als zum Hofe gehörig zu erkennen war, drängte sich nach vorn.

»Ich bin Gundobald, Kammerdiener am Hofe der Könige von Burgund. Ihr edlen Recken wollt sicher meinen Herren Eure Aufwartung machen. Nennt mir Eure Namen, damit ich Euch melden kann und man Euch einen würdigen Empfang bereitet.«

»Dann melde deinem Herren, dass ich, Siegfried von Xanten, mit meinen Nibelungenrittern eingetroffen bin.«

Bei diesen Worten Siegfrieds ging ein Raunen durch die Menge. »Siegfried, der Drachentöter!« »Er soll die Nibelungenkönige erschlagen und sich ihren unermesslichen Schatz angeeignet haben!« »Was für ein strahlender Held!«

»Siegfried von Xanten!« Auch Gundobald zeigte sich beeindruckt. »Was darf ich König Gunther als Euer Begehr nennen?«

»Das werde ich ihm selbst eröffnen. Nun geh' und melde unser Kommen.«

*

Gundobald machte sich auf den Weg, und als er hinter dem Stadttor außer Sicht war, begann er zu laufen. Sorgen breiteten sich in seinem Kopf aus. Was hatte es zu bedeuten, dass die Nibelungen mit Siegfried an der Spitze unangemeldet auftauchten? Wer in friedlicher Absicht kam, der ließ gewöhnlich seinen Besuch lange vorab durch Boten ankündigen. Andererseits kam Siegfried nur mit zwölf Rittern. Hätte er eine kriegerische Auseinandersetzung im Sinn gehabt, wäre er sicherlich mit einem größeren Heer gen Worms gezogen. Doch die Könige und ihr treuer Gefolgsmann Hagen von Tronje würden sicher wissen, wie Siegfrieds Besuch einzuordnen war.

Keuchend eilte er über den inzwischen erreichten Burghof und wandte sich an einen der Torwächter am Eingang zur inneren Burg.

»Schnell, wo halten sich derzeit König Gunther oder seine Brüder und Hagen von Tronje auf? Ich habe dringende Botschaft.«

»Sie sind alle im Thronsaal«, erhielt er zur Antwort. Noch immer außer Atem stürzte er am Torwächter vorbei, eilte die Treppe nach oben und stürmte ohne Zögern in den Thronsaal, wo die Burgunderkönige Gunther, Gernot und Giselher zusammen mit Hagen von Tronje ins Gespräch vertieft saßen.

»Was gibt es, Gundobald, dass du so ungestüm hier eindringst?«, fragte Hagen mit leichtem Stirnrunzeln.

»Am Hafen, ...« Gundobald musste erst ein paar Mal tief Luft holen, bevor er weitersprechen konnte.

»Was ist am Hafen?«, fragte Hagen.

»Siegfried, Siegfried von Xanten. Er ist mit zwölf Rittern auf einem Schiff eingetroffen und begehrt die Könige zu sprechen. Er wird gleich hier sein.«

*

Die drei Brüder sahen sich erstaunt an, nur Hagen zeigte ein gleichmütiges Gesicht.

»Siegfried, der edle Held aus Xanten und König der Nibelungen, welch angenehme Überraschung«, rief Giselher voller Freude. »Endlich kann ich ihn kennenlernen, nichts habe ich mir sehnlicher gewünscht.«

»Ich hätte ein besseres Gefühl, wenn wir ihn an einem anderen Ort und zu anderer Zeit kennenlernen würden«, murmelte Hagen leise vor sich hin. Laut sagte er »Was will er hier? Sicher nichts Gutes.«

Gunther sah ihn mit sorgenvoller Miene an, doch Gernot wollte ihn beschwichtigen. »Was befürchtest du? Gewiss, zwölf sicher starke und kampferprobte Ritter begleiten ihn, doch gegen unsere Bewaffneten würden selbst diese zusammen mit ihm und seinem Wunderschwert Balmung nichts ausrichten.«

»Wozu hat er seine Leibwache dabei? Hier gibt es keine Heldentaten zu vollbringen«, antwortete Hagen. »Er führt sicher etwas im Schilde. Doch wir sollten hinunter und ihm entgegen gehen. Man soll uns nicht vorwerfen, ungastlich zu sein.«

Sie verließen den Thronsaal, gingen über die weit geschwungene Treppe ins Erdgeschoss und traten durch das Tor auf die Terrasse, die zum Burghof hinausführte. Schweigend beobachteten sie, wie die dreizehn wohl gerüsteten Reiter in den Burghof einzogen. Giselhers Gesicht strahlte in freudiger

Erwartung, endlich seinem Helden zu begegnen. Gunther und Hagen verfolgten mit Skepsis in den Augen den Aufzug. Nur Gernot war keine spezifische Regung anzumerken.

Die Ankömmlinge, Siegfried in der Mitte und jeweils sechs Ritter auf beiden Seiten, hielten direkt vor der Terrasse ihre Pferde an und musterten die vor ihnen stehenden Männer.

Gunther begrüßte sie. »Willkommen am Hofe zu Worms, edler Siegfried. Ihr und Eure Getreuen, seid uns willkommen. Ich bin Gunther, einer der Könige von Burgund.« Nachdem er nacheinander auch Gernot, Giselher und Hagen vorgestellt hatte, forderte er die Besucher auf, abzusteigen.

»Meine Knechte werden Eure Pferde versorgen. Ihr aber kommt doch herein und nehmt mit uns den Willkommenstrunk. Unser Wein ist berühmt für seinen Wohlgeschmack und seine Bekömmlichkeit.«

*

Siegfried schwang sich aus dem Sattel, stieg mit gemächlichen Schritten die wenigen Stufen zur Terrasse hinauf und stellte sich breit vor Gunther hin. »Euren Wein werde ich mir gerne schmecken lassen, später, wenn ...«.

In diesem Augenblick spürte Siegfried wieder, dass Wotan in seinem Kopf war. Allerdings ohne eine Bemerkung zu machen, er war einfach nur da. Inzwischen hatte er sich so sehr an Wotans Besuche in seinem Geist gewöhnt, dass ihm das unwillkürliche anfängliche Erschrecken nicht mehr anzumerken war. Nur dem aufmerksamen Hagen war ein kurzes, nervös wirkendes Zucken um Siegfrieds Augen aufgefallen.

Die Verzögerung von Siegfrieds Rede war nur kurz. Es wirkte so, als habe er absichtlich eine Pause gemacht, um seinen Worten mehr Nachdruck zu verleihen. »Später, wenn ich

Euch im Zweikampf getötet habe. Dann gehört der Wein ohnehin mir.«

»Wenn Ihr mich im Zweikampf getötet habt? Wie meint Ihr das? Ich verstehe nicht, ...«, stammelte Gunther betroffen. Er war offensichtlich ratlos und sah sich zu seinen Brüdern und Hagen um, als erhoffe er von ihnen Aufklärung und Unterstützung.

»Siegfried von Xanten ist offensichtlich nicht in friedlicher Absicht gekommen. Er will dir anscheinend dein Leben und uns allen Burgund wegnehmen«, erläuterte Hagen, wobei er Siegfried grimmig musterte.

»Euer Lehnsmann Hagen ist mit schneller Auffassungsgabe gesegnet«, bemerkte Siegfried. »Ja, Gunther, ich fordere Euch oder einen von Euch bestimmten Kämpfer zu einem Zweikampf auf Leben und Tod. Dem Sieger gehören unsere Königreiche, Burgund und das Nibelungenreich mit seinen Schätzen.«

»Das ist keine gute Idee«, meldete sich Wotans Stimme in Siegfrieds Kopf. Doch Siegfried hatte schon sein Schwert Balmung gezückt und zeigte mit der Spitze auf Gunther. Auch Hagens Hand war bei Siegfrieds Worten zum Griff seines Schwertes gefahren. Er hatte es schon halb aus der Scheide gezogen, als sich Giselher zwischen Gunther und Siegfried stellte.

»Haltet ein, Ihr Recken«, rief er erschrocken. »Wieso wollt ihr Blut vergießen? Es gibt doch keine Feindschaft zwischen Burgundern und Nibelungen.«

Siegfried sah ihn voller Ernst an. »Du bist ein tapferer Jüngling, Giselher, dass du dich so kühn zwischen uns stellst. Doch es geht nicht um Feindschaft, sondern um einen ehrenvollen

Kampf zwischen Männern. Drum geh uns aus dem Weg, du wirst uns nicht aufhalten.«

In Siegfrieds Kopf war wieder die Stimme Wotans. »Höre auf Giselher, er hat recht. Wie willst du Kriemhilds Liebe gewinnen, wenn du einen ihrer Brüder erschlägst?«

Siegfried war betroffen. Daran hatte er nicht gedacht.

»Was ist ehrenvoll daran, mit einem magischen Schwert und unterstützt von geheimnisvollen Mächten einen Gegner zu töten, der nicht über diese Möglichkeiten verfügt?« Giselher baute sich trutzig vor Siegfried auf und sah ihm direkt in die Augen. Der wurde verlegen.

»Du sprichst mutig und klug, wie man es aus dem Mund eines Jünglings wie du nicht erwarten würde«, sagte er dann. Gleichzeitig vernahm er in seinem Kopf Wotans Mahnung. »Sei du doch auch weise, nimm die Herausforderung zurück. Es wird dir zur Ehre gereichen und du gewinnst in Kriemhilds Augen.«

Da lenkte Siegfried ein. »Ich nehme deinen Rat an, Giselher, und ziehe meine Forderung zurück. Du hasr recht, es wäre wahrlich unritterlich, meine überlegenen Kräfte zu nutzen, um einen Vorteil zu erlangen.« Zu Gunther sagte er »Vergib mir meine unbedachte Herausforderung. Ich will dein Angebot für einen Becher Wein zum Willkommen annehmen und Euer Gast sein.«

»Das war klug von dir«, spürte Siegfried Wotans Stimme. »Nun hast du deutlich bessere Aussichten, dass dich Kriemhild mit Wohlgefallen ansieht.«

*

Eine Welle der Erleichterung ging durch die inzwischen große Menge der Ritter, Knappen und Bediensteten auf dem

Burghof. Alle hatten sich vor dem unvermeidbar scheinenden Kampf mit Siegfried und seinen Nibelungenkriegern gefürchtet. Auch die drei Burgunderkönige und Hagen hatten sich etwas entspannt, wenngleich Hagen immer noch misstrauisch die Augen zusammenkniff. Er fragte sich, ob es wirklich nur Giselhers Eingreifen war, das Siegfried zum Einlenken gebracht hatte, oder ob er nicht irgendeine List plante, doch noch Gunther zu überwältigen. Hagen beschloss, wachsam zu bleiben und Siegfried und seine Männer scharf zu beobachten.

Niemand hatte bemerkt, dass Kriemhild von einem Fenster im oberen Stockwerk die Szene beobachtet hatte. Der hochgewachsene junge Mann mit seinen breiten Schultern und dem von langen blonden Locken umrahmten ebenmäßigen Gesicht hatte ihr gut gefallen. Doch war sie entsetzt von der Aggressivität, die von ihm ausgegangen war. Andererseits bewunderte sie den Mut, mit dem er Gunther und Hagen herausgefordert hatte. Und dass Siegfried sich schließlich so anerkennend zu ihrem kleinen Bruder Giselher geäußert, seinen Rat angenommen und sich sogar bei Gunther entschuldigt hatte, das machte ihn ihr sehr sympathisch. Sie hoffte, ihre Brüder würden ihr den berühmten Helden schon bald vorstellen.

Die Nibelungenritter erhielten bequeme Schlafstätten in der Burg zugewiesen, für Siegfried wurde ein königlicher Trakt zum Wohnen und Schlafen hergerichtet. Am Abend trafen sich alle zu einem reichlichen Mahl im Thronsaal der Burg. Zunächst wurden mancherlei im Rhein gefangene Fische gereicht, dann gab es Hirschbraten und Wildschwein mit gekochten Äpfeln und Schüsseln mit Brei. Wer noch nicht satt war, aß noch von der am Spieß gebratenen Gans. Das Mahl wurde abgeschlossen mit Käse, Nüssen, Pflaumen, Kirschen und Erdbeeren. Zu all dem wurde reichlich Wein getrunken.

Gleich zu Beginn des Festmahls wurden Siegfried die Damen des Hauses vorgestellt: Ute, die Mutter der Könige, eine trotz ihres Alters immer noch schöne Frau mit aufrechter Haltung und stolz erhobenem Kopf. Sie musterte Siegfried mit dem neugierigen Blick, den jede Mutter auf einen möglichen Heiratskandidaten ihrer Tochter wirft. Ihr schien klar zu sein, weswegen Siegfried hier war. Es konnte ihm nur um Kriemhild gehen.

Als Kriemhild vortrat und einen höfischen Knicks vor Siegfried machte, war der ganz betört von ihrem Aussehen. »Bei Wotan, die Lobpreisungen Eurer Schönheit sind bis zu uns an den Hof in Xanten gedrungen, aber Ihr seid noch tausendmal schöner als Ihr geschildert wurdet«, entfuhr es ihm. Er glaubte, auch ein leichtes Aufstöhnen in seinem Kopf vernommen zu haben.

»Seid Willkommen, edler Siegfried. Ich danke Euch, dass Ihr Eure Kampfeslust bezwungen habt und es kein Blutvergießen gab«, entgegnete ihm Kriemhild lächelnd. Dann wurde sie ernst. »Ihr solltet hier aber nicht Wotan beschwören, wir glauben an die Heilige Dreifaltigkeit von Gott Vater, seinen Sohn Jesus und den Heiligen Geist. Wenn Ihr wollt, könnt Ihr uns morgen zur Andacht und zum Gebet in unser Gotteshaus begleiten.«

Siegfried starrte sie nur schweigsam und bewundernd an, bis Gunther sich räusperte und ankündigte, dass man in den nächsten Tagen ein Turnier veranstalten würde, bei dem jeder Ritter und auch Siegfried die Möglichkeit hätten, ihre Kräfte im friedlichen Zweikampf zu messen.

»Die Gelegenheiten beim Turnier solltest du nutzen, deine Fähigkeiten weiter zu üben«, vernahm Siegfried wieder Wotans Stimme. »Das werde ich sicherlich tun«, murmelte Siegfried. Da er immer noch seinen Blick auf Kriemhilds anmutige Gestalt gerichtet hatte, entging ihm das nachdenkliche, zweifelnde Glitzern in Hagens Augen, der dicht neben ihm stand und seine Worte gehört hatte.

Hagen wurde klar, dass Kriemhild das eigentliche Ziel war, um das es Siegfried ging. Er spürte Eifersucht in sich nagen, obwohl er wusste, dass Kriemhild, die Königstochter, für ihn als Gefolgsmann unerreichbar war. Außerdem war sie im Vergleich zu ihm noch fast ein Kind. Seine instinktive Abneigung gegen den eitlen, unüberlegt aufbrausenden König der Nibelungen und von Xanten wurde fast übermächtig. Doch dann zwang er sich, dieses Gefühl zu bändigen. Siegfried war unermesslich reich, durch eine Vermählung Kriemhilds mit Siegfried würde auch das Königreich Burgund davon profitieren. Außerdem waren seine Macht und Stärke und die seiner Nibelungenritter im Falle eines Krieges von unschätzbarem Wert.

*

In den folgenden Tagen und Wochen wurde am Hof zu Worms ein großartiges Turnier abgehalten. Vor der Stadtmauer waren Bahnen für die Lanzenreiter abgesteckt und Kampfplätze eingezäunt worden. Davor hatte man an der Mauer Tribünen errichtet, die zum Schutz vor Sonne und Regen mit Zeltdächern überspannt waren. Von dort sah der Hofstaat, darunter auch Kriemhild, den Wettkämpfen zu. Unzählige Ritter aus nah und fern erschienen, um sich untereinander und mit Siegfried im Schwertkampf und im Lanzenstechen zu messen. Keiner war ihm an Geschicklichkeit und Stärke ebenbürtig. Es schien geradezu, als könne er jede Bewegung, jeden Stoß und jeden Schlag seiner Gegner im Kampf vorhersehen. Er parierte jeden Angriff, ob von vorne, von hinten oder von der Seite. Zum Spaß forderte er manchmal auch zwei oder drei Gegner auf einmal, die er dann ebenfalls scheinbar spielerisch besiegte. Einige Male schien er sogar fast unsichtbar zu sein, so schnell hatte er sich bewegt. Es ging das Gerücht, dass er von Wotan mit der Magie der Tarnung ausgestattet worden war.

An den wettkampffreien Tagen gingen die Burgunder und die anderen christlichen Ritter morgens zur Messe in die Kirche. Siegfried hatte sich anfangs geweigert, die Burgunder zu begleiten. Er berief sich auf seinen festen Glauben an die alten Götter, die ihm schon immer zur Seite gestanden hätten. »Was kann mir Euer Gott bieten, was ich nicht schon immer von meinen Göttern, allen voran Wotan, erhalten habe?«, fragte er Gunther. Als er aber erkannte, mit welcher Inbrunst Kriemhild diesem Glauben anhing, erklärte er sich zum Kirchgang bereit, wenn er seinem Glauben nicht abschwören müsse. Aber gelegentlich verschwand er doch unter einem Vorwand vor Beginn der Messe. Dann setzte er sich auf sein Pferd und streifte durch die Ländereien rings um Worms.

*

An einem dieser Tage, als Siegfried wieder einmal nicht zur Messe erschien, bemerkte Hagen, dass Kriemhild zum Ende der Messe immer nervöser wurde und unruhig auf ihrem Platz herumrutschte. Sofort nach der Messe eilte sie aus der Kirche und bestieg ihr Pferd, das ein Knappe für sie bereithielt. Sie ritt nach Norden. Offensichtlich wollte sie Worms durch das nördliche Stadttor verlassen.

»Wohin reitet Kriemhild?«, fragte Hagen den Knappen. Der antwortete, dass er das nicht wisse, Kriemhild habe ihm nur aufgetragen, ihr Pferd bereitzuhalten. »Diese Ausritte bereiten ihr wohl sehr viel Vergnügen, gewöhnlich kommt sie danach mit glücklich strahlendem Lächeln zurück«, ergänzte der Knappe.

»Ausritte? Macht sie das öfter? Seit wann?«, wollte Hagen wissen.

»Schon seit geraumer Zeit, ich habe ihr schon mehrmals ihr Pferd bringen müssen.«

»Dann sattle auch mein Pferd, beeile dich«. Hagen konnte kaum abwarten, bis der Knappe mit seinem Ross am Zügel aus den Stallungen kam. Wortlos sprang er in den Sattel und galoppierte davon. Als er das Stadttor erreicht hatte, hielt er an und blickte über die weite Ebene. In der Ferne sah er eine Gestalt mit wehendem Umhang auf ein kleines Wäldchen zureiten. Das musste Kriemhild sein. Als sie zwischen den Bäumen verschwunden war, gab er dem Pferd die Sporen und eilte ihr nach. Im Wald angekommen sah er deutlich die Hufspuren, die ihr Pferd hinterlassen hatte. In langsamem Schritt nahm er die weitere Verfolgung auf.

Die Spur führte auf gerader Strecke in den Wald hinein und auf der gegenüberliegenden Seite wieder hinaus. Als Hagen sich dem Waldrand näherte, spähte er besonders aufmerksam nach vorne, um sich rechtzeitig vor einer Entdeckung zu schützen. Von Kriemhild war nichts zu sehen.

Nach dem Waldrand bog die Spur nach rechts, wo in einiger Entfernung das dumpfe Rauschen des schnell strömenden Rheins zu hören war. Da der Wald zum Rand hin immer lichter wurde, blieb Hagen beim Weiterreiten hinter den Bäumen, um nicht entdeckt zu werden.

Schon nach kurzer Zeit erblickte Hagen vor sich eine zwischen Bäumen und Sträuchern versteckte Hütte auf dem Hochufer am Rhein. Davor waren zwei Pferde angebunden. Hagen saß in sicherer Entfernung ab, befestigte die Zügel seines Pferdes an einem Baum und schlich geduckt zwischen den niedrigen Büschen zu den angebundenen Pferden. Das kleinere war tatsächlich das von Kriemhild, er kannte es von vielen gemeinsamen Ausritten. Das zweite Pferd war zwar ebenfalls eines aus dem königlichen Stall zu Worms, wie unschwer am Brandzeichen zu erkennen war, aber Hagen wusste nicht, wer es bis hierher geritten hatte.

Tief geduckt schlich er zur Hütte und riskierte einen Blick durch einen Spalt im Fensterladen. Der kleine Raum war leer. Kriemhild musste sich in einem angrenzenden Zimmer befinden. Dann glaubte er, seinen Augen nicht trauen zu können. An einem Holzpflock genau gegenüber dem Fenster hing Balmung, Siegfrieds Schwert. »Der muss sich ja sehr sicher fühlen, dass er sich traut, dieses kostbare Schwert unbeaufsichtigt zu lassen«, dachte Hagen.

Da ihm die Gefahr einer Entdeckung zu groß erschien, zog er sich zu den Pferden zurück. Die Gewissheit, dass seine Vermutung richtig war, erfüllte ihn einerseits mit Genugtuung, andererseits wollte der Zorn ihn übermannen. Es war wirklich ungeheuerlich: Kriemhild traf sich heimlich mit Siegfried! Wenn das entdeckt würde, gäbe es einen Skandal, der in einer blutigen Fehde zwischen Burgund und den Nibelungen enden könnte.

Er entfernte aus dem Zaumzeug von Kriemhilds Pferd einen der Beschlagnägel mit dem königlichen Wappen, steckte ihn in den Gürtel unter seinen Umhang und ging zurück zu seinem Pferd. Am Zügel führte er das Tier am Waldrand entlang. Als er genügend Abstand zur Hütte hatte, stieg er in den Sattel und ritt auf direktem Weg in gestrecktem Galopp zurück nach Worms.

Kriemhild kehrte einige Zeit später zurück. Sie wollte gerade ihr Pferd einem Stallburschen überlassen, als Hagen aus dem Schatten trat.

»Kriemhild, auf ein Wort«. Hagen sah Kriemhild nachdenklich an. Dann wandte er sich zum Stallburschen, der gerade dabei war, das Pferd wegzuführen. »Lass' den Gaul noch hier, du kannst ihn später versorgen«.

»Was ist mit dem Pferd?«, fragte Kriemhild. Ein besorgter Ausdruck erschien auf ihrem Gesicht. Hagen war sich sicher, dass ihre Sorge weniger dem Pferd galt als vielmehr dem, was da von ihm kommen würde.

»Du bist wieder ohne Begleitung ausgeritten. Das ist sehr sorglos von dir«, sagte Hagen.

»Wer sollte mir hier etwas tun?«, antwortete Kriemhild. »Wir leben schon seit Langem in Frieden, und Räuber gibt es auch keine in der Umgebung von Worms.«

»Darum mache ich mir auch keine Gedanken. Aber man könnte argwöhnisch werden, wenn du so häufig alleine unterwegs bist zu den Zeiten, an denen auch andere alleine ausreiten.«

»Wie meinst du das?«

Hagen antwortete nicht direkt, sondern zog aus dem Gürtel seines Gewandes den Beschlag, der das burgundische Wappen zeigte. »Ich glaube, das gehört zum Zaumzeug deines Pferdes.« Er hielt das Silberstück an die Stelle, aus der er es vor der Hütte am Rhein entfernt hatte.

»Ich habe gar nicht bemerkt, dass ich das verloren hatte. Danke, dass du es für mich aufbewahrt hast.«

Hagen sah Kriemhild mit kaum verhohlenem Zorn an. »Interessiert es dich gar nicht, wo ich das gefunden habe?«, fuhr er sie an.

»Du wirst es mir schon sagen, denn es scheint für dich wichtig zu sein«, entgegnete Kriemhild schnippisch.

»Ich habe es vom Zaumzeug deines Pferdes entfernt, das vor einer Hütte am Rheinufer neben dem Pferd Siegfrieds stand.«

»Was willst du damit andeuten?«

»Wenn man bemerkt, dass du dich heimlich mit Siegfried triffst, schändest du den Ruf des Hauses Burgund und deinen eigenen. Willst du, dass dich deine Brüder für den Rest deines Lebens ins Kloster schicken? Willst du, dass es deinetwegen Krieg zwischen Burgund und den Nibelungen gibt?«

»Ich treffe mich nicht heimlich mit Siegfried. Es war Zufall, dass wir uns an dieser Hütte begegnet sind. Wir haben kurz miteinander gesprochen und sind dann jeder seines Weges geritten.« Hagen war sich sicher, dass dies nur eine Ausrede Kriemhilds war, zu sehr stand ihr die Verlegenheit ins Gesicht geschrieben. Bevor er eine Bemerkung dazu machen konnte, sprach sie weiter. »Und da du so um meinen Leumund und den unserer Familie besorgt bist: Du brauchst ja einfach niemandem von diesem zufälligen Treffen zu berichten.«

Mit diesen Worten wandte sie sich ab und ging über den Hof zum Wohntrakt der Burg.

20 - Die Connectoren: Bekenntnisse

»Habe ich dir eigentlich schon gesagt, dass du tatsächlich Kriemhild sehr ähnlich siehst? Das passt perfekt, dass du sie als Ziel für eine Verbindung ausgewählt hast.« Adrian strahlte Anne Villon an, die sich gerade auf ihre erste psychoneuronale Verbindung in die Vergangenheit vorbereitete.

»Wirklich? Waren die Frauen damals nicht ziemlich ungepflegt? Die Seife damals bestand doch noch aus Asche mit Öl vermengt. Die Haut der Damen muss fürchterlich ausgesehen haben.«

Adrian lachte. »Klar, die Strahlkraft und Glätte deiner Haut ist unerreicht, aber sie hat deine Gesichtsform, deine wunderbaren Augen, deine Haarfarbe. Deine schicke Frisur mit dem Zopf war damals auch gerade modern. Sie ist genau so groß wie du und ihre Figur entspricht in allen Details der deinen.«

»Hört, hört«, lies sich Michael Cisslac vernehmen. »Adrian kennt alle Details von Annes Figur.«

Auch Julia konnte sich ein Lächeln nicht verkneifen. »Mit wem hättest du lieber ein Date, mit Kriemhild oder mit Anne?«

»Adrian hat keinen blassen Dunst von den Details meiner Figur, wie soll er da entscheiden, ob er lieber mit mir oder Kriemhild ein Date hätte«, reagierte Anne spöttisch. Dann blickte sie Adrian herausfordernd an. »Woher kennst du die Figur von Kriemhild? Hat sie sich vor Siegfried ausgezogen, als du eine Verbindung mit ihm hattest?«

Adrian zauderte etwas, sichtlich verlegen. Dann sprach er weiter. »Dass du eine Traumfigur hast, das sieht man doch, auch wenn du angezogen bist.« Hilfe suchend wandte er sich zu Michael Cisslac. »Oder bist du anderer Meinung, Michael?« Der grinste verständnisvoll und nickte. »Wo du recht hast, hast du recht.«

»Und Kriemhild? Wir wissen immer noch nicht, woher du Kriemhilds Figur kennst«, hakte Anne nach.

Adrian wurde rot und schwieg, doch Anne hatte Erbarmen und erlöste ihn. »Ihre Kleidung kann ich ja begutachten, wenn ich eine Verbindung zu Kriemhild habe.«

»Ich bin sicher, du wirst sie mit allen Sinnen genauestens erfassen. Viel Erfolg bei deiner ersten Reise in die Vergangenheit«. Adrian wollte schon den Raum verlassen, aber Anne hielt ihn noch auf.

»Wie weit bist du eigentlich mit der Blockade von Siegfrieds Hirnarealen, mit denen er andere Personen aktiv beeinflussen kann?«

»Das ist nicht so einfach, wie wir gedacht haben.«

Michael kam Adrian zu Hilfe. »Sein Energieverbrauch ist bei den letzten Verbindungen wieder deutlich gesunken. Daraus schließe ich, dass er Siegfrieds Gehirn nicht mehr mit Gamma- und Alphawellen stimuliert.« Er wandte sich an Adrian. »Habe ich recht?«

»Ja, das stimmt schon. Aber trotzdem …«. Adrian verstummte.

»Was ist los? Gibt es Probleme? Dann sollten wir vielleicht hier unter uns darüber reden, bevor wir später in die Besprechung mit Tom und Frank gehen«. Anne Villon sah Adrian mit sorgenvoller Miene an.

»Ja, wir finden dann vielleicht eine Lösung und können das klären, ohne groß mit unseren Chefs darüber reden zu müssen«, ergänzte Julia. »Tom ist ja schon ziemlich sauer auf dich.«

Adrian holte tief Luft. Er tat sich offensichtlich schwer. Dann gab er sich einen Ruck und sprach weiter. »Inzwischen kann Siegfried sein Gehirn selbstständig ohne meine Unterstützung und Stimulation in den notwendigen Rhythmus versetzen.«

»Wie konnte das geschehen? Das geht doch nicht von jetzt auf gleich?«, fragte Michael.

»Nein. In Worms war in letzter Zeit ein großes Turnier. Ich war dort von Siegfried als Kämpfer so beeindruckt, dass ich ihn etwas unterstützt habe. Das war nicht oft, aber es hat wohl gereicht, um ihn autonom zu machen.«

»Diese Unterstützung durch Adrian sollten wir für uns behalten, Frank und Tom brauchen das nicht zu wissen«, bat Julia.

»Du hast recht, aber die Tatsache, dass Siegfried auf externe Stimulierung nicht mehr angewiesen ist, können wir nicht verschweigen.« Anne sah Adrian verärgert an. »Warum machst du nur solche Alleingänge? Ich bin richtig sauer.«

»Ich konnte ja nicht ahnen, dass er sich so schnell entwickelt.«

»Hast du noch die Zeit, jetzt gleich eine Verbindung zu Siegfried aufzubauen?«

»Ja, das geht. Was soll ich dabei machen?«

»Blockiere diese Funktion, mit der er andere beeinflussen kann. Blockiere lieber mehr Funktionen als zu wenig. Und sei vorsichtig dabei, nicht dass er noch bei dir eingreift und in deinem Gehirn Schaden anrichtet.«

»Ich weiß zwar nicht, wie ihm das gelingen könnte, aber sicher, ich werde aufpassen.« Adrian schien erleichtert, weil sich die Aufregung bei den Anderen gelegt hatte. Auch Annes Ärger schien besänftigt zu sein.

Bevor sie sich für ihre Verbindung bereit machte, wandte sich Anne noch einmal an Adrian. »Gib mir bitte noch einen Tipp, nach welchen typischen Wahrnehmungen Kriemhilds ich suchen soll, um schnell mit ihr in Kontakt zu kommen.«

Adrian musste nicht lange nachdenken. »Sie reitet ja sehr oft aus. Ihr Pferd ist ein brauner Hengst und heißt Abalon. Den Namen ruft sie oft, um das Pferd anzuspornen oder zu loben. Dabei drückt sie mit ihrer rechten Hand auf den Ansatz der fahlgelben geflochtenen Mähne kurz hinter den Ohren. Die Mähne ist immer in einem gleichmäßigen Rautenmuster geflochten.«

*

Nachdem Adrian den Raum verlassen hatte, half Julia Anne beim Anlegen der Elektroden auf Brust und Rücken. Anne streckte sich auf der Liege im Sensotron aus und Michael aktivierte die Resonanzverstärker. Nur noch die gleichmäßigen und tiefen Atemzüge von Anne waren zu hören, als sie den Prozess der psychoneuronalen Verbindung startete. Inzwischen hatte sie gelernt, sich vom anfänglichen Chaos der unterschiedlichsten Sinneseindrücke nicht irritieren zu lassen. Sie hatte keine Schwierigkeiten, ihre akustische Wahrnehmung so zu kanalisieren, dass nur das Wort »Abalon« zu ihr durchdringen konnte. Gleichzeitig blockierte sie alle visuellen Eindrücke, die nicht das Muster ›Hintergrund braunes Fell, darauf fahlgelbe Haare in Rauten geflochten‹ enthielten.

Lange lag sie still, ohne irgendetwas zu empfangen. Die Zeit erschien ihr wie eine kleine Ewigkeit. Schon wollte sie aufgeben, als sie den Namen hörte. »Abalon«, gesprochen von einer leisen, sanften Frauenstimme. Sie war unsicher. Hatte sie das selbst gesagt? Aber nein, nun sah sie auf einen leicht nickenden braunen Pferdekopf mit aufmerksam gespitzten Ohren und der von Adrian geschilderten geflochtenen Mähne. Sie spürte, wie sie mit der rechten Hand leicht den Kopf von Abalon hinter den Ohren kraulte.

21 - Nibelungensage: Kriemhild und Siegfried

Sobald Kriemhild Worms durch das nördliche Stadttor verlassen hatte, spornte sie ihr Pferd und hielt direkt auf das kleine Wäldchen zu, das sich jenseits der Ebene abzeichnete. Sie konnte es kaum noch abwarten, Siegfried wieder zu sehen und in seinen Armen zu liegen.

Begonnen hatte es vor einiger Zeit. Bei einem ihrer Ausritte war sie zufällig auf Siegfried gestoßen, der auf einer Bank vor einer verlassenen Hütte am Rheinufer saß und vor sich hin schaute, als ob er träume. Als er sie bemerkte, hatte er sie eingeladen, neben ihm Platz zu nehmen. Sie waren dann stumm Seite an Seite gesessen und hatten sich nur immer wieder angesehen. Nach einiger Zeit, sie wusste nicht, wie lange ihre Augen ineinander versunken waren, war sie aufgestanden und hatte verlegen gesagt, dass sie zurück müsse, bevor man sich allzu viel Gedanken wegen ihrer Abwesenheit mache. Siegfried hatte sich ebenfalls erhoben, beide Hände auf ihre Taille gelegt und gefragt, ob sie sich am nächsten kampffreien Tag an dieser Stelle wiedersehen würden. Als sie nickte, hatte er sie an sich gezogen und mit seinen Lippen sanft ihren Mund berührt.

Schon beim zweiten Treffen war es geschehen. Sie konnte nicht sagen, wie es dazu gekommen war, aber plötzlich hatten sie sich eng umschlungen gehalten. Sie hatte zugelassen, dass er ihr Mieder aufknüpfte, ihr den Rock abstreifte und ihren Körper mit den Augen verschlang. Seine vom Kämpfen harten und schwieligen Hände strichen über ihre Brüste, ihren Bauch und verfingen sich zwischen ihren Schamlippen. Doch dann war sie über ihre eigene Kühnheit erschrocken. »Nein, nicht, Siegfried«, hatte sie geflüstert. Beinahe wäre es zu spät gewesen. Sie hatte gespürt, dass er sich neben ihr ergossen hatte.

Verlegen, ohne sich anzusehen, hatten beide wieder ihre Kleidung geordnet. Dann hatte er sich geräuspert und gesagt, dass er um ihre Hand anhalten wolle, er wolle nicht länger warten.

»Du musst nicht warten«, hatte sie gesagt. »Ich kenne eine Alte, die mir ein Kräuterelixier zubereiten wird, damit ich kein Kind empfange«. Zum Abschied hatte sie Siegfried innig auf den Mund geküsst und war davongeritten.

Heute nun war sie bereit. Sie berührte in freudiger Erwartung das Fläschchen mit dem Elixier, das in einer Falte ihres Rockes verborgen war. Sie würde sich ihm hingeben, und nichts mehr könnte sie trennen.

»Abalon, beeile dich, Siegfried wartet«, sagte sie und strich ihrem Pferd sanft über die Mähne. Ein leichter Schauder überlief sie, begleitet von einem Blitzen im Kopf. »Soll ich das wirklich? Wenn Hagen wieder auftaucht, sind wir verloren. Und wenn die Kräuter nicht wirken, bringe ich großes Ungemach über mich und das Haus Burgund.«

Bevor sie das Wäldchen erreichte, saß sie sich um. Niemand war auf der lang gestreckten Ebene zu sehen, weder zu Pferd noch zu Fuß. Erleichtert ritt sie weiter. Ihre Furcht vor einer Entdeckung durch Hagen war wohl unbegründet.

Als sie die Hütte am Rheinufer erreichte, stand Siegfrieds Pferd schon angepflockt neben dem Eingang. Wieder überfielen sie die Zweifel. Sollte sie wirklich? Dann gab sie sich einen Ruck, stieg vom Pferd, band es neben Siegfrieds an und betrat die Hütte.

»Endlich«, vernahm sie Siegfrieds Stimme im halbdunkel. »Ich hatte schon befürchtet, du hättest es dir anders überlegt«. Er eilte auf sie zu, schloss sie in die Arme, küsste sie heiß im ganzen Gesicht und auf den Hals. Er drückte sie auf ein Lager aus Stroh. Gleichzeitig nestelte er mit seinen Händen an ihrem Gewand, versuchte ihr Mieder zu öffnen, gab das nach vergeblichem Bemühen ungeduldig auf und schob ihren Rock nach oben.

»Halte ein, Siegfried, so nicht, nicht so schnell«, rief Kriemhild erschrocken. »Das Elixier, ich muss es erst einführen«. Neben der Angst, ein Kind zu empfangen, verspürte sie auch Ärger und Enttäuschung. War das die zärtliche Hingabe, von der sie geträumt hatte? Diese Hast, diese Ungeduld und Rücksichtslosigkeit. Wieder kamen in ihr Zweifel auf, ob sie die richtige Entscheidung getroffen hatte.

»Ich kann nicht mehr warten«, keuchte Siegfried. Kriemhild spürte entsetzt, wie er seinen entblößten Unterkörper mit dem großen harten Glied zwischen ihre Beine presste. Noch bevor er richtig in sie eindringen konnte, spritzte er seinen Samen mit einem lang gezogenen Stöhnen auf ihren nackten Bauch, in die Schamhaare und zwischen ihre Oberschenkel. Als er sich mit einem Seufzer auf die Seite drehte, tastete Kriemhild mit vor Tränen blinden Augen nach einem Stück Stoff und versuchte hastig, die klebrige Flüssigkeit abzuwischen.

»Was hast du getan, wieso konntest du dich nicht zügeln? Du bist so rücksichtslos.« Verzweifelt suchte sie nach dem Fläschchen mit dem Kräuterelixier. Als sie es endlich gefunden hatte, drehte sie sich von Siegfried weg und träufelte die Flüssigkeit zwischen ihren Schamlippen.

»Warum warst du auch so widerspenstig. Du hattest doch gesagt, ich muss nicht warten.« Noch während er das sagte, presste er sich von hinten an sie. Er war schon wieder bereit, seine erneute Erektion war deutlich zu spüren. »Komm, lass es mich noch einmal versuchen. Jetzt hast du ja vorgesorgt.«

Kriemhild wehrte sich heftig und stieß mit den Ellenbogen nach hinten. Als er erschrocken von ihr abließ, sprang sie auf und rannte aus der Hütte. Schwer atmend drehte sie sich draußen um, aber Siegfried folgte ihr nicht. Seufzend ordnete sie ihr Gewand. Die Vereinigung mit dem geliebten Mann hatte sie sich anders vorgestellt.

Als sie noch überlegte, ob sie ohne Abschied davon reiten sollte, hörte sie Siegfried, der in die offene Tür der Hütte getreten war. »Kriemhild, verzeih mir«, sagte er leise. »Ich war wie von Sinnen. Meine Sehnsucht nach dir …, ich …, ich konnte mich nicht mehr zurückhalten.« Siegfried war sichtlich verlegen. »Doch ich liebe dich. Und du sollst wissen, ich habe bei Gunther schon um deine Hand anhalten.«

»Auch ich liebe dich, Siegfried. Ich hoffe, du bist in Zukunft etwas rücksichtsvoller und zärtlicher, wenn du mit mir zusammen bist. Ich bete zu Gott, dass die Kräuter ihre Wirkung tun und ich kein Kind empfangen habe, denn sonst würde man mich mit Schimpf und Schande vom Hofe jagen, statt mich mit dir zu vermählen. Und es gäbe Krieg zwischen Burgundern und Nibelungen.«

»Das glaube ich nicht. Ich habe Gunther versprochen, ihn bei seiner Werbung um Brynhild, die Königin von Island, zu unterstützen. Er würde es nicht wagen, meine Hilfe zu verlieren und dich, meine zukünftige Gemahlin zu ächten. Und das alles nur, weil du ein Kind von mir, deinem zukünftigen Gemahl, empfangen hast. Meine Götter, allen voran Wotan, sehen jedes neu geborene Kind mit Wohlgefallen. Wahrlich, ich würde die Burgunder mit Krieg überziehen, sollten sie es wagen, dich für ein von mir empfangenes Kind zu strafen.«

Kriemhild sah Siegfried mit großen Augen an. Da war er wieder, der Held, den sie sich wünschte, den sie liebte und der zu ihr stand.

»Ich freue mich, dass du so denkst, Siegfried. Und doch wünsche ich, dass es nicht zum Äußersten kommen möge, dass es keinen Krieg zwischen unseren Völkern gibt. Bete auch du zu deinen Göttern, dass ich noch kein Kind empfangen habe.«

»Wenn du das willst, werde ich Wotan bitten. Doch nun sollten wir auseinandergehen. Du musst zurück, bevor jemand nach dir sucht.«

Sie nahmen kurz, aber innig Abschied, bestiegen ihre Pferde und ritten in unterschiedliche Richtungen davon.

*

Siegfried suchte den Kontakt zu Wotan. »Bist du da, Wotan?«

»Ja, ich war die ganze Zeit dabei«, vernahm er den vertrauten Klang in seinem Kopf.

»Die ganze Zeit? Dann hast du alles mitbekommen?« Die Verlegenheit war Siegfried deutlich anzumerken.

»Ja, alles. Du hast dich unwürdig benommen. Kriemhild liebt dich. Sie verdient mehr Achtung und Rücksichtnahme. Wenn am burgundischen Hof bekannt werden sollte, was passiert ist, wird sie ernste Schwierigkeiten bekommen. Auch du kannst ihr da nicht wirklich helfen. Und Krieg zwischen Burgund und Nibelungen ist keine Lösung.«

»Dann hilft du ihr«.

»Nein, das werde ich nicht.«

Ein wilder Zorn auf Wotan erfasste Siegfried. »Du musst Kriemhild und mir mir helfen. Ich verlange das von dir. Erst durch dich bin ich überhaupt so weit gekommen. Wir sind untrennbar miteinander verbunden, wenn ich falle, dann wirst du mit mir fallen.« Noch während er dies dachte und mit aller Willenskraft und Energie in seinem Kopf verstärkte, erblickte er für einen kurzen Augenblick ein seltsames Bild. Er lag in einem fremdartigen Raum. Ein Gesicht beugte sich über ihn. Konnte das sein, war das Gernot? »Adrian, was ist los?«, sagte Gernot. Dann war das Bild weg.

»Wotan, was war das? Wie kommt Gernot in meinem Kopf? Wer ist Adrian?«

Doch Wotan war nicht mehr zu spüren. Tief in Gedanken versunken ritt Siegfried auf Umwegen nach Worms zurück. Er spürte ein Gefühl von überwältigender Macht und Stärke in sich.

22 - Die Connectoren: Gefahr

Michael Cisslac war besorgt. Die ganze Zeit war er zwischen den beiden Räumen hin und her gewechselt, in denen Anne und Adrian auf Sensotrons lagen und Verbindungen zu ihren Partnern in der Nibelungenwelt aufgebaut hatten. Während Anne ruhig und gleichmäßig atmete und sich anscheinend in ihrer Verbindung wohlfühlte, war Adrian angespannt und nervös, atmete schwer und stöhnte gelegentlich auf. Unter seiner engen Hose war deutlich eine Erektion zu sehen, und nach einiger Zeit zeichnete sich ein feuchter Fleck ab. Offensichtlich hatte er ejakuliert.

Dann schien seine Erregung abzuklingen und in seinem Gehirnscan war zu sehen, dass sich das Aktivitätsniveau in seinem neuronalen Netzwerk normalisierte. Doch ganz plötzlich verkrampfte er aufs Neue und riss die Augen weit auf. Sämtliche Gehirnareale waren schlagartig extrem aktiviert, sein Energieverbrauch stieg dramatisch an.

Besorgt beugte sich Michael über Adrian. »Adrian, was ist los?« Da Adrian nicht reagierte, aber der Energieverbrauch weiter anstieg, stoppte Michael alarmiert mit der Nottaste die Energiezufuhr zum Sensotron und löste so die Verbindung zwischen Adrian und Siegfried.

Adrian richtete sich auf und sah sich mit verwirrten Blicken im Labor um. »Bei Wotan, wo bin ich hier?«, flüsterte er. Dann starrte er Michael an. »Bist du das, Gernot? Warum dieses seltsame Wams?«

Michael packte Adrian an beiden Schultern, schüttelte ihn und sah im tief in die Augen. »Komm zurück, Adrian, ins Hier und Jetzt. Du bist Adrian, hörst du, Adrian.«

Adrians Verwirrung dauerte eine Weile, in der er still und in sich versunken da saß. Allmählich verlor sich der gestörte Blick in seinen Augen. »Das ist doch nicht möglich! Für einen Moment habe ich wirklich geglaubt, ich sei Siegfried. Was ist da nur passiert?«

»Ich verstehe das auch nicht. Dein Energieverbrauch ist im Bruchteil einer Sekunde explosionsartig angestiegen, sämtliche Bereiche in deinem Gehirn waren hyperaktiv. Du hast auf meine Ansprache nicht mehr reagiert, sodass sich die Energiezufuhr gestoppt habe, um Schlimmeres zu verhindern. Aber erzähle, was hast du erlebt?«

»Was am Ende los war, daran kann ich mich gar nicht mehr so richtig erinnern. Da war ein enormer Druck in meinem Kopf, als würden sämtliche Unwetter dieser Welt gleichzeitig darin stattfinden. Das war ein unheimliches Gefühl, mich schaudert jetzt noch.«

»War bei deiner Verbindung mit Siegfried auch Kriemhild anwesend? Wenn ja, sollten wir warten, bis Anne ihre Verbindung beendet hat. Sie hat dann ja möglicherweise etwas Entscheidendes beobachtet.«

»Mein Gott, Anne hat das alles miterlebt, was sich zwischen Siegfried und Kriemhild zugetragen hat?« Adrian war sichtlich erschrocken.

Michael konnte ein spöttisches Grinsen nicht unterdrücken. »Ich vermute, die beiden haben es miteinander getrieben, und du hast dich da ganz schön mitreißen lassen. Aber Anne hat das anscheinend nicht sonderlich erregt.«

»Was meinst du damit, ich hätte mich mitreißen lassen?«

»Dann schau mal auf deine Hose vorne. Du müsstest doch spüren, dass du da noch ganz nass bist. Dann geh dich mal schnell umziehen, solange ich nachsehe, ob Anne ihre Verbindung inzwischen auch beendet hat.«

Adrian stand hastig auf und verließ fluchtartig den Raum. Michael ging in das angrenzende Labor, wo Anne mit Unterstützung von Julia gerade dabei war, ihre Elektroden abzunehmen.

»Na, wie ist es Adrian bei seiner Verbindung zu Siegfried ergangen?« Michael glaubte, einen leicht amüsierten Unterton aus Annes Frage herauszuhören. Er war sich sicher, dass sie das sexuelle Abenteuer aus der Perspektive von Kriemhild miterlebt hatte. Aber er ging gleich auf den dramatischen Schluss von Adrians Verbindung ein.

»Am Ende gab es ein riesiges Problem mit dieser Verbindung, ein Problem, das wir beide noch nicht so richtig einordnen können. Ich sah mich gezwungen, seine Verbindung per Notschalter am Sensotron zu beenden. Am besten wird er dir selbst alles schildern.«

»Wieso hast du seine Verbindung beenden müssen?«

»Seine Werte waren so extrem, dass ich Angst hatte, er wäre ernsthaft gefährdet.«

»Da muss dann etwas passiert sein, nachdem sich Siegfried und Kriemhild getrennt hatten. Bis zu diesem Zeitpunkt habe ich jedenfalls nichts Besonderes bemerkt.«

Anne, Julia und Michael gingen hinüber in das Labor mit Adrians Sensotron. Mit einigen Kommandos an den Computer aktivierte Michael die Aufzeichnungen und statistischen Auswertungen von Adrians Gehirnaktivität während seiner Verbindung. In diesem Augenblick kam auch Adrian aus der Umkleide zurück und setzte sich still auf einen Stuhl.

»Ist wieder alles in Ordnung, Adrian?«, fragte Anne. »Michael hat gesagt, dass er dich aus der Verbindung zu Siegfried lösen musste, weil es zu gefährlich für dich wurde.«

»Ich hoffe, es war nicht allzu schlimm für dich«, ergänzte Julia. »Wie war denn das Treffen mit Kriemhild?«

Adrian überging die ihm offensichtlich unangenehmen Inhalte. »Über die Details brauchen wir uns nicht zu unterhalten, entscheidend ist wohl nach Michaels Meinung das Ende meiner Verbindung zu Siegfried, nachdem der sich von Kriemhild getrennt hatte.«

Anne zuckte mit den Schultern. »Um Geschehen zwischen Kriemhild und Siegfried gibt es wirklich nicht viel zu sagen. Nur zu eurer Information: Siegfried hat Kriemhild Sex aufgezwungen, auf eine Art, die ihr absolut nicht gefallen hat. Mir übrigens auch nicht.«

»Das tut mir leid, Anne. Ich wollte dich nicht …«, flüsterte Adrian mit verlegener Stimme.

»Wieso entschuldigst du dich? Das war Siegfried, und nicht du. Er hat Kriemhild so behandelt, und nicht mich. Ich bin sehr wohl in der Lage, zu differenzieren zwischen dem, was mir als Person passiert und dem, was ich über eine psychoneuronale Verbindung erlebe.«

Bei diesen Worten von Anne kam Michael ein Gedanke. »Kann es sein, dass Adrian diese Differenzierung nicht mehr richtig hin bekommt?«

»Wieso meinst du das?«, meldete sich Julia.

»Ich verstehe zwar etwas vom Gehirn, aber ich bin natürlich nicht so ein ausgewiesener Experte wie Anne oder du, Julia. Mir war nur aufgefallen, als ich Adrian aus der Verbindung zurückgeholt habe, hat er mich mit Gernot angeredet und sich selbst wohl für Siegfried gehalten. Er hat auch unser Labor nicht erkannt, hat Wotan angerufen und gefragt, wo er sei. Es hat eine ganze Weile gedauert, bis er wieder klar war.«

Auf Annes Gesicht entstand ein sorgenvoller, wenn nicht sogar ängstlicher Gesichtsausdruck. »Das hört sich sehr bedenklich an. Ich erinnere mich, dass bei einer der letzten Verbindungen Siegfried Gedächtnisinhalte von Adrian auslesen konnte. Vielleicht greift Siegfried inzwischen so in Adrians Gehirn ein, dass er die Verknüpfung von Inhalten ändern kann.«

Julia griff in die Diskussion ein. »Wenn er wirklich relevante Gedächtnisinhalte ausgetauscht hätte, wäre Adrian dann noch so einfach in die Gegenwart zurückzuholen gewesen?«

»Vielleicht hat Michael gerade noch rechtzeitig den Notschalter umgelegt, bevor Siegfrieds Gedanken in Adrians Langzeitgedächtnis transferiert werden konnten. Aber andererseits stimmt mich nachdenklich, dass du dich bei mir für die beinahe Vergewaltigung von Kriemhild durch Siegfried entschuldigt hast, Adrian. Das spricht dafür, dass zumindest einige emotionale Erinnerungen Siegfrieds in deinem Gedächtnis sitzen und von dir für eigene gehalten werden.«

»Du glaubst, ich bin nicht mehr derselbe wie vorher? Meinst du, Siegfried ist dabei, mein Gehirn zu übernehmen?« Adrian wirkte betroffen.

»Ich halte es zumindest für möglich, dass etwas in dieser Art vorgeht.«

Nach diesen Worten von Anne breitete sich ein tiefes Schweigen aus. Allen war anzumerken, dass sie geschockt waren und über die möglichen Konsequenzen nachdachten.

*

»Was sollen wir tun? Meint ihr, ich soll aus dem Projekt aussteigen?«, unterbrach Adrian das Schweigen.

Anne gab sich einen Ruck. »Nein«, sagte sie. »Wir dürfen jetzt nicht vorschnell etwas tun, ohne genau zu wissen, was wirklich los ist. Ich schlage vor, wir sondieren zuerst in deinem Gehirn, ob da von Siegfried wirklich Informationen, Gedanken oder Emotionen verankert wurden. Falls ja, könnten wir sie löschen und dann überlegen, wie wir Blockaden gegen derartige Zugriffe errichten könnten.«

»Du meinst, jemand von uns geht eine psychoneuronale Verbindung zu Adrian ein und scannt systematisch sein Gehirn?«, fragte Julia. »Dafür käme nur Tom Eynor infrage.«

»Oder Anne«, warf Michael ein. »Sie kann das inzwischen auch.«

Für Adrian war das offensichtlich keine Frage. »Anne«, entschied er kurz und bündig.

»Du bist dir darüber im Klaren, was das bedeutet. Du wärst dann ein offenes Buch für mich, mit deinen geheimsten Gedanken, Wünschen, Sehnsüchten und Befürchtungen.«

Es war Adrian anzumerken, dass ihm dieser Gedanke nicht ganz geheuer war. Er schloss die Augen, atmete tief und versuchte, sich zu entspannen. Julia fragte, ob es keine Alternative zu diesem Prozess gebe, lenkte aber gleich ein mit dem Hinweis darauf, dass sie sich ja ebenfalls Anne gegenüber total geöffnet habe. Michael versuchte, Adrian etwas von seinen Befürchtungen zu nehmen. Er regte an, dass Anne sich bei der Verbindung in Adrians Gehirn nur auf solche Informationen fokussieren sollte, die in Zusammenhang mit Siegfried von Bedeutung seien. Allem anderen brauche sie nicht nachzugehen, um Adrians Privatsphäre möglichst unangetastet zu lassen.

»Das ist selbstverständlich. Ich habe zwar gesagt, dass Adrian dann ein offenes Buch für mich wäre, das bedeutet aber natürlich nicht, dass ich nach Belieben in diesem Buch lesen würde.«

Schließlich willigte Adrian ein. »Es gibt wohl keine Alternative zu diesem Vorgehen. Und ich habe volles Vertrauen zu dir, Anne.«

»Dann lasst uns gleich beginnen. Julia, wir beide lassen Anne und Adrian am besten alleine.« Mit diesen Worten dirigierte Michael Julia zur Tür. Beide verließen den Raum.

*

Anne forderte Adrian auf, sich auf Siegfried und die Nibelungen zu konzentrieren. Innerhalb kürzester Zeit hatte sie die Verbindung zu Adrian hergestellt. Die Flut der Gedanken traf Anne mit voller Wucht. Sie, die ihr Intensivtraining unter Michaels Anleitung die ganze Zeit mit Julia absolviert hatte, war sofort gepackt von der neuartigen, aber hochinteressanten Erfahrung. Die Empfindungen eines männlichen Körpers fühlten sich seltsam an. Und dann merkte sie, dass Adrian die Fokussierung auf Siegfried verlor und an sie dachte. Sie fühlte sein Verlangen, aber auch seine Schüchternheit und sein mangelndes Selbstvertrauen. »Adrian, du sollst jetzt nicht an mich denken. Bitte konzentriere dich auf Siegfried«, schickte sie ihm einen Gedanken. Sofort kam seine Verlegenheit bei ihr an. Dann spürte sie, wie er versuchte, sich zu sammeln. Ganz langsam setzte sich der Gedanke an Siegfried in seinem Kopf durch. Und wie durch eine Nebelwand drangen Adrians bewundernde Empfindungen zu ihr durch. Welch ein strahlender Held Siegfried war, so selbstbewusst, so unerschrocken, so optimistisch, intelligent und realistisch. Es gab aber auch kritische Gedanken. Warum war Siegfried so aggressiv, anmaßend und taktlos? Und auf einmal machte sich ein neues, dramatisches Gefühl breit: Angst. Adrian hatte Angst vor Siegfried. Behutsam versuchte Anne, diesem Gefühl nachzugehen. Woher kam es? Wodurch wurde es verursacht? Es dauerte nicht lange, bis sie einen ersten Hinweis gefunden hatte. Siegfried hatte Adrian bedroht. Womit konnte Siegfried das gemacht haben? Im Grunde gab es nur die Möglichkeit, dass er seine Fähigkeiten demonstriert hatte, massiv in Adrians Gehirn einzugreifen, und zwar in den Bereich, in dem lebenswichtige Funktionen wie Blutdruck, Herzfrequenz und Atmung kontrolliert werden. Überaus vorsichtig suchte Anne in Adrians emotionalem Gedächtnis nach jüngeren Schmerzerfahrungen. Und tatsächlich, Adrian hatte die Erfahrung eines sehr kurzfristigen, schockartigen Herzstillstands gemacht. Interessant dabei war, dass es keinerlei Anzeichen eines echten Herzstillstands gab, sondern nur den damit assoziierten Schmerz. Das musste es sein. Siegfried hatte in Adrians Gehirn die Information eingebaut, dass sein Leben jederzeit In Gefahr sei. Vorsichtig entfernte Anne die Assoziation ›Lebensgefahr‹ von dieser Schmerzerfahrung und verknüpfte sie mit der Erinnerung an eine harmlose Verwundung aus der jüngeren Vergangenheit.

Die Suche nach Gründen, weshalb Adrian sich nach dem Lösen der Verbindung durch Michael für Siegfried gehalten hatte, brachte keine Ergebnisse. Anscheinend war diese Information tatsächlich nicht mehr aus dem kurzzeitigen Arbeitsspeicher in das Langzeitgedächtnis übertragen worden. Zur Sicherheit prüfte Anne noch einmal, weshalb Adrian nach dem Lösen seiner psychoneuronalen Verbindung Michael mit Gernot angesprochen hatte. Sie stellte fest, dass Adrian Gernot einige Male durch Siegfrieds Augen gesehen hatte und dabei festgestellt hatte, dass Michael und Gernot sich ähnlich sahen. Außerdem konnte sie feststellen, dass Adrian die Bilder von Siegfrieds Welt eindeutig seinen Erfahrungen aus Verbindungen mit Siegfried zuordnete, und dass somit keine Gefahr bestand, dies als seine eigene Wirklichkeit zu interpretieren.

Zufrieden beendete Anne die psychoneuronale Verbindung zu Adrian.

*

»Was hast du festgestellt?«, fragte Siegfried ungeduldig, kaum dass die Verbindung beendet war.

»Ich habe keine Bestätigung dafür gefunden, dass Siegfried sich in der von uns befürchteten Weise in deinem Langzeitgedächtnis eingenistet hat. Offensichtlich besteht keine Gefahr, dass du die Ideen, Absichten und emotionale Inhalte von Siegfried als deine eigenen interpretieren könntest.«

»Aber was war das dann, was mich so extrem beeinflusst hat, dass Michael sich zum Eingreifen genötigt sah?«

Anne hatte nicht die Absicht, die durch Siegfried erzeugte traumatische Schmerzerfahrung zu erwähnen. »Ich vermute, dass Siegfried tatsächlich versucht hat, dich zu beeinflussen. Du hast sich mit aller Kraft – und letzlich zum Glück erfolgreich - dagegen gewehrt, was diesen enormen Energieverbrauch und die totale Aktivierung deines neuronalen Netzwerknetzwerkes erklärt. Wir müssen eine Methode finden, wie das effektiver und weniger riskant für dich erreicht werden kann. Lass uns darüber mit den anderen reden.«

Adrian nickte und wollte schon Michael und Julia wieder in das Labor rufen, aber Anne hielt ihn zurück.

»Einen Moment noch, Adrian. Als ich die Verbindung zu dir aufnahm, hast du ganz intensiv an mich gedacht und nicht an Siegfried. Darüber möchte ich gerne mit dir reden, aber nicht hier. Mein Vorschlag: Wenn wir heute Abend mit unserer Arbeit zu Ende sind, dann gehen wir beide irgendwohin zum Essen und besprechen das unter vier Augen.«

Adrian wurde verlegen. »Ich wollte nicht, ….

»Was du wolltest, und was nicht, das besprechen wir wirklich nicht hier. Heute Abend, abgemacht?«

»Gut, wenn du meinst.«

*

Als Michael und Julia wieder im Labor waren, erklärte Anne den beiden ihre Einschätzung der Situation, so wie sie es auch schon mit Adrian besprochen hatte. Sie schloss ihre Erläuterung mit den Worten: »Wir müssen jetzt unbedingt Adrian in die Lage versetzen, Zugriffe auf sein neuronales Netzwerk zu verhindern.«

»Er könnte versuchen, mit unserem neuen Training seine Fähigkeiten zur Wahrnehmungs- und Emotionskontrolle im präfrontalen Kortex noch weiter zu optimieren«, schlug Julia vor.

Anne nickte bestätigend. »Julia, die Idee ist sehr gut. Bei Adrians hervorragenden Voraussetzungen braucht er sicher nur wenige Trainingssitzungen. Bis das abgeschlossen ist, sollte er allerdings keine psychoneuronalen Verbindungen mehr zu Siegfried aufnehmen.«

»Könnt ihr mich bitte einmal informieren, was ihr da vorhabt?«, fragte Adrian. Michael schloss sich an. »Was ist das für ein Training zur Verbesserung der Wahrnehmungs- und Emotionskontrolle?«

Anne konnte eine gewisse Genugtuung nicht verbergen. »Da haben wir mal etwas, bei dem wir in der universitären Forschung etwas weiter sind, als ihr es seid. Ihr erinnert euch, dass ich von Anfang an der Meinung war, jeder müsse in der Lage sein, eine unerwünschte psychoneuronale Verbindung abzuwehren. Dazu haben wir in der Uni experimentiert und auch einen vielversprechenden Ansatz gefunden. Julia, erkläre du das den beiden.«

»Im Grunde ist es schon seit Ewigkeiten bekannt, dass durch eine bestimmte Form der Aufmerksamkeitsmeditation die Isolierung der Nervenzellfortsätze im Frontalhirn deutlich verbessert wird. Das führt zu einer schnelleren und gezielteren Durchleitung von Signalen und ermöglicht damit extrem schnelle Reaktionen auf eintreffende Reize.«

»Heißt das, dass ich jetzt auch noch anfangen soll, zu meditieren?«, fragte Adrian.

»Das wäre sicher auch sehr gut für dich«, antwortete Anne. »Aber mit Meditation würde es recht lange dauern, bis dein Gehirn gewappnet wäre. Wir haben eine schnellere und effektivere Methode.«

Julia setzte die Erklärung fort. »Wir stimulieren das Wachstum und die Vernetzung der relevanten Zentren im präfrontalen Kortex durch direkte Impulse, während du im Sensotron liegst und Konzentrationsübungen machst. Du wirst dadurch sehr schnell die absolute Kontrolle über die Kontrollzentren haben. Und wenn du das erst mal beherrschst, kannst du einen Zugriff auf dein Gehirn praktisch im Moment der Entstehung erkennen und blockieren.«

»Das klingt vielversprechend«, sagte Adrian zufrieden. »Stellt sich nur die Frage, wie lange das dann wirklich dauert, und wer so ein Training durchführt.«

Anne sah Julia an. »Julia, das könntest du übernehmen.«

»Klar, das mach ich gerne. Wie lange das dauert, kann ich erst beurteilen, wenn wir nach ein paar Trainingssitzungen einen Test durchführen. Aber ich glaube nicht, dass es länger als zwei, drei Tage dauert. Einverstanden, Adrian?«

»Natürlich, das hört sich gut an. Ich freue mich auf das Training mit dir.«

*

Als Anne und Adrian am Abend gemeinsam das Laborgebäude verließen, legte sie eine Hand auf seine Schulter und sah ihm in die Augen. »Adrian, wir sollten irgendwo hingehen, wo wir uns auch wirklich ungestört unterhalten können. Du kennst dich hier in Heidelberg besser aus als ich, in welches Restaurant könnten wir gehen?«

»Ich gehe ja am liebsten zu einem Italiener, aber so wirklich in Ruhe kann man da bei keinem sitzen. Lass mich mal nachdenken.«

Anne reagierte sofort. »Italienisch ist sehr gut, dann schlage ich vor, dass wir zu mir gehen. Ich liebe italienisches Essen und könnte uns Spaghetti mit Pesto machen. Alles, was man dazu braucht, habe ich zu Hause. Und einen guten Wein finden wir sicher auch noch in meinen Vorräten.«

Nach kurzem Zögern stimmte Adrian zu.

Im Apartment von Anne angekommen, holte sie eine Flasche Côtes du Roussillon aus einem Regal. »Ich hoffe, du empfindest es nicht als Stilbruch, wenn wir zu italienischen Spaghetti französischen Rotwein trinken. Aber der hier ist wirklich ausgezeichnet. Er kommt aus Montpeyroux, von einem Weingut meiner Großeltern.«

»Das ist schon in Ordnung.«

»Gut, dann mache doch bitte schon mal die Flasche auf. Und dann könntest du Spaghetti aufsetzen, während ich ein schönes Pesto mit Thunfisch zubereite.«

»Du machst so was noch selbst? Ist dir das nicht zu umständlich? Ich wusste gar nicht, dass man die Zutaten noch einzeln kaufen kann.«

»Ich bin halt hoffnungslos altmodisch.«

Während sie das Pesto zubereitete, schwiegen sie beide. Adrian war immer noch eine leichte Befangenheit anzumerken. Am Tisch sprach Anne das Thema an, das Adrian die ganze Zeit schon mit einem gewissen Unbehagen erwartet hatte.

»Als wir heute Nachmittag diese psychoneuronale Verbindung hatten, hattest du im ersten Moment ganz intensiv an mich gedacht.«

»Ich weiß, ich wollte das nicht, aber ich musste halt unwillkürlich an dich denken. Aber keine Sorge, ich werde mich beherrschen und nicht versuchen, dich anzumachen oder dir irgend wie zu nahe zu treten.«

Anne blickte ihm mit einem leichten Seufzer in die Augen. »Du bist so schüchtern. Du brauchst dir keine Gedanken zu machen, dass ich irgendwelche Befürchtungen hege. Ich vertraue dir völlig, so wie du mir vertraut hast.«

Die Erleichterung war Siegfried anzumerken. Er hob sein Glas. »Dann ist ja alles in Ordnung. Darauf trinken wir.«

»Damit wirklich alles in Ordnung ist, möchte ich, dass wir gleich noch mal eine psychoneuronale Verbindung aufnehmen. Nur sollst jetzt du meine Gedanken und Gefühle kennenlernen, so wie ich heute Nachmittag deine kennengelernt habe.« Bei diesen Worten aktivierte sie von sich aus die Verbindung zu Adrian und schickte ihm auch auf diesem Weg die Erlaubnis, ihre Emotionen zu erforschen.

Er wollte schon versuchen, den Kontakt abzuwehren, als er das Gefühl von Sehnsucht wahrnahm, von dem sie völlig beherrscht war. Er spürte ihr Verlangen, das Beben ihres Körpers, das Kribbeln ihrer Haut. Er spürte, wie sich ihre Brustwarzen aufrichteten. Wie von Magneten gezogen standen sie beide auf, hielten sich eng umschlungen und küssten sich voll Leidenschaft. Dann drückte sie ihn sanft ein Stück von sich weg, öffnete den Reißverschluss seiner Hose und streichelte zärtlich sein erigiertes Glied. Für einen kurzen Moment erkannte er in ihren Gedanken eine schemenhafte Erinnerung an Tom Eynor, ein Prickeln unter der Dusche, und wie Tom in sie eindrang. Als er sich erschrocken von ihr wegdrehen und die Verbindung beenden wollte, spürte er Annes Gedanken: »Das mit Tom ist vorbei. Das war nur kurz, nichts Ernstes. Bitte bleib da, ich sehne mich so nach dir.«

Als sie nach einiger Zeit die psychoneuronale Verbindung getrennt hatten und entspannt aneinander gekuschelt auf dem flauschigen Teppich lagen, sagte Anne lächelnd: »Ich hatte noch nie Sex auf zwei Ebenen gleichzeitig, körperlich und mental. Mit zwei Höhepunkten parallel. Ich habe deinen und gleichzeitig meinen gespürt. Es war wunderbar.«

Adrian wollte das Erlebnis offensichtlich wiederholen, denn er schmiegte sich eng an sie und begann sie wieder zärtlich zu streicheln.

»Lass uns erst was essen, das andere wird dann unser Dessert«, flüsterte Anne.

»Die Spaghetti sind doch sicher schon kalt«, entgegnete Adrian.

Doch Anne befreite sich und stand schnell auf. »Ich mache uns frische.«

Die Pasta mit Thunfisch-Pesto schmeckte hervorragend. Hinterher genossen beide das Dessert, wieder auf zwei Ebenen mithilfe einer psychoneuronalen Verbindung.

Es war schon sehr spät, als Adrian sich erhob, anzog und verabschiedete.

23 - Die Connectoren: Julia

Man war übereingekommen, das von Anne und Julia an der Universität ausgearbeitete Trainingskonzept unter dem Arbeitstitel *Stärkung der mentalen Abwehr* im Projekt genauer zu untersuchen. Unabhängig davon sollte Michael aber sofort von Julia mit den bisher schon bekannten Methoden trainiert werden, um ihn gegen eventuelle Zugriffe von Siegfried möglichst gut zu wappnen.

»Welche Zentren genau sind das, die du nun in Adrians Gehirn stimulieren willst? Und wie funktioniert das Ganze?«, wandte sich Frank Forster am Morgen des ersten Trainingstags an Julia. Er erklärte, er sei extra gekommen, da ihn das Thema brennend interessiere. Auch Adrian und Michael sahen Julia gespannt an.

Julia begann die Schilderung des Verfahrens mit einem kleinen Ausflug in die Geschichte ihrer Wissenschaft. Sie erzählte, dass man schon in den ersten beiden Jahrzehnten dieses Jahrhunderts im Rahmen von neurologischen Untersuchungen festgestellt habe, dass intensive Meditation die Gehirnstrukturen der Meditierenden verbessere. Von besonderem Interesse seien dabei die Studien, die sich mit den Effekten von Aufmerksamkeitsmeditation beschäftigten. Nach rund vier Wochen intensiver Meditation würde sich bei dieser Meditationsart im anterioren cingulären Kortex eine verstärkte Isolierung der Nervenzellfortsätze zeigen. »Diese Gehirnregion ist das Zentrum für die Kontrolle von Wahrnehmung und Emotionen, und wichtig für die Fähigkeit, Konflikte zu lösen,« betonte Julia. Sie beendete ihren kleinen Vortrag mit den Worten: »Da die durchschnittliche Trainingsdauer von vier Wochen ein viel zu langer Zeitraum ist, und weil außerdem nicht jeder die nötige Versenkung und Tiefe in der Meditation erreicht, überlegten wir, ob wir diese Effekte im Gehirn nicht auch auf anderem Weg erreichen können.«

»Und wie macht ihr das nun? Komm, schöne Julia, spanne uns nicht unnötig auf die Folter«, himmelte Frank Forster die Sprecherin an. Es war deutlich, dass er völlig gefesselt von ihr war.

Julia erklärte, dass man die hier im Projekt PsySensation mit gepulsten Gammawellen gesammelten Erfahrungen genutzt habe. »Ihr habt doch festgestellt, dass mit dieser Methode das Zellwachstum und die Verbindungsqualität von Connectorneuronen sehr positiv beeinflusst werden. Wir haben nun einfach das gleiche mit dem Frontalhirn gemacht. Das Zellwachstum in diesem Bereich wird besonders stark angeregt, wenn man sich im Sensotron intensiv auf Problemlösungs- und Wahrnehmungsaufgaben konzentriert und dabei gepulste Gammawellen appliziert. Man kann die Wirkung schon nach zwei bis drei Tagen deutlich messen.«

»Fantastisch«, stöhnte Frank Forster, und verschlang Julia wieder mit glänzenden Augen. »Wenn man dich so reden hört und dich dabei nicht ansieht, könnte man den Eindruck haben, da spricht eine Frau mit sehr vielen Jahren Erfahrung auf ihrem Fachgebiet. Und dann entdeckt man, dass man es mit einer jungen Studentin zu tun hat, äußerst kompetent und dazu noch ausgesprochen schön.«

Auf den Gesichtern von Adrian und Michael stand ein leicht anzüglich wirkendes Grinsen.

Julia reagierte gelassen. »Ich gehe mal davon aus, dass ich wegen meiner Kompetenz für dieses Projekt engagiert worden bin, und nicht wegen meiner Jugend oder wegen meines Aussehens. Das mit der Jugend ist ja auch relativ zu sehen.« Sie fixierte Frank. Dann wandte sie sich an Adrian. »Lass uns mit dem Training beginnen.«

Frank Forster zog sich auf einen an der Wand stehenden Beobachterstuhl zurück. Er wirkte etwas verlegen.

*

Während Adrian sich auf dem Sensotron ausstreckte, und Michael ihm dabei behilflich war, die Elektroden in der Stirnregion seines Gehirns anzulegen, transferierte Julia die Trainingsaufgaben vom Computer der Universität auf die Anlage im Forschungslabor. Dann ließ sie sich von Michael instruieren, wie sie die Aufgaben auf dem Bildschirm über dem Sensotron präsentieren konnte.

»Die folgenden Aufgaben sind bunt gemischt, von relativ einfach bis zu hochkomplex. Du kannst dir für jede Aufgabe so viel Zeit nehmen, wie du möchtest. Es ist nicht wichtig, ob du die Aufgaben richtig löst. Du musst dich nur auf das Problem konzentrieren und ernsthaft versuchen, eine Lösung zu finden. Wenn du eine Aufgabe kennst, oder die Lösung für dich so einfach ist, dass du nicht ernsthaft darüber nachdenken musst, dann tippe einfach auf den Button *Weiter*. Dann erscheint die nächste Aufgabe.«

»Gut, ich habe verstanden. Dann lass uns anfangen.«

Doch Julia war noch nicht mit ihrer Erklärung fertig. »Noch ein ganz wichtiger Punkt: Wenn du merkst, dass du ungeduldig oder verärgert oder frustriert wirst, weil du die Lösung einer Aufgabe einfach nicht findest, dann drücke bitte auch auf *Weiter*. Negative Emotionen bremsen leider das Zellwachstum.«

Michael schaltete sich ein. »Das können wir doch dem Computer überlassen. Der registriert Adrians emotionalen Zustand und kann bei den von dir genannten Gefühlen automatisch weiter schalten.«

»Ja, das wäre möglich, aber es wäre kontraproduktiv.« Julia schüttelte den Kopf. »Bei Adrian würden dann die gleichen Emotionen entstehen, weil er die Situation nicht mehr unter Kontrolle hat, wenn der Computer bestimmt, ob er eine Aufgabe beenden soll. Dieses Gefühl von *Kontrollverlust* hätte den gleichen negativen Effekt.«

»Das leuchtet mir ein. Dann starte ich mal die gepulsten Gammawellen.« Michael aktivierte das System.

Nach einer halben Stunde beendete Julia die Trainingssitzung. Sie erklärte, dass sie im Institut für Biopsychologie an der Uni mit unterschiedlich langen Trainingseinheiten experimentiert hätten. Mit vier dreißig-minütigen Einheiten am Tag mit jeweils mindestens zwanzi Minuten Pause dazwischen hätten sie die stärkste Wirkung erzielt.

»Michael kannst du in der Computeranalyse von Adrians Gehirn schon einen Effekt erkennen?«, meldete sich Frank Forster aus dem Hintergrund.

»Eine minimale Zunahme der Vernetzung im Frontalhirn ist erkennbar. Aber das ist so verschwindend gering, dass man nichts erkennen würde, wenn man nicht wüsste, wonach man sucht.

»Dann warten wir mal ab, was man heute Abend sehen kann. Adrian kommst du bitte in mein Büro, bevor du heute Abend nach Hause gehst? Ich möchte mich von dir über deinen Lernerfolg informieren lassen.«

Gerade wollte Frank Forster das Labor verlassen, als sich Julia an ihn wandte. »Könntest du heute am Nachmittag nicht noch einmal hierher kommen? Ich würde gern einen Test machen, wie gut Adrian sich schon gegen psychoneuronale Verbindungen wehren kann. Dazu brauchen wir einen Connector, und Anne ist heute ja den ganzen Tag an der Uni. Das könntest du doch übernehmen.«

»Leider bin ich heute Nachmittag schon verplant. Aber ich schicke euch Tom. Der ist sowieso der bessere Connector und kann Adrian einem echten Härtetest unterziehen.«

Frank Forster verließ das Labor, nicht ohne Adrian noch einmal an den Termin am Abend zu erinnern.

Das weitere Training für Adrian verlief ohne besondere Ereignisse.

Kurz bevor die vierte und letzte Trainingseinheit des Tages zu Ende ging, erschien Tom Eynor im Labor.

»Na, wie läuft es? Ist Adrian schon gewappnet?«

Michael schüttelte den Kopf. »Das kann man so noch nicht sagen, dazu müssen wir ihn ja erst durch dich testen. Aber in seinem Gehirn zeigen sich schon deutliche Effekte. Ich bin gespannt.«

Sie besprachen den Ablauf des geplanten Tests. Adrian sollte sich wieder mit Problemlösungsaufgaben beschäftigen. Zu einem zufällig gewählten Zeitpunkt würde Tom Eynor eine psychoneuronale Verbindung zu ihm aufnehmen und versuchen, seine Gedanken auf ein Ereignis in der Vergangenheit umzulenken.

»Wenn Tom mit diesem Versuch erfolgreich ist, müsste sich das an einer deutlichen Aktivierung von Adrians Hippocampus nachweisen lassen. Wenn Adrian diesen Zugriff abwehren kann, dürfte der Hippocampus nur minimal und extrem kurz aktiviert werden«, erklärte Julia. Michael nickte bestätigend.

Adrian hatte einen Einwand. »Ich möchte aber nicht, dass du meine Gedanken auf etwas aus meinem Privatleben lenkst. Nimm eine der Erfahrungen, die ich mit Siegfried gemacht habe.«

Nachdem dies geregelt war, präsentierte Julia eine neue Sequenz von Problemlösungsaufgaben auf dem Bildschirm über Adrians Sensotron. Tom Eynor stand daneben, den Blick auf Adrian gerichtet. Julias Blick ging zwischen Adrian und Tom hin und her, während Michael gespannt den Monitor betrachtete, auf dem Adrians Gehirnaktivitäten präsentiert wurden. Mehrfach hatte Julia den Eindruck, als hätte Tom die psychoneuronale Verbindung begonnen. Aber weder Adrian zeigte eine Reaktion, noch gab Michael zu erkennen, dass er irgendeine relevante Aktivität in Adrians Gehirn registriert hatte.

Nach einigen Minuten meldete sich Michael. »O.k., das war 's. Adrian hat das ja schon ganz gut im Griff.«

»Ich habe gar nichts bemerkt. Tom hast du wirklich versucht, Adrians Gedanken abzulenken?« Julia wirkte erstaunt.

»Ja, dreimal.«

»Julia, schau dir doch mal die Aufzeichnung von Adrians Aktivitätsmuster an.« Michael deutete auf den Bildschirm. »Siehst du hier den Pegelverlauf im Hippocampus?«

»Tatsächlich. Drei Abweichungen in der Intensität, aber nur minimal, und höchstens ein bis zwei Millisekunden lang.«

Adrian erklärte, er habe ein paar Mal das Gefühl gehabt, als würde etwas die Konzentration auf die Problemlösungsaufgaben stören. Aber er sei nicht wirklich abgelenkt worden, der Eindruck sei so schnell verschwunden, wie er aufgetaucht war.

»Wie ich euch beneide«, seufzte Julia. »Adrian, Tom, ihr habt so sagenhafte Connectorfähigkeiten. Und auch Anne ist nach ein paar Trainingseinheiten schon so gut, wie ihr es seid. Es ist so frustrierend, dass ich das leider nie erreichen kann.«

Adrian legte tröstend den Arm um Julia. »Wir haben ja noch nicht versucht, dich mit unseren Methoden zu trainieren. Der an eurer Uni durchgeführte Test bedeutet nicht, dass da gar nichts geht.« Er wandte sich an Tom und Michael. »Es spricht doch nichts dagegen, dass wir das mit Julia versuchen, oder?«

Nach kurzem Zögern erklärte Tom, dass er nichts dagegen habe. Allerdings solle das Training erst dann beginnen, wenn Julia nicht mehr als Sparringspartnerin für Anne benötigt würde.

Julia sah Adrian mit strahlenden Augen an. »Adrian, wenn das klappen würde, wäre ich dir auf ewig dankbar. Auf jeden Fall hast du etwas gut bei mir.«

Tom lenkte das Gespräch wieder auf das Training zur Stärkung der mentalen Abwehrkräfte von Adrian. »Nachdem das heute ja ganz positiv verlaufen ist, sollten wir morgen auf jeden Fall weitermachen. Vielleicht ist Adrian danach schon perfekt gewappnet.«

Dann erinnerte er Adrian noch daran, später bei Frank Forster vorbeizuschauen, um ihn zu informieren.

*

Als Adrian in Franks Büro erschien, stand der mit nachdenklichem Blick am Fenster. Als er sich zu Adrian umdrehte, lächelte er ihm zu.

»Nach deinem zufriedenen Gesichtsausdruck zu urteilen war das Training erfolgreich. Habe ich recht?«

»Ja, Tom hat einige Male versucht, Zugriff auf meine Gedächtnisinhalte zu bekommen, war aber nicht erfolgreich. Das Training, das Julia da mit mir macht, ist wirklich phänomenal.«

»Du stehst auf diese junge Dame, nicht wahr? Obwohl ich mich natürlich ein bisschen wundere. So wie du bisher unsere Professorin Anne Villon mit den Augen verschlungen hast, dachte ich, dass du für den Rest der weiblichen Welt verloren bist.«

Adrian verzog etwas verlegen das Gesicht. »Nun, ja, Anne ist wirklich eine ganz besondere Frau. Aber zugegeben, Julia ist auch sehr attraktiv, sehr sexy.«

Frank Forster nickte bestätigend, und seufzte: »Das mit Julia sehe ich auch so. Leider habe ich bei ihr wohl keine Chance, ich bin zu alt für sie.« Frank machte eine nachdenkliche Pause und sprach dann weiter. »Ich würde dich gerne mal etwas Persönliches fragen, Adrian.«

»Ja?«

»Gefällt dir die Arbeit in unserem Unternehmen und in diesem Projekt? Fühlst du dich wohl?«

»Sicher, das ist perfekt so. Meine Aufgaben sind spannend, gerade jetzt, mit den Verbindungen in die Vergangenheit, zu Siegfried. Die Zusammenarbeit im Team mit Anne, Julia und den anderen, das könnte immer so weitergehen.«

»Ich könnte dir eine Garantie geben, dass das auf Dauer so bleibt. Aber du musst dann auch etwas für mich tun.«

Adrian blickte seinen Gesprächspartner überrascht an. »Frank, ich tue alles für dich, für das Unternehmen, für das Projekt. Alles, was in meiner Macht steht, das weißt du. Dazu musst du mir keine Garantie für meine Arbeit geben. Ich habe da volles Vertrauen. Was soll ich denn tun?«

Frank Forster schwieg einen kurzen Moment. Offensichtlich fiel es ihm nicht leicht, sein Anliegen zu formulieren. »Das ist etwas schwierig für mich. Wenn du ablehnst, kann ich dir nicht böse sein. Aber versprich mir, dass du niemandem auch nur ein Sterbenswörtchen davon erzählst.«

»Selbstverständlich werde ich nichts erzählen.«

»Ich möchte, dass du mit Julia schläfst.«

»Was soll ich? Mit Julia schlafen? Warum? Machst du dich über mich lustig?«

»Nein, es ist mein voller Ernst. Du warst doch über eine psychoneuronale Verbindung dabei, als Siegfried mit Kriemhild Sex hatte. Ich habe mir sagen lassen, dass du dabei sogar einen Orgasmus hattest.«

»Jetzt verstehe ich. Du willst mit Julia ins Bett gehen, glaubst aber, dass du bei ihr nicht landen kannst. Nun willst du, dass ich das mache, während du eine psychoneuronale Verbindung zu mir hast. Ich soll also stellvertretend mit ihr schlafen, damit du das Gefühl hast, als wärest du es selbst.«

Frank nickte. »Wenn du das so nüchtern formulieren willst. Ja, das ist es. Das ist doch der Kern unseres Projekts PsySensation.«

»Ich weiß nicht, das finde ich nicht in Ordnung.«

»Du sollst sie ja nicht vergewaltigen. Und dass ich das miterlebe, das wird doch kein Mensch erfahren.«

Doch Adrian war immer noch ganz auf Abwehr. »Aber du würdest sie vergewaltigen, und das mit meiner Hilfe.«

»Nein, das sehe ich anders. Sie hätte Sex mit dir, und sie hätte garantiert Spaß daran. Ich wäre nur ein Voyeur, der euch durch ein Schlüsselloch zusieht. Das wäre keine Vergewaltigung. Oder glaubst du etwa, du hättest mit Siegfrieds Hilfe Kriemhild vergewaltigt?«

Adrian schüttelte nur den Kopf. »Das war doch etwas anderes, das hatte ich nicht beabsichtigt, ich wurde unfreiwillig Zeuge. Nein, Frank, ich bin dir dankbar für alles, was du bisher für mich getan hast, aber ich kann das nicht machen.«

»Du musst dich nicht jetzt entscheiden. Überleg es dir einfach.« Mit diesen Worten ging Tom wieder zum Fenster und wandte Adrian den Rücken zu. Adrian verließ schweigend das Büro.

*

Nachdenklich ging er zurück in das Forschungslabor, wo Michael und Julia gerade die Vorbereitungen für das Programm des nächsten Tages beendet hatten.

»Braucht ihr beiden mich noch?«, fragte Michael. »Wenn nicht, dann mache ich jetzt Feierabend.«

Als Michael gegangen war, und Adrian Anstalten machte, sich ebenfalls zu verabschieden, stellte sich ihm Julia in den Weg. »Adrian hast du noch ein bisschen Zeit für mich?«

»Ja, natürlich, was gibt es?«

»Das ist vertraulich. Sind wir hier jetzt wirklich ungestört?«

»Klar, das weißt du doch. Zu diesem Labor haben nur wir vom engeren Projektteam Zutritt. Außer uns beiden ist niemand mehr da.«

Wie um ihn Lügen zu strafen, öffnete sich die Tür, und Frank Forster kam herein. »Ich wollte nur nachsehen, wer da noch ist.« Er fixierte Adrian. Dessen kurzes Zusammenzucken konnte Julia nicht sehen, weil sie ebenfalls den Blick auf Frank gerichtet hielt. Mit den Worten »arbeitet nicht mehr so lange, macht euch lieber einen schönen Abend« verabschiedete sich Frank und verließ das Labor. Zu Adrian schickte er noch über die aufgebaute psychoneuronale Verbindung den Gedanken, er solle sich keine unnötigen Sorgen machen. »Du hast mich jetzt ja nicht eingeladen, sondern ich habe diese Verbindung gegen deinen Willen initiiert. Du bist also für das, was passiert, nicht verantwortlich.«

Adrian sah Julia an. »Wir sollten jetzt besser auch gehen. Es ist schon spät.«

Doch Julia reagierte nicht darauf. Sie trat ganz nah an Adrian heran, berührte ihn sanft an den Armen und sah im tief in die Augen. »Adrian, magst du mich?«, flüsterte sie.

Adrian spürte einen heftigen Widerstreit in sich. Natürlich war er von Julia fasziniert, von ihrer lockeren, sympathischen Art, von ihrem blendenden Aussehen. Ja, er begehrte sie, würde wahnsinnig gern mit ihr schlafen. Aber andererseits war da das Ansinnen von Frank. Er spürte die psychoneuronale Verbindung in seinem Kopf. Warum konnte er das nicht blockieren?

Doch sein Widerstand gegen Julias Annäherung brach zusammen, als er sie so eng vor sich stehen sah. Er zog sie an sich, presste seinen Körper ganz fest an sie und begann, sie zu streicheln. Der kurzzeitig aufkommende Gedanke an Anne und die damit verbundenen Gewissensbisse schmolzen unter Julias hingebungsvollen Küssen dahin.

Im Labor nebenan lag Frank Forster auf einer Sensotronliege. »Julia«, stöhnte er voller Erwartung.

24 - Die Connectoren: Chaos

Am Morgen des zweiten Tages, an dem Adrian zur Stärkung seiner mentalen Abwehrkräfte trainiert werden sollte, war auch Anne wieder im Labor. Als Adrian eintraf und sie sah, spürte er ein Gefühl der Beklemmung in sich aufsteigen. Er war sicher, dass Anne etwas von seinem Erlebnis mit Julia merken würde, spätestens dann, wenn sie wieder eine psychoneuronale Verbindung mit ihm aufnahm. Außerdem hatte sie ihr Training mit Julia noch nicht abgeschlossen, und auch auf diesem Weg würde sie natürlich alles erfahren. Er beschloss, gleich reinen Tisch zu machen.

»Anne, ich muss dir etwas Wichtiges sagen, noch bevor die anderen kommen.«

»Was gibt es?«

»Es fällt mir nicht leicht, das anzusprechen. Vielleicht ist es am einfachsten, wenn du eine Verbindung zu mir aufnimmst und meine Gedanken liest.«

»Das hört sich ja sehr geheimnisvoll und dramatisch an. Hast du Angst, dass jemand mithört, wenn du es einfach nur ganz normal sagst?«

»Das auch. Aber ich möchte auch sicher sein, dass du alles mitbekommst und verstehst. Ich könnte das wahrscheinlich nur unzureichend formulieren.«

Anne sah ihm wortlos in die Augen und aktivierte die Verbindung. In wenigen Augenblicken hatte er alle Details des gestrigen Tages offenbart. Das Training mit Julia, bei dem er so stark von Julias Sex-Appeal angezogen worden war. Sein Verständnis für Julias Wunsch, eine Connectorin zu werden und Julias Dankbarkeit für seine Unterstützung. Die Details seines Gespräches mit Frank Forster, vor allem Franks

Wunsch, er, Adrian solle mit Julia schlafen und ihn, Frank, über eine psychoneuronale Verbindung dabei einbeziehen. Er hoffte, Anne würde erkennen, dass er diesen Wunsch abgelehnt hatte.

Anne antwortete mit einer Botschaft ihrer Gedanken. »Wenn du mit Julia schlafen willst, bitte, das ist deine Entscheidung. Wir sind ja nicht verheiratet oder haben uns gegenseitig Treue geschworen. Ich bin aber wütend und entsetzt, dass du zu schwach warst, dich in dieser Situation zu beherrschen. Es war dir doch bewusst, dass Frank eine Verbindung zu dir hatte und auf diesem Weg Julia vergewaltigt. Darüber müssen wir noch reden, aber nicht jetzt, die anderen kommen.«

*

Als Julia das Labor betrat, fiel ihr sofort Adrians Beklemmung auf und der eisige Blick, mit dem Anne ihn bedachte. »Sie weiß es schon«, dachte sie sofort. Laut sagte sie: »Anne, lass uns heute Abend reden.«

»Schwebt dir ein Dreier vor? Wir beide, und Adrian?« An Annes Tonfall war zu erkennen, dass sie die Situation nicht so lustig empfand, wie ihre Worte suggerierten. Sie sprach schnell weiter. »Im Ernst, natürlich haben wir einiges zu bereden. Wenn ich auch glaube, dass unsere privaten Beziehungen dabei eher nebensächlich sind.«

Inzwischen war auch Michael Cisslac im Labor erschienen. »Schön, dass ihr alle schon da seid, dann können wir ja gleich beginnen. Anne, was ist mit dir? Willst du auch deine mentalen Abwehrkräfte trainieren? Du kannst ja parallel zu Adrian daran teilnehmen.«

»Ja, das war eigentlich meine Absicht. Heute Vormittag klappt das auch, aber am Nachmittag muss ich mich leider ausklinken. Frank Forsters Assistentin Susanne Esser hat mich um ein Gespräch gebeten. Sie will mit mir diskutieren, wie wir einen möglichen Missbrauch von Connectormacht verhindern können. Und ich finde, nach den jüngsten Erfahrungen ist dieses Thema wichtiger denn je.«

Julia sah Anne fragend an. »Jüngste Erfahrungen? Ist etwas passiert?«

»Darüber sollten wir heute Abend reden. Ich werde auch Frank und Tom bitten, an diesem Gespräch teilzunehmen. Jetzt lasst uns aber mit dem Training beginnen.«

Während der folgenden Übungen wurde deutlich, dass es Adrian schwerfiel, sich richtig zu konzentrieren. Selbst bei Problemlösungsaufgaben mit Schwierigkeitsgraden, die er gestern noch spielend bewältigt hatte, betätigte er heute immer wieder die Schaltfläche *Weiter*, ohne eine Lösung gefunden zu haben.

In der Pause nach der ersten Trainingseinheit erklärte Julia, dass der nächste Durchgang sinnlos wäre, wenn Adrian sich nicht zusammenreißen würde. »Nimm dir ein Beispiel an Anne, die arbeitet zügig und konzentriert. Ich schlage vor, dass wir die Pause etwas verlängern und danach entscheiden, ob und wie wir heute noch weitermachen.«

*

Alle stimmten ihren Vorschlag zu. Als Julia danach das Labor für einen kurzen Moment verließ, stellte Anne eine psychoneuronale Verbindung zu Adrian her und schickte ihm eine Botschaft. »Adrian, bitte, es ist wichtig, dass du die mentale Abwehr vollständig beherrschen lernst, auch damit so etwas wie gestern Abend nicht wieder passiert. Ich kann ja verstehen, dass diese Situation für dich sehr schwierig war und dass du im Grunde kaum eine Alternative hattest. Vorhin habe ich sicher etwas zu heftig reagiert, entschuldige bitte.«

Noch bevor Adrian antworten konnte, beendete Anne die Verbindung. Michael hatte von diesem kurzen Intermezzo nichts mitbekommen.

Als Julia kurz darauf wieder das Labor betrat, erklärte Adrian, dass er gerne die nächsten Trainingseinheiten durchführen würde. Er sehe ein, dass dies für weitere Verbindungen zu Siegfried eine absolute Voraussetzung sei. Er werde sich nun besser auf die Aufgaben konzentrieren.

*

Nachdem das Programm des Vormittags beendet war, fuhren alle mit dem Lift zum Mittagessen in das Kasino auf der Dachterrasse. Dort trafen sie mit Frank Forster und Tom Eynor zusammen. Während sie ihren Mittagsimbiss zu sich nahmen, unterhielten sie sich über die Effekte, die durch Julias Trainingsmaßnahmen bis jetzt bei Adrian erzielt worden waren. Adrian erklärte, dass er nach dem gestrigen Abschlusstest mit Tom Eynor sicher sei, während einer psychoneuronalen Verbindung Zugriffe auf sein Gedächtnis blockieren zu können. Allerdings sei er noch nicht in der Lage, den Aufbau einer Verbindung durch einen anderen zu verhindern. Während er dies sagte, blickte er zu Frank Forster, der den Blickkontakt scheinbar unberührt aushielt. Nur Anne Villon ahnte, was Adrian mit diesem Blick andeuten wollte.

Aus Sorge, dass die Situation eskalieren könnte, griff sie schnell in das Gespräch ein. »Ich denke, dass dies ein äußerst wichtiger Gesichtspunkt ist. Wir sollten Adrian auf keinen Fall in eine Verbindung zu Siegfried schicken, solange er Zugriffe auf sein eigenes Netzwerk noch nicht absolut sicher blockieren kann. Wer weiß, welchen Schaden Siegfried sonst bei Adrian anrichten könnte.«

»Ich werde Adrian nach Abschluss des heutigen Trainings wieder testen. Vielleicht ist er dann ja schon so weit«, sagte Tom. »Inzwischen kann ich ja selbst mit einer Person aus Siegfrieds Umgebung eine Verbindung aufnehmen, um herauszufinden, ob Siegfried in deren Wahrnehmung irgendwelche Verhaltensauffälligkeiten zeigt. Michael, du musst ja beim Training von Adrian nicht anwesend sein. Kannst du mich bei diesem Verbindungsaufbau unterstützen?«

Michael Cisslac stimmte zu.

Anne nickte. »Das ist gut, das bringt uns sicher einige interessante und auch wichtige Informationen. Danach sollten wir uns zusammensetzen und den aktuellen Stand der Dinge besprechen. Ich treffe mich nachher noch mit Susanne Esser, um mit ihr über das wichtige Anliegen *Missbrauch der Connectormacht* zu sprechen.«

»Einverstanden, das machen wir. Treffen wir uns heute Abend wieder am besten bei mir zu Hause«, bestätigte Frank Forster.

*

Wenig später betrat Anne Villon das Büro von Susanne Esser. »Willkommen, Frau Professor. Ich freue mich ja so, dass wir endlich miteinander reden können.« Es war der Assistentin von Frank Forster anzumerken, dass sie diesem Gespräch entgegengefiebert hatte.

»Lassen Sie doch den Titel weg. Noch besser: Spricht etwas dagegen, wenn wir uns mit Vornamen und Du anreden? Ich bin Anne.«

»Nein, überhaupt nicht. Ich finde es toll, dass wir so vertrauensvoll miteinander sprechen können. Ich heiße Susanne.«

Auf Susanne Essers Bitte hin setzten sich beide in die kleine Besprechungsecke im Büro.

Susanne Esser eröffnete sofort das Gespräch. »Vielleicht erinnern Sie sich, Entschuldigung, erinnerst du dich, dass vor Kurzem eine Besprechung stattgefunden hat, wegen dieses Journalisten Rajnar Bodowin. Du hattest ja leider nicht teilnehmen können.«

»Ja, ich bin informiert worden, dass die Erinnerungen des Journalisten an sämtliche Vorgänge, die uns betreffen, von Adrian gelöscht worden sind. Außerdem hat sich Michael wohl Zugriff auf seine Datenspeicher verschafft und alle Aufzeichnungen über die Vorgänge vernichtet. Ich kann mir vorstellen, dass dir das nicht gefallen hat. Auch mir ist nicht wohl bei dem Gedanken, über welche Macht gut ausgebildete Connectoren inzwischen verfügen. Deswegen haben wir an der Universität begonnen, Methoden zu entwickeln, mit denen Derartiges in Zukunft verhindert werden kann. Adrian wird ja gerade mit einer ersten Abwehrtechnik trainiert.«

»Ah, dann hat unser Chef nach dieser Besprechung wohl doch mit dir geredet. Schade, dass ich da nicht mit dabei war, denn das hatte er mir versprochen.«

»Frank wollte mit uns beiden über dieses Thema reden? Davon weiß ich nichts. Nein, unsere Untersuchungen in der Universität habe ich unabhängig von diesem Projekt angestoßen. Diese Forschung ist mir zu wichtig, als dass ich sie aus der Hand geben würde.«

Susanne Esser nickte bestätigend. »Ich glaube, das ist gut so. Irgendwie habe ich nicht mehr das rechte Vertrauen, dass unsere Führungskräfte die ethischen und moralischen Gesichtspunkte bei psychoneuronalen Experimenten wirklich ernst nehmen. Zuerst die Geschichte, wie Tom bei eurem Ausflug zu den Externsteinen mit diesem armen Obdachlosen umgesprungen ist. Und nun das mit dem Journalisten Rajnar Bodowin. Wir können nur hoffen, dass niemand aus dem Projekt für seinen Tod verantwortlich ist.«

»Was sagst du da? Der lebt nicht mehr?«, rief Anne erschrocken. »Was ist denn passiert? Wie ist er gestorben?«

»Das weißt du noch gar nicht? Ich hatte doch den Chef gebeten, dir die Informationen weiterzugeben. Aber wahrscheinlich ist er noch gar nicht dazu gekommen.«

»Erzähle schon, ich weiß wirklich noch nichts davon«, drängte Anne.

Susanne Esser berichtete, dass gestern Vormittag Annes Kollege von der Universität, Lars Manner, angerufen habe. Er habe den Tod von Bodowin erwähnt und sie gebeten, Anne zu informieren. »Er hat gesagt, dass dich das sicher besonders interessieren würde, weil doch Rajnar Bodowin sich so intensiv nach dir erkundigt hat. Er erwähnte außerdem, dass der Verstorbene ein Stück von einem Meteoriten hat untersuchen lassen, das identisch mit dem von euch präsentierten war.« Susanne Esser holte tief Luft und sprach dann weiter. »Ich hatte dann sofort mit Frank Forster gesprochen und ihn gebeten, euch alle zu informieren.«

Anne war sichtlich verärgert. »Das hat er nicht«, sagte sie, »und es würde mich brennend interessieren, ob Tom davon weiß.«

»Ganz sicher, Frank hat in meiner Gegenwart sofort mit Tom telefoniert und ihm davon erzählt.«

»Mit den beiden muss ich ein ernstes Wörtchen reden, so geht das nicht. Die hätten mich informieren müssen. Aber weißt du, wie er gestorben ist?«

»Ich habe Berichte im Internet gefunden. Es muss ganz kurz danach passiert sein, als Adrian seine Erinnerungen an euch und alle Projektinformationen ausgelöscht hat. Er hatte mehr als zwei Promille Alkohol im Blut und ist mit seinem Shuttle irgendwo gegen einen Brückenpfeiler gerast. Er hatte den Autopiloten ausgeschaltet und saß selbst am Steuer. Die Polizei geht von einem Unfall aus. Ich hoffe, dass da wirklich keiner von uns die Finger im Spiel hatte.«

»Das kann ich mir nicht wirklich vorstellen. Wie kommst du auf so eine Idee?«

»Tom hatte sich doch mit dem Journalisten zu einem Treffen am gleichen Abend verabredet. Im Polizeibericht steht, dass bei Bodowin eine Notiz gefunden worden sei, der zufolge er bei seinem Unfall auf dem Weg zu dieser Verabredung war. Und Tom hat nichts davon erzählt, dass dieses Treffen nicht stattgefunden hat. Meines Wissens hat er auch keine Erkundigungen eingezogen, aus welchem Grund Bodowin nicht erschienen war.«

Anne versuchte, die verstört wirkende Susanne Esser zu beruhigen, obwohl auch in ihr leise Zweifel nagten. »Ich kann nicht glauben, dass Tom oder Frank es fertigbringen würde, jemanden einfach kaltblütig zu ermorden. Und Adrian schon gar nicht. Aber ich werde das Thema heute Abend ansprechen. Es wäre schön, wenn du an unserem Treffen teilnehmen könntest.«

»Wenn du das für sinnvoll hältst, werde ich kommen.«

Gut, dann beenden wir jetzt dieses Gespräch und ich bereite mich noch auf die Diskussion heute Abend vor.«

25 - Nibelungensage: Hagen von Tronje

Hagen von Tronje wirkte ganz entgegen seiner sonstigen entschiedenen Art seltsam gespalten. Sein markantes Gesicht mit dem eckigen Kinn erweckte den Eindruck, als würde er konzentriert über ein rätselhaftes Geschehen nachdenken. Aber an dem fast verzweifelten Blick seiner Augen wurde deutlich, dass er ein Problem sah, ohne einer Lösung nahe zu sein. Die zwischen seinen schwarzen Augenbrauen stehende senkrechte Falte zeigte Anspannung.

Er und die Brüder Gunther, Gernot und Giselher, die Burgunderkönige, saßen im Thronsaal der Burg zu Worms und hielten Rat.

Gleich zu Beginn der Zusammenkunft hatte Hagen ein ungewöhnliches Erlebnis. Es war ihm, als sähe er einem grell leuchtenden Blitz vor seinen Augen, der weit durch sein Gehirn zuckte. Dann erblickte er für einen kurzen Moment einen großen Ring, der aus Metall mit unendlicher Kunstfertigkeit geschmiedet schien, so glatt war er. Mehrere silbern schimmernde Fäden führten von dem Ring in seine Richtung. Dahinter war ein helles Licht. War das der Eingang zu Asgard, dem Sitz der Götter? Hagen war zwar getauft, aber auch bekannt dafür, immer noch am Glauben an die alten Götter festzuhalten. Doch dann verschwand die Erscheinung, und Hagen verspürte nur noch einen dumpfen Druck hinter der Stirn.

Das Thema ihrer Besprechung allein war schon schwierig genug, und nun auch noch diese seltsame Erscheinung in seinem Kopf. Sie wollten beraten, wie sie sich verhalten sollten im Streit zwischen Brynhild, der Gemahlin Gunthers, und Kriemhild, der Gemahlin Siegfrieds. Von Hagens sonst vorhandener kühler Gelassenheit, seinem besonnenen Rat, davon war heute in dieser Runde nichts zu spüren.

Die Ereignisse der jüngeren Vergangenheit beschäftigten ihn. Erst vor wenigen Tagen waren er, König Gunther, Siegfried und einige Rittern aus Island zurückgekommen, wo Gunther um Brynhild, die Königin von Island, geworben hatte. Die schöne Brynhild mit ihren wilden schwarzen Haaren und dem durchdringenden Blick ihrer eisblauen Augen war berühmt für ihre unermessliche Kraft und Geschicklichkeit. Nur wer sie im Zweikampf besiegen konnte, dürfte sie zur Frau nehmen. Wer verlor, der verwirkte sein Leben. Mithilfe Siegfrieds besonderer Kräfte, vor allem durch seine Beherrschung der Magie der Tarnung, war es Gunther gelungen, aus diesem Zweikampf als Sieger hervor zu gehen. Dann jedoch hatte sich Gunthers scheinbarer Sieg in eine Niederlage gewandelt: In der Hochzeitsnacht hatte ihm Brynhild nicht nur den Vollzug der Ehe verweigert, sondern ihm auch noch die besondere Schmach bereitet, ihn zu fesseln und an einen Haken an die Wand zu hängen. In der nächsten Nacht hatten dann aber auch hier Siegfrieds Stärke und die Magie der Tarnung geholfen. Siegfried hatte Brynhild an Gunthers statt beschlafen.

Doch nun war das unfassbare Geschehen. Siegfried hatte sein Schweigegelübde gebrochen und seiner Gemahlin Kriemhild von der Nacht mit Brynhild erzählt. Und Kriemhild hatte kurz darauf bei einem nichtigen Streit mit Brynhild dieser triumphierend ins Gesicht gesagt, dass es nicht Gunther, sondern ihr Gemahl Siegfried gewesen sei, der sie in der Nacht bestiegen hatte.

Hagen hatte für sich schon den Entschluss gefasst, dass Siegfried für diesen Frevel Buße leisten müsse. Nun wollte er mit

Gunther, Gernot und Giselher beraten, welcher Art die Buße sein sollte, und wie dies in die Tat umzusetzen sei.

Da sprach eine unendlich weit entfernte Stimme zu ihm und hämmerte einen Gedanken tief in ihn hinein: »*Siegfried muss sterben!*«

Hagen war sicher: Die Götter sprachen zu ihm. Das konnte nur Wotan sein. Ja, Wotan hatte ihn, Hagen, zur Erfüllung seines göttlichen Willens auserwählt, denn er verabscheute Siegfried aus tiefstem Herzen. Trotzdem war sein erster Impuls, sich gegen diesen Satz zu wehren, denn das war nicht seine Idee, so radikal hatte er noch nicht gedacht. Er presste beide Hände an die Schläfen, schüttelte den Kopf, atmete tief. Vergebens, es brach aus ihm heraus. »Siegfried muss sterben!«, rief er laut.

Gunther, Gernot und Giselher sahen ihn erschrocken an. Der sonst so gelassene und umsichtige Hagen hatte den Satz derart aggressiv und heftig hervorgestoßen, dass sie einen Moment sprachlos waren.

»Hagen, das meinst du doch nicht im Ernst«, stammelte nach einem Moment Giselher entsetzt. »Er ist unser Freund, er hat schon so viel für uns getan, dazu ist er der Gatte unserer Schwester, das ist unmöglich.« Giselher, deutlich jünger als seine zwei Brüder, war bekannt für seine schwärmerische, etwas naive Verehrung des Helden Siegfried.

Doch was vorher nur ein Gedanke, ein Satz in Hagens Kopf gewesen war, das war für ihn auf einmal die beste, die selbstverständliche Lösung. Und: Es war der Wille der Götter. Zornig drehte er sich zu Giselher herum. »Er hat Gunther, deinen Bruder, und dessen Gemahlin Brynhild tödlich beleidigt. Er hat deine Schwester Kriemhild lächerlich gemacht, indem er vor ihr geprahlt hat, er habe mit Brynhild geschlafen. Inzwischen spricht man darüber schon überall im Reich. Diese Schande für das Haus Burgund muss getilgt werden.«

»Aber wir wissen doch gar nicht, ob das wirklich so war. Das ist doch nur ein Gerücht, das Kriemhild in die Welt gesetzt hat. Sie hat es im Streit mit Brynhild gesagt, aber stimmt es auch?«, versuchte Gernot, seinen jungen Bruder zu unterstützen.

Hagen und auch Gunther wussten es besser. Es war die Wahrheit, kein Gerücht. Hagen war nicht zu bremsen, seine schwarzen Augen sandten Blitze zu den Brüdern. »Seht ihr denn nicht das Problem, seid ihr vor lauter Begeisterung für Siegfried blind? Kriemhild hat das öffentlich ausgesprochen, viele haben es gehört und weiter getragen. Da können wir doch nicht einfach behaupten, sie habe gelogen! Das würde die Angelegenheit noch schlimmer machen. Auch Kriemhild ist eine Burgundin, sie ist die Schwester der Könige, auch sie muss geschützt werden. Es gibt nur diese eine Lösung: Siegfried muss sterben.«

»Du bist verrückt, ich mache da nicht mit«, rief Giselher, drehte sich um und schickte sich an, den Thronsaal zu verlassen.

Gunther rief ihm hinterher. »Giselher, ich erinnere dich an deine Verpflichtung gegenüber unserer Familie. Kein Wort zu irgendwem über das, was hier geredet wurde, auch nicht zu unserer Schwester Kriemhild, oder zu Siegfried«. Giselher verzögerte kurz seinen Schritt und blickte Gunther über die Schulter an.

»Eine schwere Last, die du mir da aufbürdest, Bruder, aber ich werde mich fügen. Doch ich bitte euch alle: Kommt zur Vernunft, ehe es zu spät ist.« Damit verließ er den Raum.

Es war Gernot anzumerken, dass er mit seinem Bruder Giselher litt. »Er hat recht, Siegfried hat für uns gekämpft, sein Leben aufs Spiel gesetzt. Wir müssen ihm dankbar sein, wir dürfen ihn nicht töten. Es muss doch eine andere Lösung geben?«

»Dann nenne mir eine andere Lösung.« Hagens Stimme war unangenehm leise. Herausfordernd schaute er Gernot an. Der blickte betreten zu Boden.

»Ich … ich weiß nicht …«

»Ich weiß auch keinen anderen Rat.« Mit diesen Worten schien Gunther langsam auf Hagens Vorschlag einzuschwenken. »Aber wie kann das gelingen? Siegfried verfügt über uns unbekannte Mächte: Er hat unsagbare Kraft und Energie, und er kann erreichen, dass ihn niemand hören oder sehen kann, obwohl er anwesend ist. Es ist unmöglich, ihn zu töten.«

Das war auch das Problem, das Hagens Denken beherrschte, seit der Satz ›Siegfried muss sterben‹ in seinem Kopf aufgetaucht war. Er war bereit, den göttlichen Auftrag zu erfüllen, aber er wusste noch keinen Weg, wie das realisiert werden könnte. Doch dann war er wieder da, dieser dumpfe Druck hinter den Schläfen, und Wotan sprach zu ihm.

Die Gedanken in seinem Kopf überschlugen sich. Was sagte die Stimme da über einen hellblau schimmernden, geheimnisvoll strahlenden Fleck auf Siegfrieds Rücken, zwischen den Schulterblättern? Hatte er das schon gesehen? War es wirklich eine Eingebung von Wotan oder hatte Kriemhild ihm davon erzählt? Egal, er war nun sicher, dass dies die Quelle war, aus der Siegfried all seine geheimnisvollen Kräfte bezog. Er war von der Gewissheit erfüllt, dass er Siegfried an dieser Stelle mit Speer oder Schwert treffen musste, wenn er ihn töten wollte.

»Doch, es ist möglich«, kam es aus seinem Mund. Und wieder richteten Gunther und Gernot ihre erstaunten Blicke auf Hagen. Sie schienen nicht zu glauben, dass Hagen diesen Satz ausgesprochen hatte.

»Doch, es ist möglich und ich werde es tun«, erklärte er. »Beim nächsten Jagdausflug müssen wir einen Vorwand finden, um Siegfried von seinen Nibelungenrittern zu trennen. Dann werde ich ihn mit dem Speer an der einzigen Stelle treffen, an der er tödlich verwundet werden kann.«

Gunther und Gernot bestürmten Hagen mit Fragen. Was das für eine Stelle sei? Woher er die kenne? Was ihn so sicher mache, dass das gelingen würde? Welche Rolle sie dabei zu übernehmen hätten?

»Lasst mich nur machen«, beruhigte sie Hagen. »Je weniger ihr wisst, desto weniger wird es euch belasten, desto weniger Gefahr besteht, dass ihr euch verratet«.

Gunther und Gernot widersprachen ihm nicht mehr. Hagen war wieder der kühle, gelassene Ratgeber, den sie kannten. Der Beschluss war gefallen. Es war nicht leicht gewesen, diese Entscheidung zu treffen, aber noch schwieriger würde die Ausführung werden.

26 - Die Connectoren: Tom Eynor

Als Tom Eynor die Verbindung zu Hagen beendet hatte, lächelte er zufrieden. Die Dinge liefen nach Plan. In Kürze, mit Siegfrieds Tod, wäre die Gefahr gebannt, dass Siegfried doch noch Unheil in Adrians Kopf anrichten könnte. Wer weiß, welche Folgen das hätte. Anne würde durchdrehen, wahrscheinlich würden sogar die Medien und in der Folge die Behörden aufmerksam.

»Du siehst so aus, als hättest du positive Informationen erhalten. Mit wem hattest du eine psychoneuronale Verbindung?«, fragte Michael Cisslac neugierig.

»Mit Hagen von Tronje. Siegfried macht sich nicht nur bei uns, sondern auch bei den Burgundern extrem unbeliebt. Die Geschichte nimmt ihren Lauf. Wie in der Nibelungensage geschildert, haben Hagen und die Burgunderkönige beschlossen, ihn zu töten. Das wird in der nächsten Zeit passieren, wir müssen uns also keine Sorgen um Adrian machen, falls seine mentalen Abwehrkräfte nicht optimal ausgebildet sind. Er wird keine Verbindung mehr mit Siegfried eingehen können.«

»Das wird Adrian nicht gefallen. Er hat wohl sehr viel Sympathie für Siegfried entwickelt.«

»Er wird einsehen, dass es so das Beste ist. Außerdem kann er den Lauf der Geschichte nicht aufhalten. Wir wissen ja aus der Nibelungensage, wie es ausgeht. Aber jetzt sollten wir Adrians weiterentwickelte Abwehrkräfte einem neuen Test unterziehen. Die anderen warten sicher schon.«

Der Test wurde nach der gleichen Methode wie der vorherige durchgeführt, allerdings erhielt Adrian diesmal den Auftrag, schon den Versuch eines Verbindungsaufbaus durch Tom abzuwehren. Als Adrian sich auf die Problemlösungsaufgaben konzentriert hatte, fixierte ihn Tom, atmet tief und entspannt und versuchte, die Verbindung herzustellen. Dann nannte er die Lösung der Aufgabe, die Adrian gerade auf dem Bildschirm hatte. Damit war klar, dass er eine Verbindung zu Adrian hatte, denn er hatte die Aufgabe nur über Adrians Augen sehen können.

»Schade, die totale Blockade einer Verbindung ist immer noch nicht gelungen, obwohl das neuronale Netzwerk im Vergleich zu gestern deutlich zugenommen hat.« Michael deutete auf die Aufzeichnungen von Adrians Gehirnaktivitäten. »Lass es uns gleich noch mal versuchen, vielleicht war es nur eine Frage der Konzentration.«

Doch auch dieser und die nächsten Versuche zeigten, dass Adrian zwar bei einer bestehenden Verbindung den Zugriff auf sein Gedächtnis vollständig blockieren konnte, dass es ihm aber immer noch nicht gelang, den Aufbau der Verbindung zu verhindern.

»Damit mussten wir eigentlich rechnen«, sagte Julia. »Wir haben bisher schon mehr erreicht, als mit so einem kurzen Training zu erwarten war. Morgen Abend sind wir sicher wesentlich weiter.«

Tom Eynor beendete das Tagesprogramm. »Dann Schluss für heute. Gehen wir zu unserer Besprechung zu Frank.«

27 - Die Connectoren: Eskalation

Frank Forster, seine Assistentin Susanne Esser und die Professorin Anne Villon saßen schon seit einiger Zeit auf der Terrasse von Franks Penthouse und warteten auf das Eintreffen der anderen Besprechungsteilnehmer.

»Da seid ihr ja endlich«, sagte Frank, als sie in seiner Wohnung eintrafen. Adrian Heldt wirkte etwas nervös. Julia Jónsdóttir sah Anne an und lächelte freundlich. Anscheinend hatte Julia wegen ihres Abenteuers mit Adrian kein schlechtes Gewissen. Tom Eynor schien ganz gelassen und mit sich und der Welt zufrieden zu sein. Michael Cisslac war neugierig darauf, einen Gesamtüberblick über die jüngsten Ereignisse zu bekommen.

Frank sah Anne an. »Du hast diese Besprechungsrunde angeregt. Welche Themen stehen denn auf deiner Agenda?«

»Aus meiner Sicht am wichtigsten ist die Frage, wie wir verhindern können, dass psychoneuronale Verbindungen genutzt werden, um andere Menschen auszuspionieren, zu manipulieren oder auf irgendeine andere Art und Weise zu schädigen. Das ist nicht nur aus moralisch-ethischen Gründen von Bedeutung. Wir haben auch am Beispiel von Siegfrieds Zugriff auf Adrians Gehirn erfahren, wie gefährlich das ist. Außerdem gibt es zu diesem Thema noch andere Ereignisse, die viele Fragen aufwerfen.«

Frank Forster schien irritiert. »Welche Ereignisse meinst du denn?«

»Lass uns die verschiedenen Themen eins nach dem anderen abhandeln«, wich Anne aus. »Wir sollten am besten damit beginnen, dass Julia schildert, welche Erfolge sie mit Adrians Training bisher erzielt hat und wie die weitere Prognose ist.«

»Einverstanden. Dann berichtet Julia erst einmal.«

Julia wandte sich an Michael. »Du hast den besten Überblick über die Veränderungen in Adrians neuronalem Netzwerk. Vielleicht schilderst du am besten die da erkennbaren Effekte.«

»Gern. Die aktiven Zentren in Adrians präfrontalem Kortex sind signifikant vergrößert. Ich hätte nie geglaubt, dass mit einem zweitägigen Training ein derartiger Effekt erzielt werden könnte«, berichtete Michael.

»Ich verstehe davon leider kaum etwas«, meldete sich Susanne Esser. »Welche praktische Bedeutung hat das denn?«

Tom Eynor ergriff das Wort. »Ich habe eine Verbindung zu Adrian aufgenommen. Das ging ohne Probleme. Dann habe ich versucht, auf sein Gedächtnis zuzugreifen und in seinen Erinnerungen zu lesen. Es ist mir nicht gelungen. Adrian konnte diesen Zugriff schon nach dem ersten Trainingstag blockieren. Damit sollte es auch unmöglich sein, sein Gedächtnis zu manipulieren.«

»Allerdings ist Adrian noch nicht in der Lage, die Aufnahme einer psychoneuronalen Verbindung in sein Gehirn zu verhindern«, ergänzte Julia. »Aber ich bin zuversichtlich, dass er morgen Abend auch diesen Zugriff blockieren kann.«

»Und übermorgen kann ich dann wieder Kontakt zu Siegfried aufnehmen und einige Fehler korrigieren, die ich bei meinen Connections mit ihm gemacht habe«, freute sich Adrian.

Michael schüttelte verneinend den Kopf. »Da freust du dich zu früh. Tom ist der Meinung, dass die Burgunder dann schon zur Tat geschritten sind und Siegfried getötet haben, so wie es in der Nibelungensage beschrieben steht.«

»Wie kommst du denn darauf?«, fragte Anne, und sah Tom Eynor mit hochgezogenen Augenbrauen an.

»Ich habe heute Nachmittag eine Verbindung zu Hagen von Tronje aufgenommen und dabei erfahren, dass die Burgunder so stocksauer auf Siegfried sind, dass sie seine Ermordung beschlossen haben. Das soll bei dem nächsten Jagdausflug passieren.«

Susanne Esser schien schockiert. »Was hat er denn so Schlimmes getan, dass sie ihn deswegen sogar töten wollen?«

»Sie kennen doch die Nibelungensage, oder nicht?«, fragte Michael verwundert.

»In den Grundzügen schon«, antwortete Susanne Esser verlegen. »Aber warum Siegfried ermordet werden sollte, ist mir nicht geläufig.«

»Siegfried hat mithilfe der von Adrian gelernten Techniken im Auftrag von König Gunther mit dessen Frau Brynhild geschlafen.« Trotz des in seinen Worten enthaltenen Vorwurfs an Adrian schien Tom diesen Vorgang ganz amüsant zu finden. »Dann hat er halt den Fehler gemacht, das Ganze brühwarm seiner Kriemhild zu erzählen. Und die hat das dann bei einem Streit der Brynhild unter die Nase gerieben.«

»Wie sich die Dinge doch gleichen«, sagte Anne Villon. »Siegfried schläft in der späten Antike mit der Isländerin Brynhild, und der siegfriedgleiche Adrian schläft in der Moderne mit der Isländerin Julia.«

»Anne, jetzt gehst du zu weit. Das geht doch außer uns niemanden etwas an. Du bist unmöglich.« Zornig fixierte Julia die Professorin.

»Doch, das geht uns alle an. Das ist eines der vorhin erwähnten Ereignisse. Hier geht es um den Missbrauch von Connectormacht.«

Susanne Esser blickte schockiert auf Anne und sagte: »So ganz verstehe ich das jetzt auch nicht. Willst du andeuten, dass Adrian Julia über eine psychoneuronale Verbindung manipuliert hat?«

»Ich glaube, die gute Anne ist einfach eifersüchtig, weil ihr strahlender Held Adrian sich mit Julia vergnügt hat«, stichelte Tom süffisant.

»Blödmann«, erwiderte Anne. »Die Übereinstimmung zwischen den beiden Vorgängen ist noch viel größer, als ich es bisher gesagt habe.«

»Anne, bitte, hör auf«, flehte Adrian.

»Nein, Adrian, da musst du jetzt durch. Es gibt ja noch weitere Vorfälle, die zeigen, dass die Moral unserer Projektleitung katastrophal ist. Das muss jetzt endlich einmal angesprochen werden. So wie Siegfried im Auftrag von Gunther mit Brynhild geschlafen hat und Gunther daran hat teilnehmen lassen, so war es doch auch bei dir: Genau genommen hast du einen Wunsch von Frank erfüllt und ihn über eine psychoneuronale Verbindung beim Vögeln mit Julia dabei sein lassen.«

Das entsetzte Schweigen wurde durch die ungewöhnlich leise Stimme von Julia unterbrochen. »Adrian, was hast du gemacht? Du hast mir vorgegaukelt, dass du mich willst, und dabei ging es nur darum, dass dein Boss seine Geilheit an mir abreagieren kann?«

»Ich, ich konnte es nicht verhindern. Du hast doch gehört, dass ich mich gegen eine aufgezwungene psychoneuronale Verbindung nicht wehren kann.«

»Du musst doch gemerkt haben, dass Frank sich bei dir eingeklinkt hat. Warum hast du dich dann nicht zurückgehalten? Du hättest mir sagen müssen, was los ist. Das war eine Vergewaltigung. Freiwillig hätte ich da nie mitgemacht. Das wirst du mir büßen.« Wütend stand Julia auf und schickte sich an, den Raum zu verlassen.

Frank Forster sprang auf und lief hinter ihr her: »Julia, ich konnte doch nicht wissen, was Adrian vorhat. Wenn ich das geahnt hätte, hätte ich doch nie eine Verbindung zu ihm aufgenommen.« Doch Julia hatte schon laut die Tür hinter sich zu geknallt.

»Und warum hast du dich dann nicht aus Adrians Gehirn zurückgezogen, als du gemerkt hast, was da läuft?«, fragte Anne empört.

»Wer sagt dir denn, dass ich nicht genau das getan habe?«

»Du vergisst, dass der ganze Vorgang mit jedem Detail in Adrians Gehirn gespeichert ist. Dort habe ich das alles gefunden. Und ehe ihr mir jetzt selbst den Missbrauch von Connectormacht vorwerft: Adrian hat mich ausdrücklich aufgefordert, in seinem Gedächtnis zu lesen.«

Susanne Esser standen Tränen in den Augen. »Wie schrecklich. Herr Forster, ich habe Ihnen bisher immer volles Vertrauen entgegengebracht, aber das kann ich jetzt nicht mehr. Sie müssen sich eine neue Assistentin suchen, ich kündige auf der Stelle.« Auch sie wollte fluchtartig die Versammlung verlassen, aber Anne hielt sie zurück.

»Bitte Susanne, würdest du noch einen Moment bleiben? Ich möchte noch gern das Thema Rajnar Bodowin ansprechen, und dazu brauche ich deine Unterstützung.«

Susanne Esser zögerte einen Augenblick, sah Anne Villon an, nickte zustimmend und nahm dann wieder Platz.

»Rajnar Bodowin, das ist doch der Journalist, der uns so viel Ärger bereitet hat. Ich dachte, das Problem hätten wir gelöst«, meldete sich Michael Cisslac verwundert.

»Ach, das Problem ist gelöst?« Annes Stimme klang sarkastisch. »So kann man das auch nennen, wenn dieser Mann zufällig zum richtigen Zeitpunkt mit seinem Shuttle tödlich verunglückt.«

Adrian fragte erstaunt: »Rajnar Bodowin ist tot? Aber ich habe doch noch vor ein paar Tagen erst bei unserem Treffen eine Verbindung zu ihm gehabt und seine Erinnerungen an uns und unser Projekt blockiert. Wann ist er denn verunglückt?«

»Habt ihr die Nachrichten nicht verfolgt?«, schaltete sich Tom Eynor in das Gespräch ein. »Der Unfall hat sich laut Polizeimeldung anscheinend in der Nacht nach unserer Besprechung ereignet.«

»Du hast davon gewusst? Warum hast du nichts davon gesagt?«, fragte Michael vorwurfsvoll.

»Ich dachte, ihr hättet das schon erfahren. Ich bin gleich am Morgen nach unserer Besprechung von der Polizei befragt worden. Wie ihr euch sicher erinnert, war ich ja nach dem Meeting mit Rajnar Bodowin in der Sunset-Bar verabredet. Nachdem ich fast eine halbe Stunde auf ihn gewartet hatte, bin ich nach Hause gegangen. Die Polizei hat bei Rajnar Bodowin eine Notiz gefunden, dass er mit mir in dieser Bar verabredet war. Ich bin gefragt worden, ob er erschienen ist und wann er wieder gegangen ist.«

Anne Villon sah Tom Eynor zweifelnd an. Susanne Esser standen schon wieder Tränen in den Augen. »Das alles macht mir Angst. Wenn ich nur wirklich sicher sein könnte, dass niemand von ihnen etwas mit seinem Tod zu tun hatte, bei all den Möglichkeiten, die sie als Connectoren haben«.

»Das ist doch Quatsch«, rief Tom entrüstet. »Wir hatten bei Bodowin alle Erinnerungen an uns gelöscht, hatten Zugriff auf seine Datenspeicher im Netz und seine Videofon-Verbindungen. Wieso sollten wir ihn dann auch noch töten?«

»Du hast schon bei der Erklärung deines Vorgehens bei dem Obdachlosen an den Externsteinen gesagt, dass wir keine Garantie haben, dass blockierte Erinnerungen für immer unzugänglich bleiben. Aus diesem Grund hattest du ja seine Gedächtnisinhalte mit seinen Erinnerungen an alte Science-Fiction Filme verknüpft. Deshalb hattest du garantiert auch Befürchtungen, dass Bodowin auf lange Sicht für uns gefährlich werden könnte.« Es wurde deutlich, dass Annes Zweifel immer mehr zunahm. »Und noch ein Punkt stimmt mich misstrauisch. Du hast anscheinend niemandem in unserem Team erzählt, dass Bodowin nicht zu eurer Verabredung erschienen ist und dass du schon am Morgen von der Polizei von seinem Tod erfahren hast. Oder wusstet ihr etwas davon, Michael, Adrian?« Als diese verneinten, fuhr Anne fort.

»Auch Susanne ist erst durch einen Anruf meines Kollegen Lars Manner informiert worden. Und sie hat Frank gebeten, das alles an uns weiterzugeben.«

»Das stimmt«, bestätigte Susanne Esser. »Ich hatte nach dem Anruf von Herrn Manner die Nachricht im Internet überprüft und die Information dann sofort Herrn Forster weitergeleitet.«

Frank Forster war ärgerlich. »Anne, was soll das, warum säst du auf einmal so viel Unfrieden und Misstrauen in unserem Team? Ich jedenfalls glaube Tom, dass er mit Bodowins Tod nichts zu tun hat. Wenn es dir hier nicht mehr passt, kannst du jederzeit gehen.«

»Frank, ich erinnere dich an die Selbstverpflichtung, die wir alle unterschrieben haben, auch du. Nach der darf durch psychoneuronale Aktivitäten niemand zu Schaden kommen. Diesen Grundsatz habt ihr, du und Tom, ohne Bedenken missachtet. Eure Aussagen waren wohl nur Lippenbekenntnisse, ohne praktischen Wert. Ich mache es so wie Susanne, ich kündige hiermit meine Mitarbeit in diesem Projekt.« Anne Villon stand auf und verlies gemeinsam mit Susanne Esser die Versammlung.

*

Betretenes Schweigen machte sich breit, nachdem die beiden den Raum verlassen hatten. Dann räusperte sich Adrian. »Und nun, was machen wir jetzt?«

»Das Projekt muss weitergehen«, ließ sich Frank vernehmen. Er erklärte, dass das Ausscheiden der Professorin keine ernsten Probleme bereite. »So viel hat sie nun auch wieder nicht zum Projekt beigetragen. Ich glaube, wir können ganz gut auf sie verzichten.« Außerdem sei sie nach ihrem Vertrag zur Geheimhaltung verpflichtet. »Sie wird sich hüten, gegen diese Verpflichtung zu verstoßen, denn das würde sie eine Million Euro Vertragsstrafe kosten. Ich lasse ihr gleich morgen früh eine Kopie zur Erinnerung schicken. Allerdings ist es sehr schade, dass Susanne Esser gegangen ist. Ich mag sie, sie war mir immer eine wertvolle Hilfe. Nachher will ich versuchen, sie zum Bleiben zu überzeugen.«

»Und was ist mit Julia?«, wollte Michael wissen.

»Es wäre nicht schlecht, wenn wir sie weiter im Projekt halten könnten«, sagte Tom Eynor nachdenklich. »Sie passt mit ihrem Fachwissen hervorragend zu uns, und wir hätten dann die Möglichkeit, durch sie einiges über Annes Aktivitäten zu erfahren.«

Adrian schüttelte den Kopf. »Wie stellst du dir das vor? Sie war äußerst verärgert, ich glaube kaum, dass uns das gelingt.«

Tom erwiderte, dass sich Adrian und Frank bei Julia entschuldigen müssten und erklären sollten, dass sie die Situation nicht absichtlich herbeigeführt hätten. Anne habe ihre Schilderung des Vorfalls maßlos übertrieben, weil sie eifersüchtig auf Julia gewesen sei.

»Ob sie uns das abkauft?«, zweifelte Adrian.

»Einen Versuch ist es wert«, bestimmte Frank Forster. »Ich werde mich mit ihr in Verbindung setzen.«

Zufrieden schlug Tom vor, die Diskussion über die Personalprobleme, wie er es ausdrückte, zu beenden und sich der inhaltlichen Seite des Projekts *PsySensation* zu widmen. Er forderte, den Kontakt zur Nibelungensage aufzugeben. Allerdings sollte Adrian, da Siegfrieds Tod unmittelbar bevorstehe, morgen ein letztes Mal eine psychoneurale Verbindung zu Siegfried herstellen, um sich vom historisch korrekten Ablauf zu überzeugen.

28 -Die Connectoren: Tödlicher Unfall

Als Adrian am Morgen in das Labor kam und dort Julia vorfand, schien er peinlich berührt und verlegen. »Julia, ich weiß, dass ich mich falsch verhalten habe, es tut mir leid. Bitte lass mich den Vorfall erklären.«

Julia sah ihn kühl an. »Du brauchst nichts zu erklären. Frank hat mich gestern noch angerufen. Ich bin dann zu ihm gefahren und wir haben uns ausgesprochen. Ihm habe ich verziehen, aber du bist für mich gestorben. Ich werde unsere Kontakte auf das für die Arbeit unbedingt Notwendige beschränken.«

Adrian schwieg, deutlich getroffen.

Inzwischen hatten Tom und Michael das Labor betreten. Tom wandte sich an Adrian. »Julia hat recht, dienstlicher Kontakt ist völlig ausreichend, du musst nicht allen Frauen hier den Kopf verdrehen. Aber nun lasst uns anfangen. Heute schließen wir wie besprochen diese Nibelungengeschichte ab. Ich weiß von Hagen von Tronje, dass er Siegfried bei einem bevorstehenden Jagdausflug töten will, so wie es ja auch im Nibelungenlied beschrieben ist.«

»Wenn das tatsächlich so läuft, wieso brauchen wir dann noch Verbindungen zu den Akteuren?«, wollte Michael wissen.

»Adrian kann die Sache für Hagen von Tronje einfacher machen, wenn er Siegfrieds Wahrnehmung blockiert oder wenigstens seine Aufmerksamkeit von Hagen ablenkt. Außerdem hätten wir dann die Gewissheit, dass Siegfried wirklich erschlagen wurde.«

Adrian zweifelte. »Ist das nicht zu riskant, wenn ich eine Verbindung zu Siegfried aufnehme? Was ist, wenn er seinerseits einen Zugriff auf meine Gehirnregionen versucht?«

Es war Michael, der Adrian beruhigte. »Inzwischen kannst du doch solche Zugriffe verhindern. Da sehe ich keinerlei Gefahr. Und für den extrem unwahrscheinlichen Fall, dass dir das nicht gelingen sollte, kann ich noch eine Automatik im Sensotron einrichten, die dann für eine sofortige Trennung der Verbindung sorgt.«

»Gut Adrian, mache das so«, bestätigte Tom. Dann rekapitulierte er den Plan: Er selbst würde sich mit Hagen verbinden und dessen Hass auf Siegfried weiter anstacheln. Er würde Siegfrieds Tod als Wille der Götter darstellen und dadurch jeden eventuell aufkommenden Zweifel schon im Entstehen auslöschen. Adrian solle sich bereithalten. Unmittelbar bevor Hagen zur Tat schreiten würde, sollte Adrian auf ein Zeichen von Tom möglichst schnell eine Verbindung zu Siegfried herstellen und seine akustischen und optischen Sinne blockieren. »Er darf mit seinen Connectorfähigkeiten nicht merken, was da in seinem Rücken geschieht. Wenn du seine Wahrnehmung ausgeschaltet hast, ziehst du dich sofort aus seinem Kopf zurück. Du solltest nicht mehr in einer psychoneuronalen Verbindung zu ihm stehen, wenn er stirbt«, beendete Tom seine Erklärung.

Danach begann Michael, am Computer die Codesequenz für die automatische Trennung von Adrians Verbindung einzugeben. »Einen Augenblick müsst ihr noch warten, ich will noch einen Funktionstest machen, bevor Adrian sich auf seine Reise begibt«, sagte er.

In diesem Augenblick betrat Frank Forster das Labor, ging auf Julia zu, nahm sie in den Arm und küsste sie zärtlich auf die Wangen. »Ich bin ja so froh, dass du weiter bei uns bleibst«, sagte er. Adrian blickte irritiert, auch Michael war einen kurzen Moment von seinem Programm abgelenkt, nur Tom war offensichtlich vom Einvernehmen der beiden nicht überrascht.

»Lasst uns jetzt endlich anfangen«, drängelte Tom Eynor. »Ich möchte nicht, dass wir die Gelegenheit verpassen.«

Tom und Adrian legten sich auf die nebeneinanderstehenden Sensotrons, und Michael kontrollierte das korrekte Anlegen der Elektroden. Im Labor herrschte gespanntes Schweigen. Schon bald signalisierte Tom, dass die Verbindung zu Hagen von Tronje hergestellt war. Adrian, der eigentlich Tom beobachten sollte, um sein Zeichen zum Eingreifen nicht zu übersehen, war durch den Anblick von Frank und Julia erkennbar in seiner Konzentration gestört. Die beiden standen eng nebeneinander, Frank hatte den Arm um Julias Hüfte gelegt.

Michael ermahnte ihn. »Adrian schaue bitte zu Tom hinüber, damit du sein Signal nicht verpasst.« In seiner Stimme konnte man Verständnis für Adrians Emotionen erkennen. Er blickte zu Frank und bat ihn, ein paar Schritte von der Sensotronliege zurückzugehen. In diesem Moment zuckte er zusammen.

»Hast du gerade eine Verbindung zu mir hergestellt?«, fragte er irritiert.

»Nein, wie kommst du denn auf diese Idee? Wieso sollte ich?«

»Ich hatte gerade so ein Gefühl. Anscheinend bin ich reif für einen Urlaub, das war wohl etwas zu hektisch in letzter Zeit.« Michael wandte sich wieder zu Adrian. Die Aktivierung des Codes, mit dem Adrian im Notfall automatisch aus seiner

Verbindung zu Siegfried geholt werden sollte, hatte er vergessen.

Da rief Tom Eynor. »Siegfried, Gunther und Hagen beginnen den Wettlauf zu einer Quelle. Adrian, halte dich bereit, in ein bis zwei Minuten musst du dich mit Siegfried verbinden.«

»Im Nibelungenlied wird gesagt, dass Hagen nach einem Wettlauf zu einer Quelle Siegfried einen Speer in den Rücken stößt und ihn so tötet. Es passt wirklich alles«, sagte Julia fasziniert zu Frank und Michael. Frank Forster nickte, Michael Cisslac wirkte wie geistesabwesend.

»Jetzt, Adrian, schalte dich ein«, gab Tom das Kommando.

Adrian suchte nach Signalen von Siegfried.

»Beeilt euch, sonst trinke ich die Quelle leer, bevor ihr da seid«, hörte er Siegfried rufen. Dann ging Siegfried gemächlich einige Schritte weiter. Adrian erblickte durch Siegfrieds Augen eine Quelle, die aus einer Felsspalte im Boden sanft hervorsprudelte. Adrian zögerte. »Ich kann jetzt noch nicht seine Wahrnehmung blockieren, wer weiß, wie er dann reagieren wird«, dachte er. Siegfried kniete nieder, und Adrian schmeckte das köstliche, kühle Wasser.

»Wotan, was willst du jetzt in meinem Kopf, ich brauche dich nicht«, vernahm Adrian Siegfrieds Gedanken.

Er wollte antworten, doch da erreichte ein brutaler Schmerz aus dem Rücken sein Gehirn und lähmte schlagartig alle Funktionen. Ein rotes Signallicht am Schrank hinter dem Sensotron blinkte hektisch, im gleichen Rhythmus war ein Signalton zu hören. Das hellblaue Leuchten der beiden handtellergroßen Elektroden auf Adrians Brust und Rücken erlosch. Der Signalton ging in einen anhaltenden Dauerton über. Adrian war tot.

In einem anderen Universum dieser Welt, zur exakt gleichen Zeit, doch nach menschlicher Zeitrechnung mehr als 1650 Jahre entfernt, war Siegfried gestorben, ermordet von der Hand des hasserfüllten Hagen von Tronje.

*

Als Anne Villon kurze Zeit später im Newsreader ihres Videofons die Überschrift ›*Tödlicher Unfall in einem Labor der Future Communication Company*‹ las, wurde sie unruhig. Nervös studierte sie den dazugehörigen Text:

›*Die Future Communication Company meldet den Tod ihres Mitarbeiters Adrian H., der als Kommunikationsexperte in einem Projekt zur Erprobung neuer Techniken der Informationsübermittlung beschäftigt war. Bei einem Experiment mit einem neuen Gerät habe der 32-Jährige aus noch nicht geklärten Gründen einen tödlichen Stromschlag erhalten. Genauere Untersuchungen des Unfalls sind noch im Gang.*‹

Entsetzt starrte Anne auf den Bildschirm. Adrian war tot, Adrian, der sanfte, schüchterne, von ihr so sehr geliebte Mann. Tränen liefen ihr über die Wangen. Wie konnte das passieren? Sofort regte sich in ihr der Verdacht, dass das nicht mit rechten Dingen zugegangen sein konnte. Hatten sie Adrian in eine Verbindung zu Siegfried geschickt, ohne dass er ausreichend gegen möglicherweise tödliche Zugriffe auf sein Gehirn gewappnet war? Hatten sie sein Sensotron manipuliert? Sie traute den machtbesessenen Typen alles zu, vor allem Tom Eynor, aber auch seinem Chef Frank Forster. Welche Rolle hatte Michael Cisslac dabei gespielt?

Die Fortsetzung der Nibelungensage kam ihr in den Sinn: *Kriemhilds Rache*. Wenn Tom oder Frank für Adrians Tod verantwortlich sein sollten, würden auch sie nicht ungeschoren davonkommen.